紅嬰仔

一個女人和她的育嬰史

簡媜

獻給

阿嬤 阿母

她們教我

在湯裡放鹽

愛裡放責任

目次

楔子

我需要一杯紅酒或一截醃得恰恰好的「想像」，才能安撫在世紀末狂潮裡突然轉向的人生所帶來的驚嚇。然而，當紅酒佳釀因名流雅士歇斯底里似的搜購珍藏而一瓶難求的此時，我只能仰賴自己的想像力以獲得鎮定。然後，開始回想事情是怎麼發生的？

從前，不！不久以前，有兩個蹺班的神躲到盆地邊緣僅剩的一處樹林裡野餐，一個因正在塑身只吃花朵，另一個是水果信徒，只吃果子。祂們聊著天庭裡的恩怨情仇及自已轄區內的八卦新聞，諸如某某某最近對我不甚恭敬，某某某今年犯桃花……之類的瑣事，沒多久也就聊完了。但兩神意猶未盡，談興正如一口熱竈，乾脆把世間男女這本大賬冊翻出來聊一聊，就這樣，祂們聊到我身上。

祂們怎麼編派我都不打緊，反正閒聊又不會出人命。但要命的是，祂們果然像美容院裡的大嬸婆、姑奶奶一樣，沒多久就鎖定我的婚姻問題全面清查起來。

「祢知道嗎？她常常發誓不結婚！」吃花的那一個說。

八年前，外婆為你的小表姊
做了好多「蝦仔衫」，我覺得
可愛，拿了一件回來，疊一疊，
放在衣櫥裏。說不定，就
是這件嬰兒服，把你給
招來了。

「這樣不行的，」吃水果的那位很優雅地吐出桃籽，加重語氣：「這樣子是不行的！」

祂那充滿不以為然的口吻，並非認為不結婚是不行的，而是發現一個常常發誓不結婚的女人卻又多管閒事去主持別人的婚禮（四次）、替人家的小嬰兒命名（七個），言行不一致得讓祂生氣。對守舊、頑固的這位老神而言，這種行為讓祂看不下去了！

「嗯，時候也該到了。」吃水果神閉目沈思。

「什麼該到了？」吃花的問，祂正在塞第六十六朵桃花。

吃水果的沒答腔，兀自仰首眺望晴空。那時，兩萬呎高的雲端上正有一架從美國飛至台北的波音七四七準備降落，裡面坐了一位甫結束十七年異國生涯、正在思索概率問題的數學家。

「嘻！是快到了，」吃果子神突然露出天真無邪的笑容：「我要送她非・常・特・別的禮物！」

吃花的一愣一愣，搞不清楚狀況。但祂明白祂的同伴正襟趺坐、垂目默誦乃正在興風作浪、施展乾坤大挪移法之故。祂嚇了一跳，相識幾千年來，很少見祂動用這麼大的氣力，這可是不得了的事。等果子神悠然一醒，吃花的急猴猴地問：

「祢送她什麼寶貝啊？」

果子神撫掌大樂，附耳說：「三個月內，她不但有丈夫，而且，肚子裡還躲一個嬰兒！」

兩神齊聲笑倒，在地上打滾、豎蜻蜓。

我確信，當兩個老傢伙在我的「元神」上動手腳時，我正在跟同事大吹大擂婚姻與生育如何戕害一個有理想、有抱負的現代女人，依照往例，慷慨激昂到想要揍人的地步。

密語之一

然而，我曾經企求過嗎？在暗夜歸家的路途中，擡頭仰望愈來愈稀疏的星空，或倚著山崖老樹眺望閃爍的萬家燈火時，我是否曾低下頭，誠心誠意地祈求：「給我一個可以靠岸的人，給我一個嬰兒。」

路過的風整了整袍袖，把語句盪入微眠中的神的耳朵。

① 一張喜帖

敬愛的朋友：

我們結婚了。

整個過程，就像天外飛來一群喜鵲，將兩個陌生人給圈住。我們至今仍感到訝異，這種閃電式的幸運會降臨到原先對婚姻不抱希望的人身上。也許，月下老人的紅絲繩早就繫住我們的腳踝，只不過今年才收繩。

今年七月，新郎才從美國返台。八月下旬，在朋友的邀約下，我們毫無心理準備地見面了。然後，走著走著，覺得兩人的步伐愈來愈像夫妻。

由於我們都喜歡樸實的生活方式，所以擇十一月吉日依古禮舉行訂婚及結婚儀式後，僅與雙方親戚歡宴。我們選擇素樸的方式是為了惜福，希望永遠記住我們的婚姻緣起——就像在秋天的山林賞風景，遊人都走了，就兩個人戀戀不捨，同時興起結廬共賞的那份恬靜與甘美。

我們願意把婚姻當作一件藝術創作，在平凡的生活中虛心學習並實踐愛的奧義。我們明白，閃電式的幸運，一生只有一次。

所以，沒有激越的山盟海誓，我們只有小小的願望：白首偕老。

2 孕

事情就從一隻迷路精子與一枚離家出走卵子的豔遇開始。

照理說，應該不孕的。倒不是身體有狀況，而是直覺；好比想上知名館子吃活魚，會直覺到池子裡還有沒有魚在游。我自知在不可測的內在深處，有個晃悠悠的靈魂棲在明月高掛的枯樹瘦枝上，把自己臥成一片殘葉。我總是聽見她的喟嘆，像一隻跟生命賭氣的夜梟。人生過了一半，直覺沒告訴我會有小孩。

也許，世間的奧妙就在於峰迴路轉吧！

換句話說，自從地球上出現那名被人類學家稱為「露西」的女猿人至今已三百五十多萬年，人類以驚人的速度演化到現在擁有毀滅地球的能力，而我這粒演化叢林中的微塵，萬萬沒想到有一天會成為基因的俘虜，忽然跟遙遠的露西有了神祕聯繫。於是，我不禁想像，如果夠幸運的話，三百五十萬年後，我也有機會在人類學家與基因地圖學者的鑑定下，成為另一個「露西」。

總之，在青春已然消逝的當口，有個小傢伙來踢館了，把我變成符合衛生署定義下的高齡產婦。

懷孕，絕對是具有高度社交績效的話題。忽然之間，我那原本一片漫漶的人際網絡變得清晰起來，周圍親友熱情澎湃地提供各種孕婦須知、安胎良藥、止吐妙方，不僅傾訴自己那可歌可泣的「中獎」經驗，更口傳他人之懷胎血淚史以資借鏡。那陣子，我的生活好像一本功德會芳名簿。於是我知道，女人懷孕簡直就是上戰場，有人像背了一只餿水桶行軍，見到能動的就想吃；有的似懷了一艘船，頭暈嘔吐到生產前一天。我的狀況屬於「優等」，這位來踢館的小傢伙還算有孝心，只讓我吐兩三次、不舒服幾天便宛如沒事兒般輕鬆愉快。比較特別的害喜症狀是「好吃能睡」，每天最快樂是待在廚房烹調喜歡的菜餚。想我以前吃東西像餵小鳥般，屢次求胖而不可得，如今懷孕帶動旺盛、熾烈的食欲，也算另一種「情欲解放」。

孕婦跟食物的關係活生生是一則靈異傳奇，往往越古怪的食物加上荒誕時刻越會從她們的腦海浮出。譬如，她會忽然（像乩童「起乩」般）在三更半夜搖醒身旁的丈夫，說她想吃手扒雞；寒流吹襲的冷天裡，以哀怨的眼神說她十分懷念五〇年代才有的鑲一粒紅酸梅的枝仔冰；或者，在國家音樂廳聆賞卡瑞拉斯如詩般的歌聲時，悄然附耳，說她現在好想吃「刈包」……。除此之外，醃辣椒加花生、青木瓜沾醬油、蛋炒飯配豆腐乳……等只可能在餐廳餿水桶內才會發現的食物組合也會一一湧現。你得幫她去找，若無法獲得，她很有可能像毒癮發作般顫抖起來，嚴重時口出穢言，責怪做丈夫的為何那般「沒路用」。

於是，這位「苦主」——也就是罪魁禍首，通常會在恍恍惚惚的情況下，疑惑自己到底娶了心所愛的人還是列入保育的紅毛猩猩？

我呢，有一天窩在沙發裡看書，擡頭正好看到立燈的燈泡，忽然想吃小桶子裝的義美小泡芙，想得心都碎了。

3

舊衣新嬰

在還沒出生以前，我們暱稱這傢伙「搖錢樹」。孩子的爹姓姚，此其一；其二嘛，我們相信在平均每七對夫妻（有的說六對，又有研究說五對）即有一對不孕的情況下，自然懷孕就好比是你手中的股票連拉十七根漲停板，或老闆加發二十個月年終獎金，或在路上撿到包裹，裡頭有幾綑鈔票及紙條：「我錢太多了，很痛苦，拜託幫我用，我們全家會感謝你的啦！」般值得欣喜若狂。在目睹朋友為了求子而忍受做試管嬰兒的種種折騰之後，我對生命中自然而然發生的美好事情有了謝意。第三點，小傢伙的時間落點不錯，正好可以接收一位小表姊、兩位小表哥及隔壁小哥哥的嬰幼兒期用品，替我們省了不少錢。再加上小傢伙的爺爺、奶奶、外婆、大伯、姑姑、舅舅、阿姨等各路人馬分頭採購，我們兩個新科父母樂得在家守株待兔。那陣子，不時接到這樣的電話：「娃娃床不用買，遊戲床也別買啊！」「螃蟹車不必買，我這兒有……」「嬰兒澡盆別買喲……」這真是把我們慣壞了，凡是缺的東西，總想再等等，說不定有人「主動投案」。雖然如此節制，但新科父母的內分泌跟常人不同，一次嬰幼兒用品大展逛下來，勤儉功夫全崩了。事後證明，有些漂亮衣物還

未上身，小傢伙就「長大」了，那時真希望他的肉肉縮回去些，至少穿一次過過癮也好。

有幾件衣服是眼熟的。

善裁縫的母親像她們那一輩女人一樣，什麼東西都是只進不出，包括舊衣服，她自有一套神不知鬼不覺的收藏法。而我跟服飾的關係總是玉石俱焚；我對色彩的記憶力超強，總是近乎痛苦地記住重要事件發生時自己的穿著，於是，每一回傷心、沮喪、憤怒之後，自療的儀式之一便是清除那些衣服，沾染不悅記憶的服飾就像沾染血跡般令我難受。毫不驚訝，該丟的衣服多起來，但又不捨得真丟，便一袋袋提回家交給母親發落，好似她開了家資源回收中心。母親戴著老花眼鏡，踩動那輛比我多一歲的縫紉機，讓那些衣服重新做人：變成拼花枕頭套、百衲被、抹布、椅套……以及各種款式的嬰兒服。

從夏衣到冬袍，那些衣服似乎遺忘它們曾經經歷的困頓旅程，平靜地在車線的引領下脫胎換骨，伸出小領、小袖子、小褲管，準備摟著剛出生的小嬰兒。

八年前，這些衣服給小姪女穿了，接著，兩年半前，小侄子穿了，再來是一年前，更小的侄子穿了，接著，全部回到我的手上，要給我的「搖錢樹」穿。

「喏，媽媽的過去變成你的小衣服了，不知道保不保暖？」我對肚子裡的小傢伙說。

在一個飄著淡淡桂花餘香的早春，我把所有新舊衣物清洗後晾在院子，叫陽光去數算。那真是壯觀，夠四胞胎用。不久，我聽到屋外傳來嘁嘁喳喳的語聲，從窗口一探，兩個婦人正在指指點點，她們的臉上掛著笑，溢出回憶的香味，彷彿那一竹竿的小衣小褲是世間最美的繁花盛開。

密語之二

是的，我企求過，從花樣青春到有點疲倦的中歲邊緣，不只一次囁囁嚅嚅：「給我一個娃娃！」那聲音只能自己聽見，飄零的苦楚也只有靠自己折疊好，鎖入不想再打開的暗櫃。

此身總在流水裡啊！

生子的夢倒是做過。夢見自己懷抱一個白嫩嫩的小嬰兒，高高托起他，就著燦亮陽光看仔細，是個小男孩。我迴身抱給阿嬤看，喜悅地告訴她：「我的小孩呢！」夢裡未曾出現男人，也不指示孩子的父親是誰。醒來，心情一半香一半發霉，覺得不可思議！

也許，這夢是為了勸慰自己吧！靠己身產子，提示一個女人應該以自己的力量涵藏情愛與繁衍之原欲，並在形上層次轉化之、實踐之，把原需依賴男人才能完成的項目內化成自身議題。如此，就算在現實世界裡無法尋得情愛、衍育，亦不會感到缺陷而抱憾以終。

然而，微微地駝著背是有緣故的。不知何時起，我想像有一個小孩住在我的背上，從嬰兒長成蹦蹦跳跳的小頑童，他有一對小翅膀，自由往返於天上人間。我們訂下相會的密碼，但不曾面對面，他喜歡附在我的耳朵說：「妳欠我一張臉喲，媽媽。」

從來不想認認真真地治療背痛，這樣，他來了我才知道。每當背痛得無法成眠，我想，他又壯了啊！

④ 細胞對話

遺傳是一種獨裁，它讓父親那兩道草叢似的眉毛在我臉上復活，也讓母親身上的藝文種子埋入我體內。從生物學的角度看，人與一條響尾蛇、一隻金絲猴一樣，皆是基因聖戰的成果。DNA（去氧核糖核酸），毫無疑問是上帝欽定的一部魔法。

這種奧祕令人手足無措，根據科學家的估算，如果把人體內所有的DNA全部抽取出來，首尾相連，其長度約達一百億至兩百億公里！想到自己身上蘊藏從地球連到太陽距離的長鏈，便覺得體內自成一宇宙。

然而，我並未耽溺於自體宇宙的浪漫綺想而認為一顆受精卵安全地躲入子宮即是一份保證。根據醫學統計，每年出生的新生兒中，有百分之二至三是先天性異常，他們幾乎是在無預警的情況下出生。有的是基因突變、染色體異常或大自然界致畸胎因子的影響，更有可能是父母的隱性基因在結合後顯現缺憾。對生命而言，每一步都是高風險，能生存下來的人或許是多一點幸運吧！

老一輩的缺乏醫學知識，總把缺憾歸咎女人，頑固地數落她們在懷孕時爬高爬低（如踩凳子取物）、釘鐵釘、看人家拆房子（煞到土神）、蓋房子（「壓」到胎兒以致得小兒痲痺）、吃別人的喜餅（沖到喜）或沾了喪病之事，故孩子一出生即帶缺陷，注定來敗家的。這些禁忌如咒語，仍然纏在現代女性的孕程裡。我雖知其然，但也被諄諄告誡避免犯忌，若需動到鐵鎚、鐵釘等羽量級家庭土木工事，破解之法是先用掃帚往牆壁揮趕幾下，請盤踞在牆上、梁間打瞌睡的小神、小鬼迴避，以免驚嚇祂們，一怒欺了腹內胎兒。

三十四歲才懷孕的好處是，能夠比較理智地依照優生學的指引看待生育之事。我主動告訴醫生，希望做「羊膜穿刺」。

就在那一天，第一次看到小傢伙。

在這之前雖見過超音波照片上的「小黑棗」，知道它即是正在超速成長的胚胎，但當時才懷孕月餘，仍處於莫名奇妙的「心情暈眩期」，不相信這是真的（或者說，沒把握他會真的安全存活下來），因此無法對那顆小黑棗發揮想像，感受母子親倫的悸動。我記得自己匆匆忙忙看了一眼照片，立刻將它交給醫生，好似拾金不昧的學生，連撿到他人裸照也不敢多看一眼。

躺在產檯上，十九週大的肚子已經凸顯出來了。醫生先照超音波，他對我的肚內乾坤非常滿意，沒有前置胎盤或其他妨礙「下針」的問題，聽他的口氣，好像碰到一粒超級甜瓜般輕鬆自在。我有點猴急地問他：

「看得出來是男的還是女的嗎？」

每個婦產科醫生一定會碰到這問題，如何回答也各有巧妙吧！我相信時至今日，雖然兩性平等、男女平權的雷聲天天在空中響著，關起門來，生子為貴的觀念仍烙在大多數人的心口。那是一種野蠻的壓力，讓女性在飽受驚險的生育歷程裡還要承擔一份焦慮。當醫生感受到孕婦的焦慮時，如何回答性別問題確實需要高度的「修辭學」技巧。（「看不太清楚……」「很有可能是女的，不過不敢確定……」「唉呀，男的女的一樣好啦，武則天是女的，柴契爾夫人是女的，歐布萊特也是女的啦……」）

當然一樣好，但如果是女的，對我而言（以下刪去六字）……。

「男的。」醫生說。

男的！我有點想笑，因為印證了自己的直覺。剛剛在準備室換衣服時，我最後一次問自己的直覺，是個小女孩還是小男生呢？閉上眼睛，浮升的影像是穿白色短褲的小男生。那時心頭一震，開始意識到肚子裡果然有個「人」住著，一切都是真的，不是午寐之夢。

醫生繼續觀察子宮內的情況。我躺在那兒，第一次那麼強烈地感覺到這個身體是我的，好像浪蕩江湖多年的遊子回到故鄉，恍恍惚惚看著田疇沃野、草樹屋舍，感覺極陌生，可又漸漸被一股磁力吸住，無法掙脫也不想掙脫，終於東轉西彎，一眼認出祖厝。我從來不知道，當自己的靈魂擁抱自己的肉體時，那種孿生的感覺竟如此神祕且靜好。以前，看自己的身體像看一張土地所有權狀，現在，是遼闊的沃壤美地。

因而，我的確「醒」了，急著見肚子裡的小男生。

「我可以看他嗎？」我問醫生。

「當然！」他以慷慨的聲音回答，將螢幕轉向我，護士替我取來眼鏡。

黑白小螢幕上不斷閃動光彩，我努力辨識，終於抓到「他」的上半身側影，圓圓的腦袋、蜷縮的小身體，看來脆弱卻又堅定。讓我一眼認出的，是他高舉左手的睡姿，那不就是我的翻版嗎？那一瞬，是我生命中少數幾次清清楚楚地被「真實」攫住的時刻，我相信，他真的是我的兒子。

做好羊膜穿刺，醫生說，三個星期後看報告。

這意味著，萬一染色體異常，我們必須做出決定——不是留他，而是捨棄他。

那二十二天的我，如無辜者被押入黑牢。只要想到某一間實驗室裡，一名身穿白色實驗衣、戴膠質手套的檢驗師正從試管架拿出那管裝著我的羊水的試管，我的腦海就出現正反對決：一方堅持一切正常，另一方則臆測第二十一號染色體多了一個——那是每個孕婦最害怕聽到的缺陷：「唐氏症」。

我闔上眼，試著忘掉遺傳學、基因及驚悚的生命故事。可是，轉念又跌入「有情即有苦」的淵藪。

冬天的冷流從窗口進來，偌大的屋子只我一人。有時，我喜歡上下樓無所事事地蕩著，冷流跟在後面，像幾個小精靈搔我腳踝，討幾片溫暖吃。

第二次打電話到醫院，當他們回說「報告尚未送來」時，我意識到自己應該紓解心中的焦慮，應該在形而上層次找一棵大樹蔭坐下來，等。

孩子的爸爸比我理智，或者應該說，因為他尚未面對面地「認識」那個睡得很香甜的小生命，所以容易理智。不論如何，他的態度讓我漸漸放鬆下來，試著鼓起每個人身上都有的那份本能：以樂觀、愉悅的意念「看到」事情正往好的方向走。

生命，是偉大的偶然吧！

據胚胎學家研究，大約近百分之四十的胚胎在著床前即流產，半數因染色體異常，其餘的原因不明。能夠安全著床，端賴胚胎的生長速度與子宮內膜發育速度能否一致；胚胎的生長速度受各種生長因子及本身的預定程式控制，而子宮內膜的發育速度則由卵巢賀爾蒙主導。著床成功的關鍵在於兩類細胞間的對話是否和諧。這意味著，生命必須從和諧中開始，唯有甜言蜜語的「細胞對話」才能啟動閒置在上帝花園裡已千百年的那顆小行星。

然而，誰也無法保證小行星的旅程是否一帆風順。

第三次打電話，接電話的護士說報告已經回來了，「正常，男生。」她以毫無情感的聲音宣讀，我還想問一兩個問題，她不答理，粗魯地切斷電話。但我不像以往會因對方無禮而生氣，這剎那，我的心完全被喜悅充滿，只屬於我與小傢伙，無暇理會其他事情了。

感謝創造之神！如今我理解，每一個平安成長的生命身上，都有祢的大祝福！

密語之三

在窗口的小童想：

「暴風雨在海面墾荒了，祂們會用斧頭砍伐巨浪嗎？逃跑的紅嘴魚會不會躲到我的床底下？」

沒人知道她在壞天氣時就想離家出走，帶著新發明的美麗咒語。

＊

我曾經也是個嬰兒，但怎麼也記不起那模樣。

沒有鏡子的關係吧，鄉下老厝很少懸掛鏡子，就算有，也避免讓嬰兒看見，說是照到的話，這孩子長大就愛說謊。

想來，是怕嬰兒太早掉入實相與幻影的漩渦，發現有「兩個我」存在吧！

多少次沿著記憶流域溯游，總無法回到源頭去看清自己怎麼伸出小手小腳到這世上來的。只強烈記得那一路霧景——濕潤的、憂傷的、想要流淚的情懷纏著我、伴我成長。沒人惹我，也談不上什麼委屈，但我就是想一個人靜靜地流淚。厝邊鄰居還記得：「妳小時候很愛哭，動不動就哭！」

也許，幼兒身上帶著特殊智慧，能看懂自身命運，故有出乎常人的情感流露。等到大了，忘記命運全集上的內容，傻乎乎地以為喊天天會應，叫地地會答。

行至中年，回想三十多年來閱人歷事，故事的架構、脈絡都清楚了，此時若能與嬰幼兒期的「我」對話，想問她：「妳已在命運簿上看到一生起伏，苦多樂少，為什麼還選擇活？」

她會轉動晶亮的眼珠，吐出乳香味句子：「人生，像長江夾泥沙而下，不活，就沒有機會篩到沙金。」

「篩到了嗎？」如果我問。

「那得問妳呀！」她會這麼答吧！

小時候，很愛趴在客廳窗口看，個子小，得墊個板凳。也不知道為什麼喜歡這麼做，窗戶邊就是大門，鄉下習慣白天都是敞開大門的，出去即是寬闊的大稻埕，依隨四季曬著稻穀、稻草、棉被、蘿蔔乾或一群毛頭的塗鴉畫。若說大稻埕上有什麼引人事物，直接出去便是了，何必趴在窗口轉動小腦袋瞎忙？

也許，透過長方形窗戶望出去的世界是不一樣的，有偷覷、窺伺的神祕感，我看到他人的活動，而別人看不到我。由此，無形中提升自己的位階，彷彿進入掌控命運之神的書房，嗅一嗅字紙簍內的廢紙餘墨，也懂了一點點天機。

如果站在窗台上——趁大人不在客廳時才能冒險一試，望得遠遠地，是遼闊的稻原及位於視線終點處的群山。我喜歡在雨天時爬上窗台，就這麼望著，哼幾句歌或輕輕搖晃身體，窗外的世界也晃著，彷彿一個極胖的人跟隨一個螞蟻似的小人舞動，那種感覺非常美妙，人生再艱苦，只要生活中還有這種時刻，也足以恢復疲勞。

我記得我嚮往離家出走，既不是家庭冰寒亦非無人寵愛。像一種引力，在山巒背後、月亮側臉，或藏於湛藍海底時以潮湧的旋律，呼喚它的族裔：站高些，望遠些，走出來！

如今想來，十五歲那年獨自離鄉便回不了家，大約是應驗幼年起即儲存的離家意念吧！

偶爾，我會想起那個趴在窗口的小童，因她對未知世界的期盼與友善而眼角微濕——我們在成人世界學得最多的是對世界的敵意以及把生命勒得傷痕累累。我想擦乾眼淚，回到那一個下雨天的童年，從背後拍拍她的肩膀，指著自己的肚子告訴她：「路非常不好走，可是，瞧！我也走到這一步了，一個嬰兒！」我懂她的美麗咒語，小孩呼喚另一個小孩，生生不息。

5 懷胎九月

照理說，九個月夠讓父母做準備來迎接小寶貝的；然而，如果做個民意調查，我相信大部分父母會嚷嚷：「九個月，不夠不夠，絕對不夠！」而那些「家有早產兒」的爸媽一定頂著貝多芬式亂髮與四川貓熊型黑眼圈，以哀怨的聲音說：「我們只有八個月，根本就不夠！……」

到底要多久才夠！

瑪麗和約翰・葛瑞賓夫婦在《生而為人》（Mary and John Gribbin, *Being Human*）一書中，比較了不同動物的懷孕期及占其壽命的百分比。大猩猩是兩百五十七天，占其二十年壽命的百分之三點五；獅子的懷孕期有一百零八天，占壽命的百分之二點五；而人類約九個多月的孕期，只占平均七十歲壽命的百分之一，可見人類的懷孕期在各種動物中都是最短的。相對地，人類的成長也比其他動物長得多，這也是為什麼小嬰兒無法像北印度恆河猴一出娘胎就會自己走路般在剪掉臍帶後就會自己去沖泡牛奶的緣故了。

顯然，九個月是太小氣了，但我也相信所有抱怨時間太短的準父母絕對不願像大象，足足懷孕

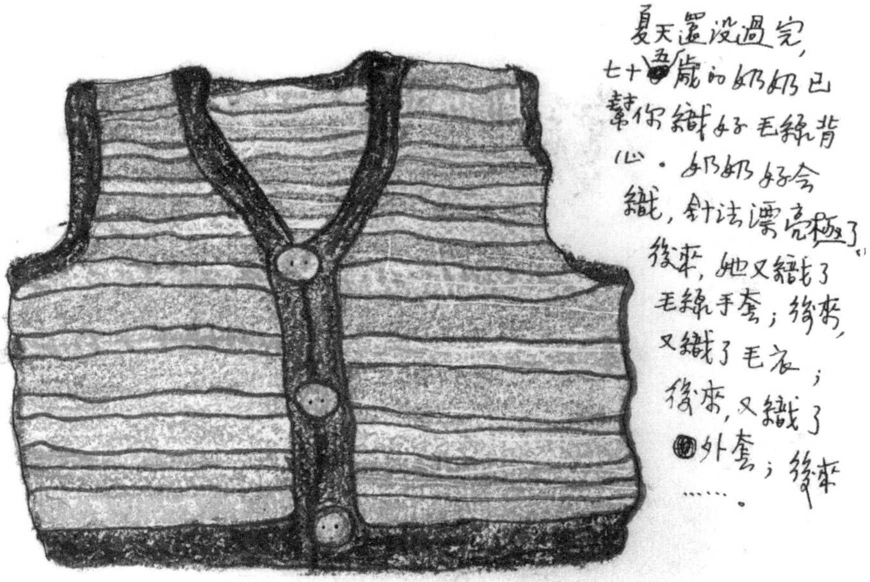
夏天還沒過完,
七十五歲的奶奶已
幫你織好毛線背
心。奶奶好會
織,針法漂亮極了,
後來,她又織了
毛線手套;後來,
又織了毛衣;
後來,又織了
外套;後來
……。

兩年才生小孩!若如此,他們會瘋掉。

所以,我們還是聽從演化時鐘的指示,回到九個月。

知道自己懷孕後不久,我即結束上班生涯回家過自己的日子。但為了趕在生產前交出第十一本散文集《女兒紅》,成天窩在書房寫稿、整編。不知不覺有一天,忽然覺得怪怪的,手快要搆不到桌沿,低頭一看,肚子已經大得「從中作梗」了,稍往前傾,抽屜把手即頂住肚子,小傢伙便拳打腳踢一番以示抗議,才猛然驚覺離預產期不遠,而「胎教」似乎還沒有正式開始呢!

坊間有許多關於胎教的教具,CD、書籍……等,我總覺得造作且粗糙不堪,如果孕婦成日情緒悲憤,聽那些音樂恐怕也無法讓胎兒怡情養性。我想,和諧且愉悅的家庭氣氛就像春日草原的香氣,會讓胎兒樂於大口呼吸;而沈浸在喜愛的工作裡的母親,會讓小寶寶感受到積極向上的意志,因之手舞足蹈,快樂成長。當然，一本好書與優美的音樂，就像繆斯的手輕輕撫摸胎兒的頭，承諾他，在藝術的世界將可以見識到高貴的靈魂。

如果，生活即是胎教，那麼可以從孕婦的孕期生活品質推測「胎教」功效。很遺憾地，我不認為現代孕婦的生活品質夠好。並非需要工作之故——事實上適量的工作反而可以讓孕婦顯出活力，而是周圍的家人、同事、朋友無法協助她建立平安、喜悅的生活。譬如：一個把懷孕視為工作效率低落、浪費薪水而恣意對她改調、開除的老闆；一些把大小雜事堆到她頭上、讓她腆著肚子大口喘息做都做不完的家人；一個粗心、不懂體貼讓她每次都孤零零地去做產檢、獨自面對懷孕所引起的各種不適的丈夫。我們不得不承認，職場上的鬥爭不會因一個孕婦出現而偃兵息鼓；即使在公車上，冷漠的人群也不會因一個大肚子女人來了而有人讓座。所謂胎教，不僅只是母親的事，它更像一面鏡子，預先讓胎兒感應即將拜訪的這個世界是險惡或是善美，貧瘠抑或豐饒。

當然，如果不幸碰到一個粗心大意的丈夫，現代孕婦也得想辦法自力救濟：一是「恭請」他面壁站好，然後擡起孕婦高貴的右腳，在「產前運動」允許的範圍內用力踹他那見不得人的屁股；二是以天真無邪（但挾帶威脅）的笑容告訴他：「呀！以後，我會教小寶貝叫你『叔叔』的！」

就這點而言，小傢伙是幸運的，他有個好爸爸，從第一次上婦產科檢查到出生，每次產檢都親自護送，不曾遺漏任何細節，甚至像個超敏銳感應器，只要方圓五公尺內有人清喉嚨、吸鼻子、打噴嚏、擤鼻涕、咳嗽，他就立刻將我「駕」開，免得來路不明的感冒病毒打擾到我與小傢伙。

我相信小傢伙了解這些，第一次聽胎心音時，他一定知道爸爸、媽媽等著「聆聽聖旨」，所以用力搏跳，聽筒裡傳來的心跳聲非常像從外太空駛來的星際特快車，載著滿滿的期待，彷彿等了幾百年才等到的「一家團圓」。

即使如此，如果可以重新過這段孕期，我不會去寫《女兒紅》書中的某些篇章，它們讓我沈浸在傷感的情緒裡久久不能平復；我也不會讓不愉快的離職經驗在心中盤根錯節，使自己情緒激動，時而陷入憤怒之中。

這些，使我對小傢伙感到抱歉，他有權利從我這兒體會到更多的快樂與感恩才對。

在成為一個女人的過程裡，我不曾覺得社會提供給我過少的資源以致無法打造自己。這話也可以換個角度說，如果一個女人自行剔除婚姻、生育兩大項目，即使社會提供的資源非常匱乏，她也能翻雲覆雨，造幾個亮湯湯的夢掛在屋簷下。

懷孕後，才發覺我們的社會對待進入婚姻、生育階段女性的態度，近乎無情。

首先，很難找到詳盡、實用的書籍去了解懷孕所帶來的複雜生理與心理變化。女人其實不了解自己的身體，從小的教育也不鼓勵女性掌握知識成為自己身體的主人，因此，面對孕期中的風吹草動，常茫然不知所措。再者，婦產科醫生鮮有耐心聆聽孕婦的陳述，他迫不及待要在二十秒內把妳趕出去換另一個大腹便便的女人進來。於是，一個充滿疑惑的孕婦最常尋求的解惑之道竟是「問有經驗的人」，藉她人的經歷來摸索自己的身體。

在出版界那麼多年，我從來沒發覺「女性學」是一片可憐的荒漠。如果不儘快把與女性相關的各項知識釋放出來，恐怕很難企求女性自行鍛鍊出力量以架構自己的一生。於是，我完整地看到，在我熱愛的文化產業裡，竟存在那麼嚴重的性別偏食問題。

一個孕婦需要什麼？

除了和善的婦產科醫師，她還需要一本能解決困惑的《懷孕百科》，能預先閱讀的《育嬰全書》。她需要有人為她設計不同階段的「運動」（包括「拉梅茲」生產法）。她需要加入「孕婦俱樂部」，跟一群同樣大肚子的女人分享孕事、傾訴心情、交換情誼、練習照顧新生兒。她也需要一位營養師為她設計現在及坐月子的飲食，免得過瘦或超胖。她還需要shopping，採購自己及嬰兒用品。當然，她更需要不一樣的休閒、娛樂，應該有人推薦給她：十本最適合閱讀的書、十片CD、十部電影、十處風景區，及各種適合孕婦參與的藝文活動。還有呢？她更需要一把專為孕婦設計的洗澡座椅。任何人只要在腹部綁上十八公斤重、兩個椅墊般大的東西進浴室洗澡，就會自然而然浮現那把椅子的形狀。

密語之四

只有失去嬰兒的人才懂，傷口即使結痂了，裡頭還包著鹽。

「失去」的種類很多，流產、早產兒是最常見的，現代醫學也擋不住，盡了力還是失去。於是，那位躺在床上養身體的「母親」望著天花板沾灰塵的小燈球，耳邊聽到外頭小孩遊戲的聲音，床邊擺著安慰者送的花束與水果，眼淚簌簌而落。

這一落，人生到了雨季。

豐子愷在〈阿難〉一文，寫著：

「往年我妻曾經遭逢小產的苦難。在半夜裡，六寸長的小孩辭了母體而默默地出世了。醫生把他裹在紗布裡，托出來給我看，說著：

『很端正的一個男孩！指爪都已完全了，可惜來得早了一點！』我正在驚奇地從醫生手裡窺看的時候，這塊肉忽然動起來，胸部一跳，四肢同時一撐，宛如垂死的青蛙的掙脫。我與醫生大感吃驚，屏息守視了良久，這塊肉不再跳動，後來漸漸發冷了。

唉！這不是一塊肉，這是一個生靈，一個人。」

一個小小的人，莫名地被命運之神取消旅程，告別了準備迎接他的家人。

永遠永遠，做「母親」的記得這個差點就握到手的小小孩，在心裡造一座溫暖冥府，看護他（她）長大。

沒見過面就失去的，是另一種痛，譬如墮胎。

在女人的情愛生命中，墮胎經驗如同大白晝遇到惡徒，被擄至黑暗洞穴綁在冰雕的大十字架上，得靠自己的體溫去融冰才能獲救。然而，即使下得來，背脊也是一輩子發冷。

男人與女人怎能平等？愛情是以女人的身體為戰場，孕育與誕生的苦痛都在女人身上啊！

我想起那一年，杜鵑與流蘇盛放的季節，她的臉彷彿被鹽水浸過。

我們才十九歲，青春熾烈得足以供應幾場華麗冒險，然而站在現實面前，從頭到腳還是一個「嫩」字。她與我同修一門旁系的課，又同一棟宿舍，自然熟稔起來，常常同進出。後來，有個男生現身了，如同所有的大學校園羅曼史情節，他們很快成為形影不離的鴛鴦蝴蝶，一起出現在總圖、東南亞電影院或龍潭豆花店裡。

好長一段時間沒見到。忽然有一天，上課途中看見一個熟悉背影，坐在杜鵑花叢旁草地上，垂頭把自己抱得緊緊地，輕輕晃著。

我喊了她，走近。

她沒答，頭仍舊壓得低低，身體不晃了。我蹲下來，問她怎麼了？豐碩的杜鵑花叢好似在喘息，嬌美之花一朵接一朵開著，人一碰，露水紛紛滴落。

「妳怎麼了？」我又問。

難以忘懷那張佈滿涕淚的臉，不僅失去十九歲的青春色澤，更浮現枯槁與蒼白。

她說不想活了，想從宿舍頂樓跳下去，腦海憶起在鄉下種田的無辜父母，卻怎麼也跳不下去……。

說完，痛哭失聲。

就在那一天，我開始了解女人在情愛與情欲面前，既不老謀更不懂得深算。花了大半光陰從青春學到老，可能只學會使自己「傷得比上回輕」。

愛，難道不包括「不讓對方受傷」？不包括共同承擔苦痛、幫對方分解委屈？

她吞吞吐吐，終於說：「剛拿掉一個小孩，三個月大的小小孩。」

歡場區附近一家位於二樓的小診所，髒兮兮的木板樓梯，她說，上上下下爬了三次才鼓起勇氣推門進去，一進門看到一排大玻璃罐內泡著小胚胎，像雜貨店的糖果罐，罐上標著月分。

「三個月……這麼、這麼小！」她伸出手指比著，淚流滿面。

從診所回來幾天後，男友留了字條，說彼此個性不合，決定分手。她不吃不喝，發瘋似地找他，這人不見蹤影。

沒有力氣活，想站起來都好難，她說，拿掉一個小孩，怎麼可以……可是我真的「殺」了自己的小孩！

男人的身體是海，船過水無痕；女人身體像土壤，精密得連一瓣花落都猶似墜樓人。

我們同聲而哭，躲在杜鵑花叢深處，為一個小小的、小小的生命。嬰靈是自由的吧，那麼，在那個杜鵑與流蘇盛放的季節，小小嬰應該有力氣躺在花叢間，吮吸自己的拳頭，看到兩個小女人全心全意呼喚著他。

失嬰之傷並未隨時間淡化，好似一種奇妙迴聲，只有女人聽得見；那細細、竊竊的微音，可能藉由三兩隻郊野粉蝶的搧翅而出現，或僅是月光，浮在水面的月光，讓女人想起她的小小嬰。

畢業那年，農曆七月，她在路邊招了計程車，坐上沒多久，發現司機一直從後視鏡瞟她。「有什麼事嗎？」她鼓起勇氣問，當時是大白天，她諒他也不敢妄動。

她向我轉述這段經歷時仍然驚魂未定，慌得流下眼淚。她說，司機先試探性地猜她的家庭狀況，約略都對。後來，直截了當問：「妳拿過小孩對不對？」

她吃驚，聲音發抖，問：「你怎麼知道？」

司機說自己從小有陰陽眼，能看見別人看不見之事物，「剛才妳開車門，有個三歲小孩跟妳一起進來，現在坐妳旁邊。」

她說她立刻覺得車內陰涼起來，可是心頭感到一絲溫暖，小小嬰來找媽媽了！她鼻塞眼濕，強忍著，問司機最後一個問題：「男的還是女的？」

「女孩。」

她說，可憐的女兒，在那邊一定沒人疼才來找媽媽，可憐的女兒！可憐的女兒！

那時，我們也不過二十二歲啊！

有一年到日本旅行，無意間發現供奉嬰靈的小廟，每個小泥偶代表一名仍被父母記憶的小孩，總有一兩百個，聚在一起不但不陰森反而有溫暖的世間趣味，彷彿永不放學的幼幼班，地藏王菩薩充當保姆，每天都發糖果餅乾。

我添了香油錢，祝福每個小小孩。後來，還寄一張照片給她，特別說明也祝福了她的小小孩。這麼多年過去了，我不知道遠嫁約翰尼斯堡、擁有熱熱鬧鬧幸福的她如何回想那年的故事？她會望著非洲大草原落日，掐一掐指頭數，遐想千里之外某一叢杜鵑花旁站著她的亭亭玉立的女兒，而紛飛的流蘇像霧？她是否還記得十九歲時，她哀哀欲絕卻仍以一個「母親」的堅定口吻說：

「不管以後……我活還是死……有沒有生小孩……他永遠是我的第一個孩子！」

算數的，只要曾在子宮裡住下來，即使只有一個月，女人也會以母親的愛收容他、記憶他、思念他，緊緊擁抱他。

這苦苦的愛，像一把射向宇宙腹部的箭，驚動，遂有了流星。

6 想像我們躺在暖暖的海洋裡

按照預產期，「搖錢樹」應該是雙子座的，但他有意見了，不出來就是不出來。（最後一週產檢時，醫生看著我那增加二十二公斤的「大霸尖山」，以堅定的口吻說：「絕對不會超過預產期，快了快了，就這兩三天，我保證！」）

看過幾千顆肚子的醫生，也有測不準的時候。畢竟，每顆肚子自成小宇宙，小霸王們也各有各的律法。

那些把預產期記在日曆本的朋友紛紛打電話：「有沒有動靜呀？是不是快了？開始痛了沒？」

「痛你的頭啦！」我說。

「大霸尖山」非常平靜。

過了預產期一天、兩天，還是沒消息，我覺得我們「母子」需要懇談一下：「你怪媽媽只顧寫稿沒帶你去散步對不對？還是……你想過端午節、吃完粽子再出來？好好好，我們現在就去吃粽子，三個夠不夠？」

過了端午節，還是沒動靜。我安慰自己，預產期前後兩週內出生都算正常。只不過，醫生已預測小傢伙約重三千五百公克，若再「吃」十來天，那……那要怎麼生呀！

我是「自然生產」信徒，除非醫生判斷有生命危險之虞，否則絕不剖腹。我對某些產婦以怕痛、擇時辰及其他不相干理由而要求剖腹的作法很不贊同。生產一定是痛入筋骨的，然而這種痛也一定在人類能承受的範圍內，否則，演化法則早就淘汰這種生產法，改在女人的腹部長一條縱向的「拉鏈式肌肉組織」，只要輕輕一拉，小嬰兒即自行鑽出，如坐法拉利敞蓬跑車。而坊間所謂算命擇時辰出生的更是無稽；其一，命數應在生命著床的那一刻決定，這時間無法更改；其二，若社會提供的大環境是惡質、貧瘠的，一個擁有「富貴雙全」之命的孩子能有什麼發揮？況且，小生命若落入不尊重兒童成長權利、鎮日火爆爭鬥的父母手裡，不需命理師，誰都能判定這孩子「歹命」——即使他的出生時辰經過精挑細選。

通過那一條黑暗、狹仄的通道，對母親與嬰兒而言都是驚天動地的。因為母子緣分與生命是這麼難得，必須以巨大的痛來啟動、銘記。只有痛才能表達喜悅的極限，才能攫住在幽幽夜空中飄蕩了億萬年的那份「真實」。

再不生，有三路人馬會發瘋：婆家、娘家及媒婆兼小傢伙的首席乾爹林和教授，尤其是林和，他緊張得只差沒叫我們攜帶睡袋去醫院門口露營，免得小孩在停車場出生。孩子爸爸向來沈穩，被他一搧動，也心浮氣躁起來，甚至思考要不要去住飯店，萬一半夜有動靜可以在五分鐘內趕到醫院；或者，去學怎麼接生，萬一我在車上肚子痛而正好碰到可怕的塞車。

「你自己看著辦！」我用指頭輕輕彈肚子，跟小傢伙說：「選個不是半夜、不是假日、不塞車、不下雨、不停電、不是很多寶寶出生的日子，舒舒服服地出來見世面吧！」

這一天終於來臨。

凌晨三點，我起來如廁，發現落紅，緊張又興奮地喊醒他：「去醫院，要生了！」即刻叫無線電計程車往位於東區的醫院。天色仍暗，一路車輛稀少，偌大的都市像沈睡中的巨靈，平安、寧靜，甚至散出淡淡香味。他緊緊地握著我的手，我以手托住渾圓的肚子，時而拍拍它，在心裡唱歌給小傢伙聽，以意念告訴他：「要勇敢喲！今天是你的大日子！」

到了醫院，直奔產房。裡面空蕩蕩地，一位值班護士走來，我以權威的口吻告訴她：「我要生了！」她要我躺上待產檯作檢查，很洩氣地告訴我：「早呢，只開一指不到！」接著是很多產婦經歷過的：被趕回家！

「可是……可是……我……天這麼暗……要是一回家又有狀況……不能讓我在這兒待產嗎？……」這也是很多產婦經驗過的。

又叫無線電計程車，回家。天色仍暗，這城市還在打鼾。

白跑一趟，我才想起肚子還沒開始痛呢。平日看書看熟了，各種產兆都會背，沒想到一緊張全給忘了，自覺十分漏氣，回家後突然盹得很，倒頭便睡。他也跟著補眠，決定不去上班，看樣子今天會有動靜的。

早上十點鐘，開始肚子痛，不久即把早餐吐出來。知道怎麼回事，倒也不慌，按部就班，洗澡洗頭，免得產後頂著一頭油麵。陣痛產生的過程頗奇特，似有一股移山倒海的力量在體內慢慢滑動；此處要有山，便成山，此處要有海，便成海。然而整個人已站不住了，一面躺在床上輾轉反側，一面聆賞麥斯基演奏巴哈大提琴奏鳴曲，追隨和諧典麗的音樂，讓音樂的力量導引身心，一寸一寸舒緩下來，任由痛自行運轉，形成規律，漸次密集，終至強悍。當此時，我忘了所有，事件、細節、記憶、情緒，完全失去，只剩樂音，如微微山風吹過原野，吹拂生生不息的宇宙；只剩陣痛，如遙遠山谷傳來原始部落擂鼓的聲音。

中午，吃不下任何東西，我要他去買一瓶雞精，這一戰需要體力，必須補充營養。午後，我告訴他（仍然有點心虛）：「好像應該去醫院了！」他看了看天色，怕太早去又被趕回來，提議：「等下過大雨再去！」初夏天空每日產一枚大雷，陣雨滂沱。

我說：「該去了！萬一來不及！……」

叫計程車奔赴醫院，天空宛若大軍壓境，是快下雨了。這回，護士沒趕人，的確是「狀況很明顯」了。她們說，頭胎有這種速度，算是「很優秀」的。

躺在產檯上，痛已達到欲崩欲裂階段，監測器測量胎兒狀況，小傢伙的心音如迫不及待的雷鳴。這一戰開始了，我在心裡喊他：「媽媽在這裡，我們一起打這一戰！」

孩子爸爸已電告諸親，並請他們不必趕來醫院。窄小的待產室僅以布幔隔住，前後無人，但遠處那間應有人待產，不時傳來尖叫、哀吼、怒斥、咆哮，我不得不借用這麼嚕嗦的形容詞描述她的哭喊，那聲音於平日聽來已十分刺耳，更何況我也身陷「產境」，聽來如萬箭齊發。才發覺自己不會叫，一波波的痛襲來，頂多大口呼氣，啊唷兩聲。也許一向情感壓縮慣了，不擅尖聲發洩吧！

他搬把椅子坐在檯邊，除了幫我擦汗、搧熱，一面注意監測器上的變化，一面看書。

我問他：「看什麼——書呀？」力氣似乎持續減弱。

「就……那本書嘛！」他說。

一本寫給男人看的書：《伴她生產》。買來大半年，他都沒看，這節骨眼才臨時抱佛腳。

問他：「現在看有什麼用？」

他的說法也很有道理：「知道妳會碰到什麼狀況，我比較放心！」這麼說，我得控制速度，要是我一咕嚕生好了，他就不必看書，那豈不白買了。主治醫師來過，他認為照這種優秀運動員式的速度看，傍晚五、六點鐘就會生。此時，離我進醫院已兩個鐘頭，心想再忍一個多鐘頭即可結束，氣力立刻攀升。母親帶著八歲的小姪女來，她們掀開布幔進來時，我正面臨一波痛潮，目見她時，下意識覺得這張熟悉的臉好蒼老，彷彿自小在上面跑跑跳跳的山丘、田野，怎麼一下子荒起來。她一定看見我那因痛而漲紅、扭曲的臉才露出焦慮神情，卻使我不忍起來。

「阿母，妳回去！……」我有氣無力地說。

外面下好大的雨，小姪女嘁嘁喳喳地說。適才，她一進來就問：「大姑姑，妳怎麼了？」聲音透著驚慌、害怕。我提起精神回答：「我在生小孩，會痛！」她才稍為放心。

母親與小姪女被我趕出去，到產房外等候。看見她，讓我分外難受。母親再怎麼疼惜女兒，也無法代替她承受生育的苦痛與風險。好似半空中有一條名為「母親」的軌鏈，三十五年前，她藉由自軌鏈垂下的一縷絲繩，腆著大肚子向上爬，生了我，成為軌鏈上的一員。如今，她坐在軌鏈上，看她的女兒也腆著渾圓大腹扯住一縷絲繩在空中左右晃動，上不去下不來，必然心急如焚。趕她出去，就是要她掩耳摀臉，不看不聽，萬一——我掉下去了，那景象才不會印入母親的眼睛。

十分鐘不到，母親又進來，一聲聲喊我的乳名，如同小時候向黃昏四野喊我回家般，臉上更是一堆愁容。

「耐也按呢？這麼難生！醫生不是說快生了嗎？耐也一直開四指？我看去開刀好啦！」她喃喃自語，慌亂起來。他站在一旁，也是臉色黯淡、表情嚴肅。護士教了我幾招「用力」技巧，我照著做，她卻說我「用錯力」了，壓力無法往下，反倒把臉弄得絞毛巾似地。時間已過六點，最後這一階段的產程陷入苦戰，肚子還腆得高高地，表示胎兒根本還沒往下降。催生針打了，羊水也被護士戳破了，胎兒還是下不來。

痛，一次比一次強悍，仍舊沒看見胎頭。

母親匆忙出去，她說去打電話，請阿嬤再向神明、祖宗祈求，保佑我平安生產。

「生得過，麻油香；生不過，四塊板。」這句民間俚語忽然竄入腦海。在貧困年代，生產確是玩命之事，誰也無法保證母子安然渡過。即使到了現代，醫學力量監控整個孕期、產程，然而難產仍時有所聞。身邊的朋友已出現兩例，都是母子死在產檯上。產房外的爸爸，原本滿心歡喜等著擁抱妻子、嬰兒，卻被告知得準備一大一小的棺材……。

人間苦，莫過於此。叫這遭逢霹靂的丈夫如何活下來！如何活下來！

看著他，我心亂如麻。痛楚夾雜恐懼已達昏厥邊緣。稍微清醒時刻，我看著他那不知所措的神情，極度不忍起來。心想，若我過不了這關，他如何受得住重擊？我們相識不滿一年，也尚未過結婚周年慶呢，如果我走了，那麼上天未免對他太殘酷。而一落地就失去母親的孩子，一生暖得起來嗎？

不可以！我在心裡喊，絕對不可以！

彷彿看見娘家公寓裡，幾近失明的八十多歲老阿嬤，拄杖從臥室慢慢走到客廳，拉開神案抽屜，數了幾炷清香，點燃，為我虔誠地向天公、神明、祖先祈求。從小，每逢家人遭遇艱困或深陷於生死交關之處，她便持香磕拜，向神祈求、許願、申訴，盼望兩字平安。我幾乎可以聽見她那低沈、急切且透著哀求意味的聲音，重複呼喚我的乳名，深怕神沒聽清楚似的。最後，她會許諾，若讓她的孫女順利生產，母子平安，屆時出院回家一定親自抱著嬰兒三跪三拜，叩謝天恩。

在盆地南方邊緣，我也彷彿看見七十多歲的公公、婆婆，為我默默禱告，願上帝的恩惠及於他們的媳婦與孫子身上。

家就是一堵牆吧！朋友總是後來才趕到，家人則一直守在現場。

每當子宮強烈收縮，痛，如撕肉裂骨。奇怪的是，我似乎產生最大的包容力，適應了那痛。我讓自己靜下來，全心全意喊我的小嬰兒——他被困在一只出口太小的堅韌皮囊裡，衝撞不出。

我對他說：兒子，想像我們躺在夏日暖暖的海洋裡。媽媽牽著你，無須掙扎，跟隨自然律動，讓海水輕輕搖晃我們的身體，忽左忽右，望著天空流雲，以及路過的鷗鳥。

想像觀世音菩薩，稱誦祂的法號如呼喚一位老鄰居。想像祂的眉，一彎新月映入湖中，又有一彎。想像觀世音菩薩的眼，萬頃悲歡盡收眼底。想像祂手中的楊枝，柔柔軟軟，拂過媽媽與你的身體。

我們一定要見面，兒子！一定要見一面！

母親與小姪女把護士們弄得快煩死了。我一痛，小姪女拔腿就去叫護士，大呼小叫的，彷彿什麼緊急事件，護士不來巡一下也不行。到後來，護士開始用較不客氣的語氣怪我「不會用力才生不出來」。母親則三番兩次央求她們趕快叫醫生幫我剖腹，她以生過五個小孩的資深產婦口吻「提醒」她們：「我女兒年紀也不小了，生不出來就給她剖腹嘛，妳們一直要她自己生，生這麼久了還在生，萬一有什麼問題來不及！……」

說不定就是靠她倆的纏功，護士才速速「解決」我這個「不爭氣」的產婦。

大約七點鐘，我被推入真正佈滿刀光劍影的「產房」，住院醫師加上護士，四、五個人走來走去，各忙各的，不時傳來機械器具的聲音，宛如身在廚房。擴音喇叭播放ICRT節目，輕快的英文歌。住院男醫師正與另一人討論跳槽之事，兩人很熱烈地比較待遇、福利及升遷管道。無人理我，沒有任何一隻蚊子過來向我說明接著打算怎麼做？當然，更不會有安慰、鼓舞的話語。

沮喪及無助籠罩著我。背脊痛起來，像有人在上面磨刀，正手反拍，磨個不停。我心想，如果平安渡過，我與兒子不過是這醫院每日順產紀錄表上的一個名字；若有不測，也是合理的、控制得宜的意外百分比之內的數字。醫護人員每日穿梭於生死事件之間，速度如同眨眼，躺在床上的病人（或產婦）早已被數據化、物化。病患面臨沮喪與無助時，希冀從他們身上獲得一絲慰藉，恐怕是奢求啊！

我感到非常非常累。盹，像一隻毛毛蟲爬上我的身體；可是又覺到焦躁、亢奮情緒交互出現，強烈地撞擊出「要把兒子生下來」的念頭。旋即，我被自己的求生意志激怒起來，似最高統帥親自指揮三軍般，迅速動員、整頓士氣——每當人生陷入低潮、困境，這股不服輸、不肯輸的氣概便會出現，混雜憤怒、深仇、瞋恨情緒，強度升高，終至復仇的暴力邊緣。

我準備好了，即將引爆。

主治醫師進來。一位實習護士要我一痛就用力並呼叫——這訊號要給住院醫師，他已站在我的「大霸尖山」旁，伸出孔武有力的兩條手臂，準備在子宮收縮高峰時用力把小傢伙像「擀麵」一樣擀出來。

一次！兩次！

第三次，巨痛如瘋狗浪襲來，我吸氣、咬牙屏息，兩手緊抓產檯兩側護欄，上身拱起，將所有氣力孤注一擲向腹部壓去，住院醫師伸臂擀腹，主治醫師以「真空吸引法」呼應，當三股力量匯聚

每一個生命皆是
歷經艱險才來到世上，
理應被祝福。
BABY

剎那，我感到肉體崩裂飛散，但那不恐怖，至痛反輕，只像跌入盛放的玫瑰園，被花刺螫身。三股力量消褪，我接著覺得——彷彿只剩最後一線神經偵測而得，自己變輕了，像一片從暮秋樹林飄出來的枯葉，在風裡打轉，飄回宜蘭家鄉的冬山河上，穿過老厝、水鴨、炊煙，又緩慢地飄向陰陰暗暗的山谷，風吹拂，冷冷的幽谷。

突然，啼哭！聽到遠處傳來嬰兒啼哭，銳細的音波竄入外耳道、耳咽管，來回撞擊、振盪，形成箭，傳輸至即將捻熄最後一盞燈的大腦判讀：是嬰兒沒錯，不在遠處，近在咫尺！

那箭完完整整射中我的心！

是的，我當媽媽了！

宇宙重新亮起來，星子們又竊竊私語，像每一個尋常日子。

「很好，出來了！」主治醫師的聲音。他接著為我縫合傷口，此起彼落的器械聲音。所有的痛楚與疲憊消失得乾乾淨淨。

「兒子！嘿，兒子！歡迎你來！」我說。

一位護士抱他在遠處不知做什麼（許是量身高、體重及清洗），我偏著頭看，不斷在心裡喊他。不知是否每位靈長類母親都會在胎兒脫離母體時立即啟動保護系統？適才，我甚至浮現護士會把小孩抱走的恐慌思緒，遂一直盯著，深怕他離開我的視線。

沒多久，護士抱他過來。粉紅包巾裹得緊緊地，只露出小臉蛋。我看著小傢伙，笑起來，講了一句事後覺得不夠強而有力但當時卻是出自肺腑的話：

「好可愛啊！」

重三千七百七十公克，身長五十四公分，頭圍三十六‧五公分——就是這顆大頭，使我生得飛天墜地，眼冒金星。

孩子爸爸說，當我承受巨痛時似乎陷入半昏迷半清醒狀態，我握著他的手，以交代遺言的口吻說：

「萬一出了什麼事，你要記得，我愛你！」

密語之五

「妳要走了嗎？」我問。

在我面前，是另一個我，她赤腳，坐在一口舊皮箱上，眼睛望向遠方。

「也許……我們……可以談一談！……」我試著挽留。

「有什麼好談？」她說。聲音冷冷的，吐出的每一個字都像冰塊。

「因為，」我索性坐下來，與她面對面，「我做母親了，所以妳要走，是嗎？」

夏日雷雨總在午後落下，兵馬雜遝似的，振動每一堵磚牆與舊窗。聽這滂沱大雨讓我感到安靜，愈大的雨愈能營造私密空間感，只有自己躲著，純然、和諧，任何人也進不來。在小小的密雨暗室裡，恢復本來面目，自己與自己對話，陷入沈思。

思索一生能有多少追尋？一雙腳能丈量多少面積的江湖？討價還價之後，挽著胳膊的那人是否能走到白頭偕老？捏在手裡的幾兩夢，是否會被現實這條惡犬叼走？

一生多麼短，可又迢遙得讓人心亂。

我從不認為有一天我會變成所謂的「賢妻良母」——這四個字在現代女性的夢想版圖與自我實踐意層上，似乎已是落伍行業，尤有甚者，象徵受殘餘舊勢力擺佈、不思蟬蛻的可憫女人。事實上，過去的我也對「家庭主婦」沒什麼好感，總認為那是被奴役、受宰制，活在男人鼻息下的次等女人。單身，才是徹底擺脫「家庭主婦」陰影的法子，我想。

雖說嚮往真愛，不一定必須導入婚姻；然而，不願意（或不可能）導入婚姻或類似婚姻之固定關係的兩個人，常常釀不出真愛。弔詭，卻十分公平。

華麗的飄蕩，大約就是大部分情侶的狀態吧！

真愛，對我及同年齡層的半新半舊人類而言，仍具有強大吸引力。我們廁身在流行集體華麗飄蕩的情愛族群裡，常常覺得乏味，遂想起母親或老祖母那一代的動人愛情。他們的腳後跟都繫著大磐石，一輩子只愛一個人，苦也給他，歡也給他，手裡捧著的那碗婚姻飯，雖是蘿蔔乾配地瓜簽，卻有情有義。

對他們而言，愛情不是神話，是生活；不是橫征暴斂，是惜福與修行；不是酬神廟會，是月圓月缺永不質疑的信仰。

就這樣，兩個人駕著一條破船，在人生這場惡浪裡同枕共眠、生死與共。從年輕夫婦走到老夫老妻，終於風平浪靜了，整個世界又只剩彼此。突然有一天，老伴走了，另一個老人嚎啕大哭，第七日，也走了。人都說，頭七是靈魂回家之日，特地回來把老伴帶走，黃泉路上手挽著手，又是一對戀人。

只有老祖母那一代，才看得到雙穴墓園裡立了大理石小碑，一行金沙字這麼寫：「愛永不渝，至永恆的一對。」

為什麼在我們眼裡頑固、迂腐的那一輩，竟敢在愛情與婚姻裡發下「永遠」的誓言？或許是真愛的力量吧，使人看到神才看得見的風景。

而我們這一輩夾在新舊曖昧地帶的人，對自我生命的規劃與期許比前人精明、老練多了。事業，毫無疑問在生涯版圖上占最大位置；不只要有一份差事，藉以證明工作能力、追求經濟獨立、編織人際網絡，更冀望精進，成為那一行少數幾個風雲人物之一。

這些，必須付大筆代價。即使到了名為多元開放、兩性平權的現代，一個期許在事業上頭角崢嶸的女性是四面楚歌的；她必須跟自己戰，跟女性戰，跟男性戰，還得跟不時飄入腦海、想要耕耘一段真愛的念頭戰。

於是，我們這一輩女人忙碌起來。年紀輕輕即結婚的，紛紛半途離婚捲起袖子打拚事業，把自己的名字拭得亮晶晶地，她們宣稱婚姻不過是一副手銬腳鐐，而所謂真愛，當妳遇到不長進的男人時，你會發現「真愛」就是笨驢子面前的那根塑膠胡蘿蔔。

情愛潮流前衛起來，狩獵者與狙擊手在午夜酒吧豔遇。關心的不是對方的心情與故事，可能是，避孕方式。

而在另一邊，年紀輕輕即跳入事業瀚海從基層做起的，憑著刻苦耐勞與實力，大部分在公司已坐上豪華型皮椅，擁有停車位、一名助理；當然，也在郊區買了房子，雖然得分期付款，但一年出國度假兩次，也還綽綽有餘。

缺的，是一份愛，一個願意喊停、把她從集體飄蕩狀態抱下來的人，對她說：「我們踏踏實實造個家，好嗎？」

於是，情愛潮流傾向新古典主義，兩情相悅且能白首偕老是最高境界。

我們這一輩女人不僅忙也夠亂，不知該跟隨哪一波潮流？前衛狂野、古典浪漫，都令人心動，也一般困難。

於是，折衷辦法是把愛情留在非婚姻狀態，採間歇性同居，保持既交集又獨立、既纏綿又自由的關係。如此，女性才能兼蓄事業與愛情；不扛婚姻重殼，卻吃到真髓。

遺憾的是，這種辦法看起來理想做起來卻捉襟見肘。欲望是沒道理的，大多數女人最大的性欲是絕對地占有一個男人。她可以接受情欲工讀生、易開罐情人，但她無法忍受「鐘點丈夫」。

家，是必須在具有「強制執行」效力下才能發光發熱的一個字。如此，不得不碰到法律，歸結至婚姻，納入世俗社會的倫理架構。

為什麼女人對「家」（或延伸言之：一種穩定關係）的渴望勝於男人？一切都可歸諸演化律則吧！如果，某一物種不肯安定下來傳承生命，必然要承擔高度的滅絕風險；人類七百多萬年前忍受骨骼痠痛奮力站起，改以兩足行走的那一天始，即深諳競爭與繁殖的重要性及技巧。而與其把衍育工程交給到處闖禍的男人，倒不如交給較細心、耐心、愛心的女人穩當。當然，我們也可以不服氣地抗議，把育兒工程交給女性是一種陰謀，讓女性喪失征戰能力，困在小殼子裡發霉、發呆，若倒回遠古太初，將衍育之事交給男性，他們也會乖乖學會這些技巧，並視之為「天經地義」的。

話可以這麼說，但仍有難以解決的部分，譬如「奶水」在女人身上，著實難以想像一個出去打獵的女人，正與野獸搏鬥時卻因脹奶問題不得不暫時休息到旁邊解決的情景；更難想像在洞穴裡照顧嬰兒的男人，抱著餓得大哭的小嬰兒匆匆跑出來卻呆站在那兒的畫面，因為眼前有三座高山，他不知道「母奶」在哪一座山上？

還是讓男人去打野獸吧！要是天黑了，沒帶肉回來，女人就大聲罵他吧！

打野獸的人不見得看得到明天的太陽，所以男人必須迅速且確實地把自己的基因傳遞下去，他是播種者，不是園丁。

而每個女人身上都有一只「繁衍鬧鐘」，時間到了，嘀嘀嘟嘟響，她得出去找個伴，造個家，生個小孩。

在現代，雖然有愛情不一定要婚姻，有婚姻不見得要小孩，自由選項，但「繁衍鬧鐘」內化到對「愛」與「家」的嚮往則是不變的。沒了秒針，分針與時針仍在呀！

那些完全丟掉「鬧鐘」的人才是真自由，有條件成為情愛王國的皇帝。只有不碰法律約束、不碰道德規範、不碰繁衍命題的人才有本事吃遍滿漢全席吧！

雖然天生不是玩家，但我以為自己是少數身上沒有「繁衍鬧鐘」的人。

也許在夢與清醒的邊界，曾經渴慕過真愛、幻想過嬰兒，但在燦亮的大白晝裡，腦海裡波濤洶湧的是工作、事業以及更多的事業、工作。

三十四歲那年春天，我感到莫名地疲倦與憂傷，開始逐項總整理自己的生活，很多事物、情感、期盼丟掉了，剩下的幾項拼起來就是一個前中年期不婚女子的生活圖象。我認認真真地規劃下半生，非常務實地盤算如何能擁有優質的中、老年時光，免得老時變成貧病交迫、孤單寂寞、脾氣又臭又硬的狼狽老太婆。我找壽險顧問時，已經非常確定自己不會結婚的了。買了保險之後半年內，我不僅結婚也懷孕了。

人生能規劃嗎？能。但你也得搬把小板凳擺一旁，讓「意外之神」坐坐。

承接生命中的意外之喜容易，接下後放入生活則需努力，如同做事起頭起得好，也得往下都見錦繡才行。我的人生規劃又得重來，等於才蓋好樓房又要拆屋，那種混雜歡喜、驚懼的情緒，就像聽到散步回來的「老神」張大眼睛說：「妳看看妳，誰說蓋摩天大樓的呀？我要蘇州庭園！去去去，拆了拆了，妳現在就給我重蓋，別忘了花園裡加個亭子什麼的！」

（誰說妳不結婚的呀！去去去，現在就去給我結婚生小孩。）

好在明白自己的屬性有明亮的一面，單身時就把一個人的生活過得風姿綽約，結了婚也可以把婚姻捏得有模有樣。太急於將自己塞入制度與激烈反制度都是不必要的，人才是一切問題的關鍵與解答，碰對了人，天時地利人和，人不對，似磨坊裡的驢子，日夜轉，還是走不到出口。

然而，掙扎還是有的。

像我們這一輩在事業上已有些眉目的人，要毅然擱下工作回家褓抱幼嬰是必須經過天人交戰的；事業與孩子都重要，也都難捨。

一個藉由工作建立自信、展現生命丰采的女人，若斷了她的事業線，等於取她性命，失去顯露自我魅力的能力與機會，她不會快樂，沒多久就出現「困獸」的焦躁與怨懟。反過來，把初生嬰兒交給保姆撫育，她也難以抹除心中那一絲歉意，母親難道不應該親手抱大自己的小孩嗎？

我知道我會留下來親自褓抱，像我祖母、母親那一代般。但是，創作事業受阻的心緒仍需靠自己化解。

問題的癥結在於過去我從未將婚姻、養育子女視為自我實現的一部分，以致不能相容。或許，這也是一種偏差的價值觀，認為婚姻、子女不應成為現代女性自詡的項目。現在，上天給了我一個機會，去發現過去我視為荒蕪之地所藏的珍寶。

做一個「全女人」，接下不早不晚恰到時候來臨的「母親」職務。小生命，難道不像一家剛創立的公司嗎？我想我正好可以拿出以往的創業精神與毅力，為我及兒子的生命資產做出一點業績。生命實現是自己的事情，加個項目，只會使它更豐饒才對啊！

所以，在夏日雷雨落下的午後，我看著另一個我——懷抱事業野心的她坐在舊皮箱上望向茫茫雨景，她打算離開。

「留下來吧！」我說：「沒有妳，我不會快樂。同樣，一生中缺乏做母親的體驗或者生了孩子卻未盡母親責任，不管事業多風光，將來回想起來也會遺憾！魚與飛鳥雖不能共同築巢，但可以共賞天光雲影，永遠相戀的啊！」

那一天起，我以「母親」的眼光看世界，及自己的人生。

⑦ 淚

喜悅是從推出產房的那一刻開始。母親、孩子爸爸及家人像蜂群般撲上來，明明才分別一小時，卻似久別重逢。語聲嘈雜，聽來讓人安心，世間仍在！世間仍在！

母親餵我吃豬肝湯，護士講解產後注意事項，隨後推入普通病房。時近子夜，家人才走，接著好友林和教授來探，不免又把「湯姆歷險記」講一遍。

當晚意外地失眠了，身體疲軟，精神卻飽滿、明亮像十六日之月。

孩子爸爸在旁邊躺椅睡著。房內小燈暈黃，鄰床也歇了，一室安靜，只有我醒著。

醒著，不免會想。思緒柔柔軟軟從童年、少女時代拂至今日，此時躺在床上，如船難墜海被巨浪捲上沙灘，陽光一寸寸吻醒腳踝、手臂、唇與眼，醒來乍見晴朗天空一般。

看他睡得那麼穩，想必在嬰兒室的小傢伙也睡得香香的吧！

因著這人生中難得的幸福時刻，我，流下眼淚。

8 餵食困難

除了至親，我們並未驚動太多人，少數幾位好友也是電話報平安而已。生產固是大事，安然渡過後，就變成芝麻綠豆不值得張揚，自家人忙進忙出就是了，無須把病房弄成友誼校閱台。

按照嬰兒室餵奶時間表，早上八點多我即下樓去餵奶。雖然奶水未來，傷口也還疼痛，但我堅持一定要親自抱他、餵他；再者，分隔了一夜，也是想念的。

嬰兒室大約有四、五十個高架蛋型嬰兒箱，每個初生嬰兒被裹得只露出小臉蛋，安安穩穩置於箱內，前頭嵌一紙，男的用藍色，女生以粉紅色，載明母親姓名及出生時間、體重。雖說有點不敬，但看來真像百貨公司的物件寄放檯，一格一格地，便於管理。

每個醫院的嬰兒室應是唯一匯聚喜悅的地方吧，除此之外皆是刀光劍影，充滿刺耳的生死搏鬥之聲。每逢到了嬰兒室探望時間，粉紅布幔拉開，即有一群人如被玻璃牆吸住般，鼻子、嘴巴貼住玻璃，張大眼睛看那些嬰兒。不僅看跟自己有關的那個，也興致高昂地瞧其他小娃兒，隨即展開選美、評鑑會，比大小，比膚色，比頭髮疏密、鼻子挺塌、嘴巴闊窄、耳朵厚薄、眉毛濃淡、人中長短、額頭高低，最後再做總結：前日多產男嬰，昨日多產女嬰，今日一半一半。

每回到醫院產檢，我最喜歡看那些「看嬰兒的人」，男女老幼合起來就是一幅社會縮影。有的看來像勞工階層的年輕爸爸，腰繫手機，腳趿最俗氣的白底藍帶拖鞋，喜獲麟兒（或明珠）的笑容裡透露擔子的沈重；有阿嬤級的本省歐巴桑，戴金項鍊、金手鐲，福泰的樣子像子孫遍佈台灣頭尾，她走過之地立即變成娃娃園。有的應是小公司老闆，西裝筆挺，一頭油髮，渾身古龍水味，一面嘰嘰喳喳講手機「按捺」客戶，回過頭來瞟幾眼嬰兒，又謹慎退後幾步，嘀嘀嘟嘟叫小李到中和倉庫調貨。事業生猛，「做人」成功，典型的台灣經濟奇蹟代表人物。

觀賞嬰兒，鮮有人不微笑。那過程似從冬季滑入初春，眉頭紓解，嘴角輕輕盪出去，發出溫柔嘆聲，用的語言都是燦亮、飛揚、愉悅的。難怪一群人看得都不想走，因為嬰兒誘發人內心最美好的部分，每個人流淌自己的真與善，如一彎清溪，一群人聚起來，豐沛成大江大河，沈浸在集體共感裡，像被暖陽麗景環繞，上癮似的，嘴上說：「走啦走嘍！」心裡卻想：「再看一會兒！再看一會兒吧！」

嬰兒對成人社會的啟示，或許即是「復原」，把被敗壞的世俗社會弄得像黑抹布似的心軟化、漂白、洗淨而恢復至無邪純真狀態。然而那時刻何其短暫，布幔一拉上，又紛紛變回乾巴巴的黑抹布，塞滿大街小巷。

護士從箱型床上抱起小傢伙連同一瓶牛奶交給我，此時亦有幾位媽媽進來準備餵奶。我們各在餵奶室找個座位，解衣讓新生兒學習吮吸母親乳頭，以便刺激奶水分泌。

我輕聲對他說：「早哇，我是媽媽，你睡得好不好？有沒有哭？不要怕，媽媽在這兒，媽媽餵你吃奶奶。」

他還睡著，似乎也要醒了，眼睛眨了幾下又閉著，裹在包巾裡的小手微微地動，好像知道媽媽來了。我忍不住深深嗅聞他的味道——生命誕生第二日的香味，沒有一位香水大師調得出這味兒，感覺像在有霧的暖春季節，躺在一條鋪滿柔柔軟軟花瓣的小徑上，吮著溫熱、香濃的乳汁，而遠處山坡傳來羊群經過的鈴聲。這味道不易調製，因為它叫「深愛」。

他很快含住乳頭，用力吮吸幾下。由於尚無奶水，改餵牛奶。他倒不排斥，吸得甚勤。先前聽說有的嬰兒會認奶嘴、乳頭，只肯擇一，使得產後三、四天才分泌奶水的媽媽無法直接餵奶，必須擠出奶水用奶瓶餵才行，增加不少困擾。小傢伙這麼不挑嘴，讓我放心不少。

他吸得很賣力，不過牛奶量好像沒減少。同來的媽媽們已餵畢紛紛離去，只剩我與小傢伙。一位護士過來協助，她告訴我他吃得較少，出生到現在吃過兩次，各十五、二十CC。她說她會幫我餵他，要我回房休息。

中午再去餵奶，小傢伙還是吃得很慢，餵了一個鐘頭仍然沒吃多少。晚上，嬰兒室打電話到病房，說小傢伙「餵食困難」，已請小兒科醫師看過了，現在送到觀察室，叫我們去辦手續。恐懼襲來，我忍不住掉淚。

密語之六

我忍不住掉淚，隔著嬰兒室的玻璃。

玻璃牆內，一名身穿粉紅色工作袍的小護士懷抱小嬰兒餵奶。幾步之遙，有一嬰放聲大哭，她擡頭看一眼，繼續餵奶。嬰兒室只她一人，那嬰兒便無人答理，哭得哀哀欲絕。

那是十多年前某個初秋凌晨時分，我在濱海公路附近一家醫院，母親因車禍被送到那兒，仍在加護病房昏迷。

加護病房隔壁即是嬰兒室，很詭異的配置，死死生生好像左腳右腳，捱得那麼近。等在病房外的我，孤單無助，只能貼著玻璃看嬰兒，暫時讓自己的大腦獲得幾分鐘「空白」，不去觸及我與母親正在奮戰的這場生死劫。

死生戰役，幾乎是我童年至青壯期的主旋律，它蠻悍地把我將近二十年時光啃得傷痕累累，以致生命一直被泡在鹹淚裡，脆不起來，也喪失快樂的能力。每當我想盡法子復元，感覺有力氣把日子擦亮一點時，又來了，家人又出事。

我趕到醫院時已近凌晨，值班醫師簡單扼要說明嚴重性，能做的都已經在做，說完即離開。我那僵冷的身體因這番無所謂的醫療報告更感冰寒，忍不住打顫。家人都在宜蘭老家，只有我在這兒，不，只有我與母親在這陰冷無情的處所。

那時，離父親車禍辭世已九個年頭，會不會也失去母親？我驚恐著。

恐懼襲來時，讓人有溺斃之感，胸口窒悶如吞下巨石，想放聲一哭卻又卑微地忍住，緊緊咬住嘴唇不發聲音，心臟像被匕首刺穿，肉吃住刀，匕首拔不出來。

我記得清清楚楚，在天亮醫師上班前，我就這麼站著看嬰兒，看世間最苦亦是極樂的臍帶親情。

我給過母親快樂嗎？或許有，她從來沒說過。母親給過我快樂嗎？或許有，但更多時候她只是匆匆忙忙地從我身邊走過。

忙著完成她那一輩女性最重要的任務：生育與持家。在我之後，陸續添了四個，我與么弟相差九歲，若以「三歲離腳手」俚諺作為界線，當她有空擡起頭來看看我這個大女兒時，我已近十二歲。看那麼一眼之後，沒多久父親猝逝，那年夏天，差兩個月我才滿十三歲。

十五歲，我提著小包袱，獨自離鄉。

雖然記得的事又少又漫漶，像洪水上飄浮的鍋碗瓢盆，確定它們裝過人生，但很難辨認是誰家廚房的。不過，有空我仍會把記得的幾件拿出來呵一呵、拭一拭，至少證明母親與我之間不全是匆匆忙忙。

她幫我用日曆紙把新課本包起來，每當小學開學時。她不知從哪裡得來一大疊白紙，供我畫布袋戲、歌仔戲人物，那紙薄如蟬翼，我得非常細膩地掌控鉛筆尖才不致劃破。她滷一鍋豬腳，煮十來個蛋，還用硃砂染成紅色，從宜蘭坐火車提到台大宿舍找我，我不在，她站在宿舍外茄冬樹下等著，那日是我農曆生日，她來幫我「做二十歲」。

「長大了啊！二十歲哩。不管做什麼苦差事，一定要讓五個小孩都二十歲、三十歲地往上長啊！」母親一定這麼想，鼓舞自己繼續背負沈重的擔子，不離不棄。

現在，她躺在加護病房昏迷。

如果可以，我願意代她挨這一劫。然而轉念一想，亦是於事無補。若換成我躺在加護病房，母親豈不更煎熬、更心痛？我為她流一淚，她必定為我如泉湧。

有情即有苦，親情之苦更是無窮無盡。莫怪禪師們要斬斷世間情繫，連親情也得捨，不捨就走不遠。而無力提刀斷情、陷身苦國如我輩者，又該如何自處？如何解釋茹苦含辛的意義在哪裡？

在於不忍，在於百千萬億人唯你我成就母子、父女、兄姊、弟妹的難得緣分，故情願犧牲，情願一路攙扶。

所有的嬰兒都睡了，那小護士仍忙著四處巡望或低頭寫報表之類瑣事。她當然看見我靠牆而立，茫茫然看她與嬰兒。她也一定猜到我之所以出現必與加護病房內某人有關。像我這年紀會守在這兒的，不外乎是女兒。

母親非常幸運地脫離險境，住院月餘後痊癒。

也許她已遺忘，但在內心深處某個小小的回音谷裡，說不定還繚繞著我踏入加護病房後在她耳畔傾訴的話語：「阿母，是我。妳要好起來，妳不能叫我們沒父又沒母。阿母，免驚，有我在……」

我忍不住掉淚，愛，就注定了天荒地老。

9 你的名字裡有追尋的力量

嬰兒箱旁高架上擺置複雜的儀器，監測小傢伙的心肺功能、血氧濃度。醫師解釋了可能性，腦部問題或肺壓過高導致餵食困難。前者已排除，大約只是肺壓高了點才這樣，繼續觀察。

公婆每天頂著大太陽來院，老人家一定憂心如焚，反倒極力勸慰我不要操心，傷了身體不好。奶水已分泌，初乳最能增強寶寶的免疫力，我忍著脹痛與痠刺之感，一點一滴擠出，用「擠奶袋」裝好，拿到觀察室請護士代餵。由於小傢伙出現黃疸，漸漸升高，護士建議暫時先不餵，我同意，但仍然一日擠幾遍奶水，煩請觀察室幫我冰藏。每隻小袋子上都註明小傢伙的床號及我的名字，出院時帶了近十袋「母奶冰棍」回家，煞是奇觀。

雖無法餵母奶，我仍希望親自餵他牛奶，每天若能抱抱他，對他說說話，對母子的身心都有滋潤作用，護士同意。住在觀察室的寶寶不像嬰兒室的，每名初生兒身上或因感染、發燒、黃疸、心肺功能異常……種種原因而糾纏一堆線路，以便儀器顯示他們的狀況。因此，大部分媽媽不會來餵奶，探視時間也受到限制。我配合小傢伙，多住了幾日醫院，沒事就在觀察室盤旋。

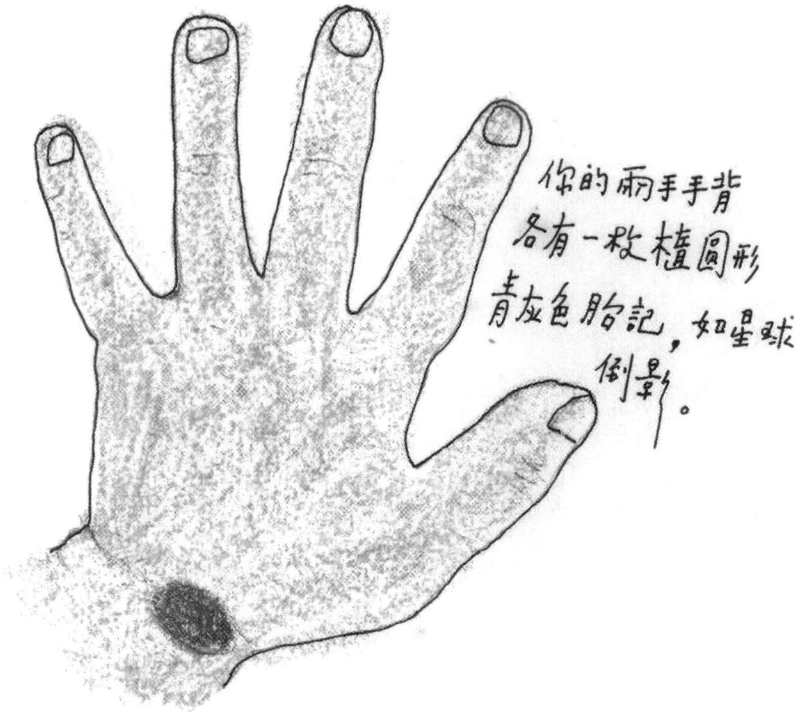
你的兩手手背
各有一枚橢圓形
青灰色胎記，如星球
倒影。

室內有一小房間專供餵奶，佈置雖精簡，倒也像個小客廳不似冰冰冷冷的醫院。我抱著小傢伙與他說話，鼓舞他，讚美他是最最勇敢的乖孩子。他吃奶的速度、分量漸有進步，出生第三日每回喝三、四十ＣＣ，第四日增至六、七十ＣＣ。不過，排氣問題仍深深困擾我，每次餵完奶為他拍背排氣，總要拍到手痠、深恐拍出瘀血了，這傢伙才慢吞吞「呃」一聲打嗝，小嘴巴饞饞地咂巴幾下，眼睛似張又閉，打個呵欠，心滿意足地又要睡了。

「嘿，告訴你一個祕密要不要聽？」我解開貝殼形的小手套，輕輕揉他的小手，「今天爸爸去幫你辦戶口、健保，你知道你叫什麼名字嗎？」

才發現小傢伙兩手手背上各有一枚淡青色橢圓形胎記，像浩瀚星空中某兩個星球的倒影。「你叫姚遠。」我說：「既是紀念也是祝福，因為爸爸媽媽走了遙遠的路才找到彼此，所以對你的愛沒有邊界。荀子榮辱篇：『其流長矣，其溫厚矣，其功盛姚遠矣。』有一天你會了解，你的名字裡有追尋的力量，那就是我們最想給你的祝福。不過，現在你得加把勁，快快好起來，跟爸爸媽媽一起回家！」

是的，回家！好簡單的動詞，幾乎成了每日口頭禪。路雖不同，但這兩個字已掛在每個人舌尖，天黑了，各自回家。

然而，有的小嬰兒來到世上，沒回過家就走了，一輩子如蜉蝣，兩邊都無家。朋友的第一個女兒提早一個月出世，在加護病房住了幾十天後走了，新科爸媽才上榜又被除名，但還是忍著悲傷替女兒訂彌月蛋糕，答謝餽贈金鎖片、金手鍊的親友們。

夫妻倆向醫院要回小孩穿過的衣服、手套、腳套，擺在臥室裡那架佈置得溫馨、舒適的嬰兒床上。睡時，扭開旋轉音樂鈴，掉出一串輕柔的音符，好像心肝寶貝回來了，正躺在床上香香地入睡。夫妻倆默然沈醉又窸窸窣窣掉眼淚，傷心的媽媽哭起來：「我們的房間沒有奶味！」

在報上看到那家人的遭遇，像目睹翠綠新苗被巨輪輾壓。離預產期只剩一個月，懷著雙胞胎女兒的準媽媽因妊娠併發症提早生產，噩運似毒蜘蛛在母女三人身上結網，較大的女兒一出生就沒了，二女兒與媽媽變成植物人。

一夜之間什麼都垮了。噩神連殺手都不如，殺手明快多了，一槍一彈解決。噩神有的是時間，喜歡慢慢折磨一個想做媽媽的女人，凌遲一個嬰兒。

只剩做丈夫的，「回家」變成到專門照顧植物人的療養所探視妻子、女兒，替太太擦乾不停流淌的口水，為枯瘦如柴的女兒拍背……。心酸之後還得打起精神工作，他得「養家」！

活在這世上，親情如鋸如刀啊！

小傢伙是幸運的，第六天，醫生准我們回家。

孩子爸爸至觀察室辦出院手續，母親跟著去抱小傢伙，我坐在外面沙發等。觀察室旁是兒科加護病房，對面是小兒科病房，不時聽到孩子因病痛而尖聲哭泣的聲音，聽在初為人母的我耳裡，每一聲皆如刀割。

我在心裡禱告：「讓每個小寶貝回家吧！讓他們平安，讓他們有機會——長大！」

10 坐月子

住院期間原本訂醫院伙食，吃了幾口，著實難以下嚥。醫院離娘家較近，母親便拿出鄉下那套坐月子本領，天天燉煮生禽猛畜讓我大補特補。為了保持食物的鮮嫩度，她先在家裡稍稍川燙，再用保鮮盒裝好，各式配料如薑絲、蔥花亦裝一盒，到病房再用電湯匙放入不鏽鋼鍋煮沸。腰花、鱸魚、豬肝、石斑，如此一煮，著實美味誘人。唯我比較膽小，總覺得在病房「野炊」不成體統，每當她興致勃勃捲袖準備「外燴」時，我就嚇她：「護士會抓喲，妳不要弄得太香害我被趕出去！」她信以為真，一面煮一面跑門口探看，一副賊樣。

煮了幾回，也沒怎樣，母女倆膽子稍為放大，不免再熱個雞湯、甜點之類的。我吃得眉開眼笑，對母親說：「歸氣阮這一區病房的伙食乎妳包啦，明天就將瓦斯爐運來，咱來做淡薄小生意！」

中國人對「坐月子」特別講究，一則產後身體虛弱確實需要補充營養，再者老祖母那一代堅信月子做得好可收「脫胎換骨」神效，改變體質兼祛除舊症，讓女人從一隻小綿羊變成猛虎，因此各門各派「月子寶典」源遠流長，信服者眾，無怪乎女人一旦經過「月子洗禮」，個個變成虎背熊腰，好不嚇人！

老輩的月子守則與新派歐美風尚的產婦作法有如天淵之別，前者把女人弄得似古文明木乃伊，充滿禁忌、神祕、儀式；後者活蹦亂跳，又有點像韻律操選手。

像我這種在新舊觀念「沖積扇」成長、生活的女人不得不變成投機分子，凡事兩者相加除以二，說得好聽是兼容並蓄、擷取各家之長，坦白講即是半信半疑。我願意接受生化湯、麻油雞、多躺少動的中式料理，但是要我恪守一個月不洗澡、不洗頭的律令絕對做不到（也沒必要）；同樣，吃點蔬果、適量運動的西式料理也滿符合健康原則，但要我產後第三天就吃冰淇淋，那就免了吧！

產前買了些如何坐月子書籍，翻閱之下甚覺施行困難。中式月子有些食物禁忌相當不科學又提不出合理解釋，難以令我信服。書既不可信，乾脆聽從祖母與母親，她們合起來生了十二個小孩，至今身體爽健，顯然她倆那套月子術經過「臨床實驗」，可以安心聽從。

坐月子期間不可看書、不可生氣流淚、不可搬重物、不可吃生冷食品、不可吃韭菜（會減少奶水分泌）、不可多喝水、不可喝茶與咖啡。多躺臥、保持心情愉悅、多吃高蛋白質食物——翻成台語就是：多吃麻油雞、麻油腰花、麻油豬肝（重複三十次）。

想起哈姆雷特那句名言：to be or not to be, that is the question。吃或不吃亦是兩難，轉念一想，人生難得有一個月時間主要的工作就是吃，何不放膽享受？心防既破，乾脆把自己當成畜牧業者——養豬個體戶。

當然，年齡決定了體能及坐月子方式。隔床那位二十出頭、剛產下男嬰的小女生，精神亢奮、語調活潑，簡直像在觀光飯店度假。她的婆婆偷偷向我母親抱怨，說媳婦不吃她費心熬燉的補品，不知如何是好，母親回答她：「年輕啦，有本錢。」

本錢未免差太多了。晚餐時間，當我努力與數碗會把女人的身材毀掉的飛禽走獸奮戰時，卻聽到她以輕盈的聲音「支使」她的老公去士林夜市，買她最愛吃的鹽酥雞、烤玉米，還有布丁豆花跟黑輪仔……。彷彿在娃娃谷野餐。

由於公婆年事已高及諸多考量，出院後我回娘家坐月子。為此，母親與弟弟合力整理最大的那間臥室，各式設備亦添置妥當，看起來有點像家庭式坐月子中心。母親曾說會幫每個女兒做一次月子（兩次也不嫌多），在她那一代女人心中，認為這是做母親的把十八般武藝傳遞給女兒的最好機會，似師徒二人藏身石洞三十日，密傳獨門神功。若非自己經歷生育之事，老祖母與母親那一代的「女人經」與「育兒訣」單靠口述、筆記是引不起興趣的，因為都是細節，瑣瑣碎碎如飄浮於春日空中的柳絮，然而每一絲都經過幾代女人的驗證甚至以她們獨特的智慧加以精雕細琢。我未曾在少得可憐的相關書籍上讀過，也不可能於翻譯的育兒指南或專業醫師寫就的保健書上看到這些傳統中國女人緊緊包在手絹裡的智慧，這智慧是那麼地充滿神話色澤與庶民生活的亮彩。

於是，我開始理解，「傳承」必須靠時間促成，即使親如母女，也得等待「時間」慢慢鋪出階梯，讓小女孩一階一階走成少女、女人，她才肯瞧一瞧母親交給她的那方不起眼的小木盒，看懂盒內皆是以女人的身軀、情感為柴薪，一點一滴提煉出的智慧香精。哪怕是小小的危機處理技巧，都可能是某個女人用性命換來的。在男性世界總有用不完的資源去栽培一個「男人」，而女性世界像流浪的吉普賽民族，跋涉曠野大漠，才遇見一個可以跟自己說幾句話的人。於是，在成為女人的路上，只有自己的母親可供模擬。然而年少時又特別容易看出她的短絀、單薄，心裡總是嫌著。等到在世間恩怨沙場打了幾次仗之後，驀然回首，才弄清楚做母親的為了給女兒一點點榮華慰藉，不惜把自己臥成一方鑲金繡銀的紅地毯，讓女兒踩個盡興。

自從少小離鄉，二十多年來我大多在外獨居，雖然家人亦遷來台北，同處盆地內，然而每次回家都像一陣風，談的也多是生活流水賬，無法悠悠閒閒與母親、阿嬤共同徜徉於她們的時代，聽聞她們的情事。

這一個月，我有了特別的福分，一問一答之間，伴她們走回過去。令我驚訝的是，她們的記憶如此明亮、細膩，彷彿倒吊於屋簷的枯玫瑰、乾雛菊，經天空飄來的靈雨一灑，紛紛醒轉，恢復成一朵朵絢爛耀眼的花，香氣一波波與風私奔。

阿嬤說，除了頭胎（我父親）是婆婆接生，以後每胎都由自己斷臍。

「嗄？——」我懷疑自己的耳朵是否誤聽，「妳是說，沒人幫妳生！」

「是啊。」她說。

「就……就就靠妳自己生，然後幫幫幫小孩斷臍？」我不敢相信。

「是啊！」她說，以天經地義的口吻：「每個囝仔的肚臍都斷得很漂亮！」

她的聲音亮如洪鐘，有點「瞧不起」我居然在醫院「屙」那麼久還得動用五、六個醫護人員才生下小孩。

阿嬤的臉上佈滿皺紋，如小蟹恣意奔竄過的沙埔。由於眼疾，這個世界對她而言只是一片白茫茫的波光水影。此刻，她抱著小傢伙，低頭，以手指輕輕觸摸他的頭、臉，試著揣摩他的長相以及得自我們家族的臉部特徵。

我捧著一碗公的黑棗雞準備喝，加了珍貴中藥材燉成的，適於產後補身。

黑黝黝的藥湯泛著一層薄油，燈光、衣櫃、窗戶盡收入碗內，我低頭，看見自己的臉映在上面。碗內的世界悠悠晃晃，就這麼把女人從少婦晃成老嫗，彷彿一口黑湖，攝食女人的靈氣與精華，將她自雲端仙庭拉下來，交給她一大擔的人間煙火。

六十多年前，阿嬤是否曾從碗內看見自己的倒影？

那時候，二十出頭的阿嬤是個花樣少婦，聰慧與堅毅如同身上的雙翼。懷胎已九月，她腆著大腹依然操持家務、耕作農事。某日，在菜圃除草，忽然肚子痛起來，她心裡有數，眼看還剩半畦的草未拔，若不弄完往後一個多月都無力除草，那些菜就荒了。於是手腳俐落把雜草悉數拔盡，陣痛已經明顯且密集，她挑起兩口木桶，忍痛走回家。立刻以大竈燒水，找出剪刀及事先預備的袋仔絲（似麻的製袋子材料）、紅絲線；水沸，將剪刀以開水燙洗。她一手握著剪刀、絲繩，另一手捧著大腹，強烈的陣痛使她必須駝背而行，踅至房間，自眠床上找出破衣、舊布鋪於地上，黃昏漸漸從窗口移進來，肚裡嬰兒也奮力想要墜地。

她雙膝跪地，兩腿儘管張開，依隨陣痛韻律，雙手握拳、用力。不多時，嬰兒落地，一陣尖細的嬰啼使昏暗的室內燦亮起來，她抱起這渾身沾黏液仍拖著胎盤、哭得地動山搖的小嬰兒，先瞧是男是女，再看四肢五官是否健全？微笑自她的嘴角盪開，懸了九個多月、祈求諸神保佑胎兒完整、平安的願望獲得實現，是個不殘不缺的心肝寶貝啊！她拿起袋仔絲與紅絲線交纏的繩子，在臍帶頂端距嬰兒肚子約一寸長之處打死結，先以剪刀除去多餘繩頭，再一刀剪斷臍帶。

在沁涼的黑土上，在破布堆裡，羊水與鮮血如崩潰的河堤，造出生與死的漩渦。一名年輕少婦就這麼孤單地迎接攸關兩條人命的戰爭。人命像什麼？鮮翠的竹葉，田間稻穗，也像菜園半空繞來繞去的粉蝶，尋常自然，無須憂懼。於是，她的頭髮、臉龐雖因用力而汗濕、漲紅，但她的雙眼依然閃閃發亮，沈著地為躺臥在血水上的紅嬰仔斷臍，她的腦海絲毫沒有危險與膽怯的念頭，對她而言，這不過是天地間最自然的一件事：生命來了，伸出雙手接過來即是。

黃昏帶著夜晚來了，夜晚俯首吻著一個窮人家的紅嬰仔。

「為什麼用紅絲線？」我問。

「這樣囝仔的嘴唇才會紅紅的。」

阿嬤說。

11

嬰兒崇拜

很少有人看到《搖籃》而不被深深吸引。

那是印象派女畫家莫莉索（Berthe Morisot）繪於一八七一年的作品。年輕的母親坐在搖籃旁，一手托著臉龐另一手輕輕搭在籃邊，深情地凝視搖籃裡看來即將入睡的小嬰兒。她身著亮黑色絲質衣服，微微敞開的V字型領口飾著雷絲，暗示蘊含奶水的豐腴胸部；棕黃色的長髮蓬鬆隨意地盤在頭上，慵懶中自有一股喜悅神色。掛在搖籃頂的白色紗帳輕柔地瀉下，占去半個畫面卻不顯得沈悶，反而因母親臉上專注神情的牽引使紗帳宛如世間最柔美的光芒，具有金色陽光的暖度與微風細雨的質感，全心全意擁抱著寧馨兒。

年輕時看這畫，眼角微濕。當下覺得，自己這柴頭般的身體被不知名的小火點燃了，轉身低頭看，什麼也沒，但步履之間卻聽到衣角處有窸窣的火苗聲。

畫中，母親臉上浮著微笑，凝睇的眼神是那麼純潔、堅定且忠貞。是的，忠貞，人們常鑽入愛情國度尋找這兩個字，看了莫莉索的畫，我更相信「忠貞」藏在搖籃裡。

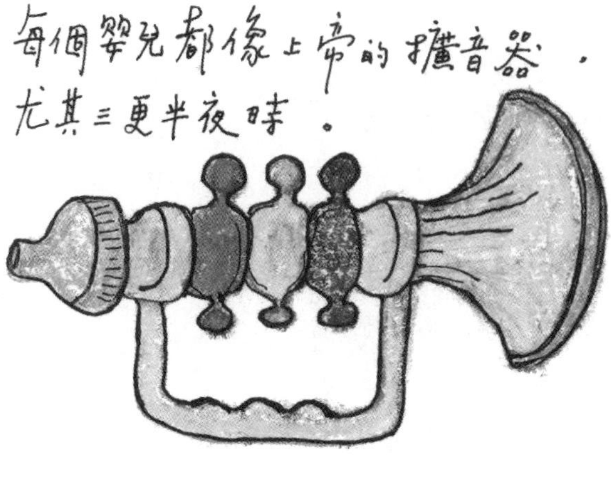

欣賞嬰兒，是人間至福。

怎麼可能那麼小？一個嬰兒首先打破你的空間感與大小觀，那碎片洋洋灑灑造成漩渦，使你迷亂起來。一間五坪的臥室是大還是小？一朵盛放的向日葵是大還是小？一個剛出生的嬰兒算大還是小？一陣微風，算大還是小？於是你喪失座標，從僵化的感官軌道逸出，因而看周遭事物竟有了新的空間感與大小比例；心情也是，放大了一件比綠豆還小的焦慮之事，可是也無限度地重複一朵嬰兒微笑在你心中激起的歡愉。

小傢伙的毛髮茂密，如果別的娃兒的頭髮可做一管胎毛筆，他的可做半打外加一枝唇筆。兩道眉毛粗黑，連眼皮上亦散佈微毫，如退潮後的淺灘。睫毛緊收未放，像一隻斂翅小鳥，靜靜等待牠的季節，時間到了，才要舒翅飛翔。小耳朵宛如剛上岸的貝殼，耳蝸上長了淺棕色細毛，輕輕吹，還會軟軟地搖曳起來。壞就壞在鼻子，不夠挺。還好長得一副大頭大臉，田野要是夠寬闊，放眼望去，也就不會注意那幢農舍的屋頂是否塌了點兒。

小傢伙像爸爸。於我而言竟是驚奇的，如果說長年沈浮於情感險灘，忽然來了一個人，一把拉上岸，因著這份奇緣，那人的臉看起來笑盈盈地像一幅桃花源的話，那麼長得像他的兒子活脫脫是一個小桃花源。時而，我的目光忽左忽右瞧這一大一小兩個男人，不禁情迷。命運再怎麼像一團糾纏的毛線球，它自有一套穿針引線的織法。像個守承諾的老祖母，抖著手打毛衣，該你一件毛背心，不是今年就是明年，不是明年還有後年，她會給你，漂漂亮亮地。

看過小傢伙的人都說：這小孩成熟，不像剛落地的。

母親說，嬰兒臉上的五官只是粗坯，做媽媽的要是不滿意，趁著「月內手」（坐月子期間）好好幫他捏塑。嫌鼻子塌，就多捏鼻頭，要是下巴短，拉一拉就好了。她與阿嬤都相信，坐月子女人的手有神力，能使平庸化為俊美，點石成金。

雖然，嬰兒像一座寶藏，每分每秒帶來新的驚奇；雖然，母愛也像奶水汩汩而來，但是，若無資深老母在一旁協助，我們兩個新科父母一定會呆若木雞地趴在小傢伙旁，瞪大眼睛、聆聽「聖旨」（哭聲），卻不知從何開始伺候他？

以前聽說新手父母常跟著嬰兒一起放聲大哭，心中頗有看輕之念，現在才體會嬰兒可不是好惹的。

本來就是啊，生命要一寸寸成長，吃喝拉撒睡，哪一件是好惹的！

・奶

小傢伙出院時，每次喝奶可達七、八十CC，每日吃牛奶五、六次，母奶則不定，一有脹奶現象就請他吮吸，所以很難估算一天的食量。我雖希望完全餵母奶，但出院次日即因傷口發炎需服藥一週，為了慎重，暫停餵母奶；再加上奶水不夠豐沛，所以採取混合餵哺，母奶與牛奶的比率約各半。他不挑食，兩樣都接受，倒是省得我操心。只要肯吃，就會長大，小孩願意多吃一、兩口，對母親而言都是歡喜的。

說不定因為出生時出現餵食困難，所以才特別珍惜「吮吸」的感覺吧！

我問阿嬤，以前的初生嬰兒在母奶尚未分泌時吃什麼？

「黑糖水，」她說：「黑糖加開水，用湯匙餵。」

是啊，舊日農村完全沒有奶粉、奶瓶、奶嘴、消毒蒸鍋、紙尿布、酵素沐浴精、嬰兒香皂、濕紙巾、爽身粉……，彼時的育嬰用品真是符合環保。

「妳大伯婆幫我採珠仔草，洗乾淨，放在大碗公裡用石頭捶出草汁，跟水一起煮滾了，加一點黑糖攪一攪，就這樣餵啊！」阿嬤說。

即使到了我這一代，還是如法炮製，等母親的奶水來了，才改餵母奶。我們家中手足五人，都是吃母奶長大的。

然而，時至現代願意餵母奶的媽媽似乎不夠多，從近三十年來以母乳哺育嬰兒的比率急遽下降可見端倪。每個媽媽都知道母乳比奶粉好，但每個人也都可以找到理由不方便餵或懶得餵或無法餵。

「一定要餵！多餵一天算一天，多餵一月賺一月。」這是我給自己的最高指示。原因無他，母奶是隨著嬰兒誕生才會分泌的玉液瓊漿，換言之，這是上天給嬰兒的食物，除非情況特殊，否則，一個母親沒有資格擅自丟棄如此珍貴的食糧。

餵母奶的媽媽們都體驗過，一聽到孩子哭聲即會強烈脹奶，常常來不及處理，宛如泉湧的奶水已濡濕衣服，大熱天，胸前一片黏搭，極不舒爽。尤有甚者，只要動念想到孩子，奶水亦汩汩而流，胸口脹痛，如壓著兩丸鐵球的「女薛西弗斯」。

鼓勵餵母奶的相關單位總以省事（不必清洗、消毒奶瓶）及省錢（不必買奶粉）……等宣揚餵母奶的好處，其實，如果不是做母親的堅持要給孩子一份健康與疼愛，餵母奶哪有牛奶簡便。

記憶中，童年時我們都曾被母親「抓」到房間裡吸奶——當她脹奶，而初生的小娃娃根本不餓時。我仍記得她臉上的疼痛表情，以及經過「童工」吮吸幾分鐘後那如釋重負、微微吁喘的適意之感。

當嬰兒的自動奶瓶，也不是件容易事啊！

我與小傢伙是幸運的。我辭去工作，在家舒舒服服地隨他的意供應母奶，那些在產假後必須回到工作崗位的媽媽，即使非常樂於繼續餵母奶，也因欲振乏力而逐漸乾涸。那是事實，如果一個媽媽躲在臭氣沖天的廁所擠母奶，腦子裡又急又惱，一會兒浮現主管視她為「哺乳動物」的輕蔑表情，一會兒擔心開會的報告還沒寫完，又想到待會兒得走一個街口向某餐館借冰箱凍母奶，一走神眼看奶水弄濕衣服不禁咒罵自己笨得要死，門外另一個急著用廁所的人又不耐煩地搥門……。不快樂的情緒感染了奶水，那蜜奶像個極害羞的小天使，聽到媽媽在抱怨，知道自己不受歡迎，頭低低地就走了。終於，奶水一滴也不剩。

走了，永不再來。

無法期待我們的社會撥一點溫柔的角落給女人、給一個想要做好分內之事的媽媽。然而不管何等艱辛，即使必須用吼的、用罵的，也要幫自己掙出一點時間、空間，擠幾瓶母奶給小寶寶喝。因為，別的事兒可以等，小嬰兒不能等，他要長大。

每個娃娃在降世之前，那眷顧的神會交給他一大瓶蜜奶，說：「這是我特地為你準備的糧，你出生後，這奶便寄放在生你的女人身上。」

「我怎麼吃得到？」嬰兒焦急地問。

神說：「這就不是我的事兒嘍，去問你媽媽。」

‧便

小傢伙平均每日排便兩次，金黃、稀軟。我與孩子爸爸是屬於「唯恐照料不周」型，一發現他便便，除了以濕紙巾稍作擦拭，還以小臉盆裝溫水，滴少許沐浴精，為他洗滌乾淨，擦乾後才包上紙尿布。為了避免小傢伙發生泌尿系統感染或尿布疹，我一向注意清潔工作。為此，手續也就比較繁複。還好，他不像有的小嬰兒一天排便六、七次，算起來也挺合作的。即使如此，我們還是鬧了笑話。

每一本關於照顧新生兒的書都會詳加描述嬰兒的排便問題，次數、數量、顏色、形狀、氣味，簡直是一門「糞便學」。要是平日，一定人人聞之皺眉，露出嫌惡表情，只有當父母的人會虛心背誦正常與異常排便的特徵，並且緊張兮兮地檢視那一包「黃金」裡是否挾帶血絲之類的病徵。

然而，文字描述與實物畢竟有差距，我們兩個「前中年期新手父母」慎重地戴起眼鏡，「參」那一包大便，真是「道在便溺」啊！左看右看，有點正常又好像不太正常，請老媽來看，她戴起老花眼鏡看了半天，也說不上來。於是，我打電話請教弟妹，當年小侄子出生六天即因腸子問題住院，據說她先看到排便有異狀才緊急送醫的，因此她應該清楚什麼叫做異常？我必須說，文字與言說都是曖昧的，距實物還有幾步之遙。

那——，問醫生最清楚了。

次日，小傢伙必須回門診，讓醫生檢查。我們保留了一包「黃金」，沒想到臨出門時，小傢伙又排便了，兩包「黃金」看起來不太一樣，不知該帶哪一包？本想兩包都帶，讓醫生瞧一瞧最保險了，不過，自己也覺得這麼做是不是有點「過糞」（過分）？

帶新鮮的那包，反映身體現況嘛。母親抱小傢伙，孩子爸爸提「媽媽袋」（內裝尿布、手帕、保溫瓶、奶粉盒、奶瓶）及一袋「黃金」，一起去醫院。

中午，回來了。我問：「醫生怎麼說？」

他神情尷尬，「醫生說很好哇，很正常呀！」

聽這語氣，我就知道醫生回家後會怎麼向他老婆描述「黃金眼」奇遇記。

・黃疸

由於初生嬰兒體內紅血球數目多且壽命短，加上肝臟之酵素活性未達成熟階段等諸多因素，無法迅速處理紅血球破壞後所釋放的膽紅素，致使血液中的膽紅素值增高，若持續升高，即產生「黃疸」現象。

大部分的寶寶都會經歷這種生理性黃疸階段，少則六、七天，多則十一、二日，隨著肝臟機能之成熟而逐漸消失，從標準的「黃臉婆」（或黃臉公）變成紅潤白皙、晶瑩剔透的小寶貝。

小傢伙的黃疸情況看起來比別的寶寶嚴重，雖然醫生未告訴我們需做「照光療法」，表示指數仍在平均值以內。不過，我總是急，不時察看黃疸是否有下降趨勢。

母親用她們那一代的「照光療法」給小傢伙治療黃疸，用一張紅紙（紅包袋大小）塞入他的衣襟，紙的紅色正面朝嬰兒的臉，據說有助於黃疸消褪。

這紅紙一直塞著，直到出生半個月，他的膚色轉為正常。

我情願相信是小小紙片的力量。那是一場色彩的決戰，紅挑戰黃，火熱的生命力逼退殘存的瘟神爪牙。

人的真面目是從粉白嫩紅開始的。

•做膽

出生第十日，為小傢伙「做膽」。依古例應在第三、六日，因當時仍住院，故改在第十天，取其吉祥數。

澡盆裡各放一個煮熟的鴨蛋、雞蛋，巴掌大的石頭及六粒龍眼（本應折龍眼樹葉，都市無此物，改以乾龍眼代替）。取雞、鴨蛋乃喻「雞蛋臉、鴨蛋身」之意，希望小寶寶的臉型像雞蛋一樣巧妙、可愛，身量如鴨蛋般修長、碩大。石頭代表膽量、膽識之堅實，龍眼枝則有祛邪、護佑之意。

母親抱他，先敞開衣服，說了一段吉祥話，從澡盆內取雞蛋在他額頭輕輕點一下，再取鴨蛋點身，最後取石頭在他胸膛比劃一回，算是完成「做膽」儀式，而後褪衣順便幫小傢伙洗澡。

石頭——應該說是小傢伙的「膽子」，置於床邊直到滿月才移走。

在都市裡要找適當的石頭為小孩做膽確實不易，不是太小如公園卵石，就是過大像造景石頭。不過，新手父母常常是越大越好的，當年為小姪女做膽，她老爸跑到公園搬了一顆大石回來，果不其然，小女娃膽大包天。可見「做膽」這回事，需信三分。

•澡

老一輩的對嬰兒真是體貼入微，設身處地為他著想，因此不論做什麼動作都輕手慢腳，怕稍有不慎，剛到世上的小客人將飽受驚嚇。

如何避免受驚，即是老輩的育嬰精髓；無怪乎，舊時代的「小兒收驚」不僅是一門專技，其社會地位更不輸小兒科醫師。

坐月子期間，由母親幫小傢伙洗澡。每日下午三、四點間，午睡後喝奶前，最適合洗浴。她先放好一澡盆稍為溫熱的水，抱他入浴室，自己坐矮凳上，一面輕聲細語叫他的名字，告訴他現在要洗澡了，洗了澡會很舒服，一面慢慢解開他的衣服。母親先以右掌沾水，在小傢伙胸膛輕拍幾下，唸「洗澡訣」：「一、二、三、四，囝仔落水無代誌，大人落水溜溜去！」而後才移入澡盆。初生嬰兒的臍帶需細心護理以免發炎，因此不宜碰水，母親以手掌連臂托抱，既要洗身又要保持腹部乾燥，既要讓他感受水的歡愉又不至於覺得顛躓，真是高難度動作。

做母親的要手臂粗壯才好，一掌一臂一膀，或伸或屈之間，乃孩兒的一張床、半條船啊！

·聞

沒有一種香水比得上小嬰兒身上的奶香，那是從天堂飄來的味道，為了迷戀世俗之人，使他們內心乾淨，方能陷入追憶之中，湧現繁麗的想像，宛如回到眾神花園。

德國作家徐四金在他的著名小說《香水》（Patrick Süskind，*Das Parfum*）裡描述了主人翁葛奴乙還是個嬰兒時，遭到託養奶媽拒絕的原因。

「他沒有小孩該有的味道。」奶媽說。

徐四金藉由奶媽之口，細膩地描述嬰兒身上的味道：腳，聞起來像一塊光滑溫熱的小石子，更像白乳酪或鮮奶油；身體其他部分像浸在牛奶裡的餅乾；腦勺是最好聞的地方，像牛奶糖。任何人——除非他已被仇恨冰封，只要俯首深深嗅聞嬰兒身上的味道，他會自然而然鬆綁，所有的稜角被撫平，心內有一股回暖的氣流奔竄，他會露出笑容，想要讚美。是的，想要讚美，儘管不確知要讚美何事何物何人？但那念流如此銀亮，像春日溪澗的歡歌。

抱著小傢伙，亙古以來每個母親懷抱嬰兒的手勢，無須學習，自然地屈起臂彎造一個小窩，供他躺臥，在我的心跳節奏與呼息韻律中，香甜入睡。

我不禁聞他，深深吸一口氣，嬰兒香自鼻腔深入肺葉，宛如龜裂之焦土恢復成軟泥沃壤。這個未滿月的小男人徹底征服我那牢不可破的大女人自我主義堡壘。

存在於母親與嬰兒之間的吸引，應該喚作「渴望」。彼此緊密依隨，非經言語、文字，不必溝通，純粹是與生俱來的靈犀。

母親認得她的嬰兒的哭聲與味道，如同初生嬰兒知曉自己母親的溫度與氣味，他自有認人的本領，知道誰是媽媽。

不得不佩服生命的韌性與潛力，通過嚴苛且漫長的演化競爭而存活下來的物種，應有其獨特的「辨嬰」與「辨母」能力，使母親與嬰兒不至於彼此迷失。

黛安・艾克曼《鯨背月色》（Diane Ackerman, *The Moon by Whale Light*）一書，記錄了蝙蝠媽媽與蝙蝠寶寶的動人親情。

痱子粉與粉撲盒，凡是家裏有寶寶的，
皆可見到這兩樣玩意兒。
應該怎麼形容痱子粉的魅力呢？
凡是身上有痱子粉香味的小嬰兒，
你就想寵他！
Johnson's baby
CLINICALLY
MIDNESS
PROVEN
嬌生嬰兒爽身粉
Johnson & Johnson
400g

大部分的蝙蝠一年只生一隻寶寶，因此存活與否相當重要。小蝙蝠出生時全身無毛，懸在牆上，其將快速失溫的狀況類似人赤裸裸躺在冰冷的水泥地上。為了讓蝙蝠寶寶能維持華氏一〇二度的體溫，牠們得和其他蝙蝠群聚在一起。以美國德州羊齒洞為例，就有兩千萬隻墨西哥游離尾蝠在那兒築巢，一到傍晚，外出覓食的蝙蝠像火山爆發般佈滿天空。

當蝙蝠媽媽獵食歸來，牠會飛越育兒室，叫喚自己的寶寶，而寶寶也會回應，牠們的聲音與氣味特殊，就算育兒室中有上千隻蝙蝠呼喊、騷動，母親與寶寶仍能輕易尋覓到對方——在羊齒洞，這意味著要從兩百四十噸的個體中，準確無誤地嗅出其中一隻。

蝙蝠媽媽會展翼飛向牠的寶寶，以單翼將牠攬入懷裡，緊貼著胸部，讓飢餓的寶寶找到乳頭吃奶。

母親與嬰兒從彼此身上嗅聞到的氣味，或許就是天地間最叫人沈醉的，生命源頭的體香吧。

‧拍背

吃與睡，是嬰兒的重責大任。

初生寶寶每天約睡十五至二十小時，可是小傢伙算起來睡不到十三小時。醒著的時候，不是吃奶、看亮光，就是哭鬧。

嬰兒哭聲原本就會令人頭髮豎立、血液速流、心臟奔跳，比任何緊急警鈴還驚心，小傢伙天生嗓門大，他一哭，真會讓人心臟病突發。

我們嘗到苦頭了。喃喃自語：怎麼會這樣？不是應該吃完就睡的嗎？而且，一覺到天亮的呀！於是，像技術生疏的正副駕駛開始檢查這艘小型超精密潛水艇，眼睛盯著儀表板，逐項誦讀：尿布有沒有濕？沒有。太冷了？不是。太熱嗎？不是？肚子餓？不是。蚊子叮？沒有。光線太亮了？不是。太吵了？不會。缺乏安全感？不是（你沒看見我抱著他搖來搖去快半個鐘頭了）。那麼，是不是肚子脹氣呀？

有可能。

嬰兒吸奶時常會吸入一些空氣，所以吃完奶後得將他抱直坐在腿上，輕輕拍他的背部，讓他打嗝，排出胃部的空氣，要不非常容易吐奶。小傢伙屬於不易排氣型的（也有可能是我們不得要領），拍了好久，才打一聲小嗝。空氣未排盡，也就容易引起不適。

每當大人小人為了「排氣」而快要「生氣」時，母親一接手，只見她將他抱直，輕輕左晃右動，再讓他坐在她的腿上，手掌虛拱似碗，由下往上拍背，才一、兩下，小傢伙打嗝如響屁，一臉滿足、舒服模樣，不哭了。

薑是老的辣，一點不假。嬰兒不懂得裝病，更不會假舒服，可見母愛雖然無庸置疑，技巧卻得學習。在母親的指導下，我的拍背手法終於從「斜飛的掌刀，剁背如砍柴」漸漸改善，雖未達到柔掌似一只水碗地步，差強人意，也像一只小碟了。

‧眠

生長在南極洲的帝王企鵝，其孵小企鵝的方式著實動人，尤其是企鵝爸爸，扮演著極關鍵的角色。

雌企鵝一次只生一個蛋，一出生，雄企鵝立刻趕到，宛如舉行儀式般接過牠們的「寶貝蛋」，放在腳上，再塞入皮膚褶層以保暖，免得蛋在酷寒中結凍。此時，雌企鵝得去「坐月子」——在冰天雪地中步行約一百五十多公里，泅入海裡覓食。而企鵝爸爸得一直保持站姿，背對著強勁的風雪，專心「褓抱」那枚寶貝蛋。為了取暖，牠可能與其他「奶爸」企鵝聚在一起，各抱各的蛋，等太太做完月子回來。

經過兩個月後，蛋孵化了，但小企鵝太孱弱，因此仍蹲在爸爸腳上藉以取暖。原本碩壯的雄企鵝，在求偶時消耗了一些「戰備油」（脂肪層），孵蛋期間更是揮霍庫存，體重明顯減輕了。然而令人驚訝的是，企鵝爸爸還能在胃裡找出食物反芻，餵企鵝寶寶吃。沒多久，企鵝媽媽回來了，胃裡滿載生猛海鮮，換牠接手，讓企鵝爸爸也去海裡「坐月子」。

如果，雌企鵝生蛋時，雄企鵝不趕回來「接蛋」，那蛋就凍成松花皮蛋了；如果，企鵝爸爸不盡責孵蛋，自顧自去戲耍，或忍受不了天寒地凍、饑腸轆轆之苦，棄蛋去大快朵頤，小企鵝自然也就沒了。

在造物者的設計籃圖裡，小生命必須靠父母分工合作方能快樂成長。若不合作呢？也能成長，只不過添了些許艱辛，以及不快樂。

孩子爸爸是個肯認真學習的新好男人，從小到大沒做過什麼粗工、細活，如今小傢伙倒像他的超級大老闆（比指導教授還神氣），令他卑躬屈膝、奔走待命。

一般而言父愛的賀爾蒙分泌比母愛遲些。這也符合實際情況，種種瑣碎俗事都需做爸爸的去張羅，報戶口、辦健保、買尿布或上中藥鋪抓幾帖補藥，待回到家又得洗奶瓶，累得倒頭便睡，無暇逗弄嬰兒。幾日後，事情都安置了，心也空閒了，他才進入狀況，相信大床上躺著的那個小小的、會動的、嗯嗯啊啊會哭的東西不是妻子買的芭比娃娃或抽獎抽中的填充抱枕，而是自己兒子。

兒子！這念頭像個小紅衛兵，直接闖入他那幾十年一成不變的腦海大宅院，客廳、書房、臥室、廚房全給一陣嘩啦地破了，小紅衛兵不客氣地住下來，大聲嚷嚷：給我父愛！多一點，再多一點，再來再來！

於是，這輩子第一回，大男子開始分泌父愛，沛然莫之能禦。

許多吃過苦頭的父母諄諄告誡：小嬰兒是天底下最精靈的，千萬寵不得。這話記下了，但什麼叫「寵」卻沒問清楚；很快地，我們就成為那吃過苦頭的父母之一。原先小傢伙還算規矩，哄一哄睡著了，輕輕放到床上還能睡一陣子。大人們雖忍不住看他聞他，倒也還節制，避免過度抱他，養成壞習慣。

有一晚，孩子爸爸不知怎麼搞地突然父愛洶湧，抱著他在房裡踱步，臂彎裡造個小搖籃就這麼嗯嗯哼哼走了大半夜。小傢伙當然睡得很舒服，任何一種動物都抗拒不了小暖窩的誘惑，於是他精靈起來了，從此不肯躺到床上。

出生才十天的小嬰兒就這麼精嗎？是的，是的，不需懷疑，人都是好逸惡勞、貪圖享受的。母親搬出小侄子用過的搖搖椅，試圖藉椅子的晃動感讓小傢伙誤以為仍在大人懷抱裡。他當然分得出差別，椅子的晃法既冰冷又單調，不像人造小暖窩，蒸蒸然有體溫，且搖晃的韻律像交響樂般繁複、多變，或立或坐或直行轉彎，忽高忽低，舒服至極。於是，一放入椅內，他便驚醒，哇哇大哭。

阿嬤說，這個囝仔喜歡「薰人味」，意思是，喜歡把人當作香油般，薰出暖暖和和的世間味。也許是缺乏安全感吧，才特別渴望親人的裍抱。住院那幾日，他被迫單獨躺在嬰兒箱內，護士還用布條把奶嘴固定在他的嘴裡，等於強迫吮吸。人們以為剛出生的小嬰兒什麼也不知道，但我寧願相信他們一出娘胎即能感應周遭環境的變化及別人對待他們的態度。小傢伙現在知道爸爸媽媽在他身邊了，自然會黏著不放。

有人提供祕方，用包巾包好嬰兒後，再以寬布條稍稍綁緊，讓小寶寶有被摟得緊緊的感覺。要不，給他安撫奶嘴，吸著吸著，他會自行催眠，安然入睡。再不然，趴著睡也是辦法。

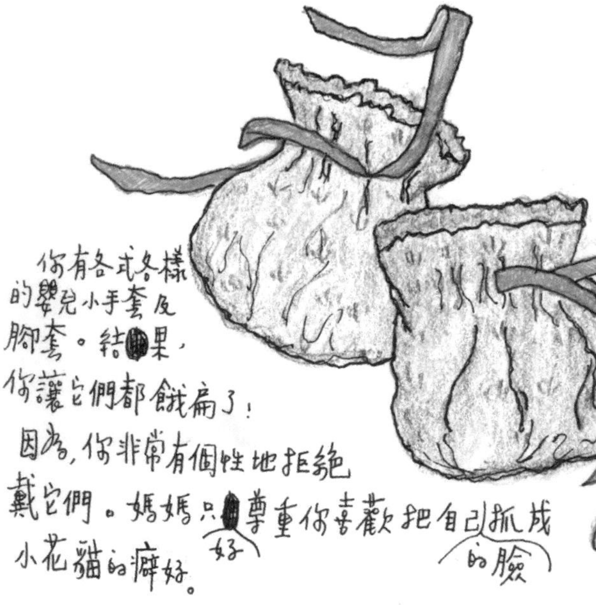
你有各式各樣
的嬰兒小手套及
腳套。結果，
你讓它們都餓扁了！
因為，你非常有個性地拒絕
戴它們。媽媽只好尊重你喜歡把自己抓成
小花貓的臉的癖好。

三個法子都失敗。小傢伙非常不喜歡手腳被縛之感，硬是掙出雙手，連手套都搓掉，兩手上舉，如投降狀；其二，我們買了德國、美國、日本、台灣製造的四款安撫奶嘴，材質不同、造型各異，拇指型、奶頭型都有，他一視同仁全給「呸」掉，態度強硬，拒絕到底。最後，他喜歡仰睡，一叫他趴，立即哇哇抗議。

母親說，試試看鄉下才買得到的傳統搖籃，說不定可行。

宜蘭鄉下姑媽立刻叫貨運公司運來搖籃。木製的，兩端各以兩根木頭交叉綁成岔腳，以一長桿木頭連接兩端以作平衡，首尾共繫一塊長方形布巾，放入嬰兒，布巾裹著小娃娃，宛如襁抱。布邊綁上長繩，一拉繩，布包即搖來搖去，裹在裡頭的嬰兒自然也享受到晃動感。

我們小時候都是睡這款搖籃長大的，不同的是，搖籃架用竹竿做成，布包通常是麵粉袋，上頭印有兩株小麥及淨重幾公斤字樣。搖籃也不是買的，央隔壁伯公或親族中善木工的

長輩做的。

這種搖籃的特色是繩子一拉，布包一晃，即發出「咿歪咿歪」之聲，好似老竹嘆息：「你這囝仔又長壯了啊，我們快抱不動了喲！睡吧！睡吧！睡吧！乎你一暝大一寸。」

起初小傢伙還能接受，不久，也宣告失敗了。

母親悄悄將小傢伙的衣服顛倒著晾，正反、上下互換，據說這麼做可治小兒日夜顛倒、睡眠不靖。

重要的是，不可說破，要是不慎提問：呀！妳怎麼把衣服顛倒曬？這法力就無效了。聽來，有點諜對諜的味道。

我們不得不認命了，小傢伙似乎喜歡跟爸媽如膠似漆，醒時睡時都要膩在一起。

就這樣，我們的胸膛變成他的「肉墊沙發床」，換手時，便戲稱是換床墊。

打電話問婆婆，孩子爸爸小時候好不好帶？她說他真是乖得不得了，也不怎麼哭，也不吵，簡直就是模範生。

「我做囝仔時有這麼難纏嗎？」我問母親。

「妳呀！」她的臉上毫不掩飾地流露出三十多年後想來猶然宛如昨日的痛苦表情：「有夠愛哭，每天一到黃昏就哭，哭滿四小時才停，找不出原因。」

但她那飽受折磨的表情裡又多了一絲此時此刻才添上的安慰，彷彿在說：風水輪流轉啊！當年妳磨我，現在換妳兒子磨妳，天理昭彰！天理昭彰！

三十多年前的我跟有些嬰兒一樣是隻凶巴巴的小夜貓，日夜混亂兼哭鬧無度。入夜，母親抱我在黑暗的廳堂踱步，抱瘦了，便至飯廳，她在大飯桌橫杆間繫了布包，將我放入，布邊縫長繩，一面拉繩一面哄我：「搖啊搖，惜啊惜，一暝大一尺。搖啊搖，睏啊睏，一暝大一寸。搖啊搖，晃啊晃，紅龜（粿）包鹹菜。」

秋夜蟲鳴唧唧，二十二歲的母親點了一碟油燈，亮光如一枚蠶繭，忽而化絲忽而靜靜不動。她手拉著布繩，低聲哼唱歌訣，瞌睡爬上她的眼，歌漏了詞，她拂一拂手，醒了些，又重新唱一遍完整的。就這麼每夜醒醒睏睏，後來她乾脆一面搖我一面搓草繩，待「出月」（做完月子）時，已搓得數大捆，賣了不少錢。

那草繩一定被織成更粗韌的繩索，用來捆山捆海，只是沒法捆得一小段黑絲絨般滑手的夜，讓我母親睡個好覺。

怨不得誰，小傢伙像我，我們一落地就跟這世界有「時差」，以致眾人醒時我昏然欲睡，或眾人皆睡我獨醒。

⑫ 掉臍

第十一日，幫小傢伙換衣服時發現，臍帶頭掉下來了。像一粒胖胖的相思豆，褐黑色，在時間這棵大樹上盪鞦韆，如今該落地了，也就一躍而別。忽然，母子連體已成歷史，一枚臍帶乾，宛如古蹟。

嬰兒離開母體，對女人而言在喜悅中另有點點輕愁。這感覺好像期待已久的出航日正好碰到晴朗天氣，本是可喜的，但因著此去難返的緣故，雖然溫溫暖暖的陽光披在肩上，腳丫子邊卻有一團冷風騰著，一面出航也就一面忽暖忽涼了。

用紅色小布包將臍帶裝好，替他保存起來作紀念。生命是往前走的，剛走時不認為周圍的風景有何殊異之處，等到走了五十里、一百里後再回頭想，說不定就覺得出發時路旁那朵小花真是秀麗。臍帶也是，總得等到在世間跋涉一程後，眼睛才能潤起來，把小小臍帶乾看回山河壯闊，知道自己從何處來，往何處去。

那麼，母親應該當孩子的內務大臣，一路替他收好身體髮膚、陰晴風雨，待哪日孩子想回頭看時，才找得到鄉愁。

13

婆姐母

老一輩女人的育嬰寶典裡處處聞得到神靈巫術味，她們擅長營造一種神祕關聯，以浮誇的嗟嘆聲、嚶嚶低迴的耳語、曖昧難辨的眼色，有時是靈活似飛鳥的手勢，將天庭仙界與世間閨閣重疊共存。那是女人的國度，男性的眼耳鼻舌不能識之，雖不設邊防卻像銅牆鐵壁牢固，一個擁有自己的語言、信仰的封閉世界。

就在那兒，住著七娘媽及婆姐母。

翻開民間信仰與傳說，七娘媽乃「七星娘娘」之簡稱，祂們是天帝的七個女兒，皆是貌美善織的女神。較諸他神，祂們身上流淌的人情比神性更豐沛。想像祂們以巧手編織華麗、飄逸的羽衣，趁眾神鎮日於大殿聚議，門禁鬆弛之時，姊妹們悄悄披戴羽衣飛向人間；或降於樹林中、溪澗旁，或隱於民宅牆後，竊聽尋常夫妻數算柴米油鹽，或化身為善男信女，圍坐於寺前古松之下，聽老僧道滄桑。

如此一群愛到人間野遊的無邪仙女，自然要惹出驚天動地的大事來，那就是名列中國古典愛情悲劇之一的「牛郎織女」。這對苦命鴛鴦暴露了威權鎮壓下活活被拆散的情愛命運，被天帝下令押回天庭的織女留下兩名幼子給牛郎，祂從此不得重返那間心愛的茅茨土屋，不得為人妻、為人母。這故事過於殘酷，為了撫慰世間男女的心靈，自然衍生「鵲橋相會」、「七夕雨」情節，讓這段可歌可泣的愛情不至於走絕。可見人心如何脆弱、多情，捨不得天上人間就此永隔，討價還價也要換得一年一次七夕，讓夫妻相會，淚如雨下。

從這故事本幹又生出旁枝，織女的兩個孩子跟著爸爸過日子，早晚沒媽媽喊，出入也少了母親摟抱，十分可憐。於是，六位仙女阿姨便暗中呵護、眷顧，讓他們平安成長。加上織女，這七仙女又跟人間結緣了，祂們變成兒童守護神。

如今，我看這故事，分外能體會情愛國度裡特有的那份纏綣不捨。於愛情、血緣親情中，這纏綣不捨尤其像一把刀，每一步生離死別，都讓人心肝俱碎。牛郎織女及其衍生的七娘媽故事，換個視角，難道不是一個做了妻子、母親的女人被死亡攫走的世間版本？不獨那失妻的丈夫、喪母的幼子得以藉「鵲橋相會」獲致安慰，那被迫離席的母親亦可因「七娘媽」枝節而繼續看顧愛子。這故事必須存在，而且會一直流傳，因為只有它能安慰千瘡百孔的悲哀。想到這兒，我不禁歎息，一個女人做了母親，即使死了也要想盡辦法回來看看孩子，而失去母親的孩子，即使十年二十年，也還覺得母親仍在。

七娘媽旗下有十二婆姐母，護佑每一個初生的紅嬰仔。

所以，即使到了現代，對出現在嬰兒身上的常見症狀已有合理的醫學解釋，但老輩女人仍堅信小娃兒吃睡不穩、日夜哭鬧需向神靈祈求加倍呵護。她們口中那位我從小聽聞、禮拜的女神：「姐母」（婆姐母之省稱），即是具有大法力的兒童守護神。

「拜姐母」總是充滿娓娓傾訴、攢眉蹙額的女性情感。其幽怨處，連烈日暴雪都要為之俯首噤聲。那緜密的祈語，聽來不像對天神禱告，倒像跟孩子的另一位母親商議。內容則是鉅細靡遺地敘述孩子的身體變化，前日如何發燒、昨日如何咳嗽、今日又如何茶飯不思，無一遺漏。

禮拜的儀式較諸拜天公、神明之陽剛威嚴，無疑地更具母女、姊妹、妯娌般的閨閣氛圍。若在平日，因孩兒生病而禮拜，則只需備一碗拍得又實又尖的白飯及一碟菜，置於床頭，點起三炷香細述孩兒狀況，請姐母多加看顧使他「日時𨑨迌，暗時好睏」，語畢，將香橫置於窗台或床上，隨即燒一只「刈金」。燃燒之際，宛若姐母飄然降臨，坐於床頭，伸手撫摸床榻上病懨懨的孩兒，因這撫慰，這孩子便好了些，漸漸有了精神，會向母親喊餓喊渴。隔日，便能下床。

若是逢年過節，禮拜的物品稍豐，除了飯與菜餚，另外加上年糕、發糕之類。不過，菜餚除了菜、肉、蛋之外，不可供魚，阿嬤說祂姓魚（或余？）故有此禁忌。也不曉得是各地禮例不同還是姐母各有工作範圍，管我們宜蘭的那位姓魚（或余？）之故。拜姐母不像拜神明需酒過三巡、香枝三分燃其二才能禮畢，據說拜的時間愈短愈好，孩子才會乖。這道理我百思不得其解，想來想去，只能說凡是跟「母」沾上邊的工作都辛苦。世上做母親的吃起飯來宛如飛筷舞碗，那沒話說，一雙手得治理家庭大國沒時間釘在飯桌前；然而，在天上當保姆的姐母享用祭品也得火速，這就未免太劬勞了！

至於七娘媽，印象中只在農曆七月七日才搬一條板凳至曬穀場禮拜。祭品十分女性化，包含：七碗肉酒（豬肉或雞肉均可，甜、鹹隨意）、雞冠花及圓仔花、水粉及「婆姐衣」（金箔之一種），備妥後叫小孩持香「恭請七娘媽歡喜享用」。由於這場禮拜特別具有母子親倫之感，加上拜七娘媽得在黃昏月出時分，當然還未吃晚餐，因而一群飢腸轆轆的猴囝仔也就不客氣地拎一塊肉吃吃、啜幾口酒嘗嘗，大大小小嘴邊一圈油漬。大人們笑稱七娘媽真是靈感，每次拜完，一地都是骨頭。

於此，我忽然領悟為何鄉下稻埕邊、菜園旁，處處可見雞冠花及圓仔花，這豔紅色的花簇實是隱於平疇綠野的一張邀請函，女人用一年的時間撰寫文句，邀七位仙女來與祂們的世間孩兒聚聚，在月亮出來的時候，共飲一碗甜酒。

男人信男人的神，女人有女人的神啊！

七娘媽與姐母的信仰著實動人。我情願這麼想，因著母親的責任艱鉅，繫乎小生命之存亡，女性怕自己扛不起這擔子，需要有大力量的人做靠山，遂創造這麼一群巍峨女神，陪她一起裀抱幼嬰，面對成長路程的每一處險灘。「為母則強」誠然不假，女人做了母親似乎即擁有自體改造的能力，不是雌雄同體，是神人共存──把自己的肉體凡胎擴建成一座小廟，裡頭供著神靈。這一切，只為了向四面八方索求力量，將人世與神國的護符放在她的孩子身上。也因著這一切，當孩子遭逢噩運，一個母親是不懂得放棄的，她會向每一尊神靈跪求，拉住每一位有能力救助孩子的人的衣角，直到最後一刻。

我喜歡進入如此壯麗的想像，雖未遵循祭拜儀式，但冥想姐母確能安撫初為人母的驚恐且帶來新奇的力量，彷彿每日都能鼓動雙翼，抱著自己的孩子飛越荊棘。

我問阿嬤：「拜姐母拜到幾歲？」

「十六歲。」

「為什麼？」

「囝仔長到十六歲，好命的可以去做別人父母了，姐母顧不動啦！」

也是，十六歲正是青春引爆之時，生命在這階段總是嚮往離家出走的。

想必，姐母會翩然飛入十六歲孩子的夢裡，整一整他的衣領，拍一拍肩頭，說：「你的羽翼豐了，我也該走了。往後出門在外，凡事靠自己當心，學做大人！」語畢，眼裡閃閃有淚。

我們從十六歲一路走來，若曾在某一刻，於芸芸眾生之中乍見一張似曾相識、有母親味道的臉龐，或許，那就是唯一一次被我們想起的夢中姐母的容顏。

14 蠶豆寶寶

做母親像坐牢，做父親也像坐牢。

生、養、發育看起來無比簡單，動不動就聽說誰家懷孕了，一會兒出生了，一會兒上幼稚園了，又一會兒要考大學嘍，好像不需花什麼力量，這世界就多出一個活蹦亂跳的人。

自己鑽入父母這一行，才深深體會什麼叫「父母心即石磨心」，任何一點風吹草動，都會讓人「若無罪而觳觫」，彷彿天快塌下來。

嬰兒於出生二十四小時後，接生的醫院會為他採血，以篩檢有無罹患先天代謝異常的疾病。這項篩檢很重要，因為患有那些疾病的寶寶，在剛出生時，其臨床症狀並不明顯，若不及早治療或悉心照顧，很可能會造成智能不足及發育障礙。這項篩檢包含六種先天代謝異常的疾病：先天性甲狀腺功能低下症、苯酮尿症、高胱胺酸尿症、半乳糖血症及葡萄糖六磷酸脫氫酶缺乏症——又叫「G-6-PD缺乏症」，俗稱「蠶豆症」。

如果寶寶沒問題，做父母的根本不會去記一堆勞什子醫學名詞，尋自己開心；要是名列其中，則立即蒐羅各種資訊、知識，恨不得找專家當家教，回答一連串的「為什麼」。醫院打電話來，說小傢伙患有「蠶豆症」。我的「為什麼」與「怎麼辦」才說出口，就慘遭對方以堅決且冷漠的態度掛了電話。

也許是委屈，更可能是「蠶豆症」三個字所帶來的驚嚇，使我深陷於愧疚之中，不禁眼淚奪眶。

孩子爸爸比較理智，他看著有關「蠶豆症」的資料，說：「百分之三的罹患率，算滿高的！」這就是學文學與學數學的差異吧，同樣一份資料，我光看到「……引發急性溶血性貧血……核黃疸……造成聽力障礙、運動障礙或智能不足，嚴重則致死……」之描述，便嚇得手腳俱軟；他則先從「百分之三」數據開始理解；換言之，很多人有這種病，亦即是，這是常見的、普通的、有預防之道的病。

對他而言，「知道」就是好的開始，於我，卻是壞事——為什麼我的小孩是百分之三的那群，而不是站在百分之九十七那邊？

根據研究，在台灣，男性的發生率多於女性，而客家人罹患的比率又稍高，約百分之六至八，某些原住民的罹患率亦高，大陸雲南地區一些少數民族甚至高達百分之十五至三十。

醫院給了一張衛教單，詳列注意事項。其實，這病只要父母多加留意便不如想像中可怕。首先，把家裡所有的樟腦丸扔掉，禁紫藥水，嚴格禁止吃蠶豆（及相關製品），看病時先告訴醫生小孩是「蠶豆寶寶」以避免服用某幾類藥物，應該就能避免發作吧。

這病，是X性聯遺傳症，跟我的關係大些。聽說小傢伙是個小蠶豆的朋友第一句話問：「妳是客家人嗎？」我說不是；又問：「妳是原住民嗎？」我也說不是，再問：「孩子的爹哪裡人？」我說江蘇人。

問來問去，這蠶豆變得有點怪了，好像在考據血統，挖省籍情結似的。然而，我左思右想，又不怎麼確定自己的血統是不是「正港閩南人」？蘭陽平原原是噶瑪蘭族家園，我祖先是後來才跟著吳沙去開墾的，說不定古早古早以前，我有個噶瑪蘭族祖媽呢！

眼前一顆蠶豆，能吃的人、不能吃的人，各有一條血緣流程，思之令人神迷。

15 彌月

人生中，大約只有「彌月」與「蜜月」可以理直氣壯地以一整個月來慶祝。然而，「蜜月」名過其實，婚姻之事到了今日，蜜個三、五天也就夠了，接著就是柴米油鹽。

誕生乃大難得，確實需要一個月時間調理身心，建立親子秩序。不獨嬰兒要適應新生活，大人更要拓寬軌道，以承接嬰兒所帶來的爆炸性喜悅及重擔。

對新手父母而言，這個月頗似野獸部隊魔鬼訓練營，課程排得滿滿地，教官個個眼露凶光恐嚇著：「再不用點腦袋學，看你怎麼上戰場？你以為子彈長眼睛啊（等於：你以為嬰兒是芭比娃娃啊）！」於是，從換尿布、泡牛奶、洗澡、拍背、哄睡到研究口水鼻涕眼淚屎尿，處處皆需細心學習。要是夫妻兩人都好學，像同組的實驗夥伴，做起來便會喜悅加倍、勞累減半；若是全部扔給一人（通常是女人），大概沒多久就會出現陣前倒戈吧！雖然不必跟著流行到處嚷嚷「新好男人」這類浮誇名詞，但我著實認為，一個做了父親的現代男人若自動放棄褓抱經驗，確是遺憾。

這個月也是還願與祈福的月分。出生第十二日，母親做了麻油雞與油飯，禮拜神明、祖宗。我

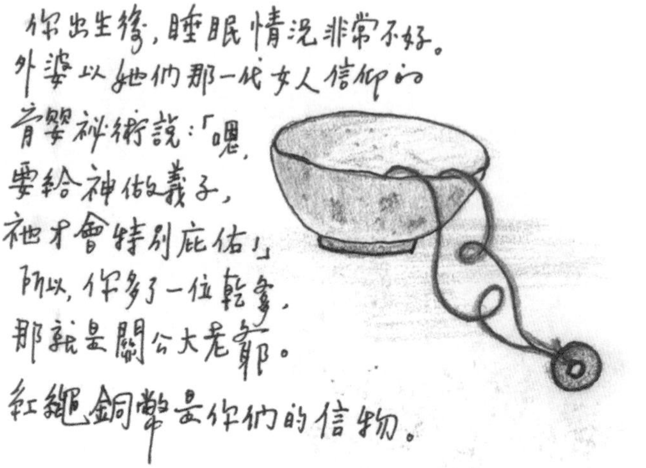
你出生後，睡眠情況非常不好。
外婆以她們那一代女人信仰的
育嬰祕術說：「嗯，
要給神做義子，
祂才會特別庇佑」
所以，你多了一位乾爹，
那就是關公大老爺。
紅繩銅幣是你們的信物。

待產時，她們曾向神靈祈求，若我平安，即以雞酒、油飯答謝。除此以外，又要我懷抱小傢伙向天三叩首，也是還願；母親另外備青果至住家附近的王爺廟致謝。我都糊塗了，兩老到底驚動多少尊神靈，求祂們趕至產檯邊為我助產？

較為特殊的是，為了小傢伙淺睡易醒、善哭愛鬧，母親依宜蘭鄉下習俗向家中供奉的關聖帝君祈求收他為義子，願出入相隨，多加護佑。她以紅線繫一枚仿古幣為信物，手持之於香爐上方繞三圈以薰染香煙，這幣便有了神的承諾。

將它放在小傢伙枕邊時，我想起小時候也有一條紅繩古幣，成天掛在脖子上，洗澡、睡覺都不取下；圓幣方孔，上頭有四字：「乾隆通寶」。大約是小學年紀，我把那「乾」字唸成「ㄍㄢ」。那是我這輩子第一條項鍊，也是第一筆財產！

原來，這古幣象徵另一種「通財」之義，世間父母怕自己的能力不夠，又給心肝寶貝找了一份天上的父慈母愛。

當然，再也沒有比這個月看到更多金銀財寶的了。

金手鐲、手鍊、小戒指、項鍊，新潮的從十二生肖到十二星座都有，而鏤刻「長命富貴」、「吉祥如意」的金鎖片仍是主流。來看小娃兒的親戚好友，幾乎人手一小袋，袋內一絨面小盒，盒內置金飾另外摺有保單，載著品名及重量，幾兩幾錢幾分幾厘之類，單子底下還有一行十三級小字：「舊金翻造按照銀樓公會規定每錢貼耗五厘」，看這文字彷彿身在清末民初。

「給小寶寶平安長大、健康聰明，長大考狀元，做大官，發大財，娶漂亮老婆！」送禮的人這麼祝福。賀詞真是悅耳，充滿榮華富貴的派頭，也佈著成為貪官污吏的危險。然而，在這個月做媽媽的心裡沒存「救國救民」理想，也未動念要在孩兒背上刺「精忠報國」，一味只沈醉在「化權、化科、化祿」的憧憬裡。

一床上的金飾，攤開來像銀樓櫃檯，一時興起，用相機拍了下來，留作紀念。遂玩興大發，幫小傢伙穿戴穿戴，嚇！好一隻金光閃閃的小潑猴！

有一條鍊子非得記一記不可！是遠流出版公司的姊妹淘合送的，重達一兩捌厘，這數字暗喻一百零八條好漢；純金圓牌，正面書「長命富貴」，背面就露了獠牙：「一而再再而三，再接再勵（厲），六六大順。」這是什麼跟什麼呀？不明就裡的人看了，還以為是三千公尺接力賽金牌哩！

每一份禮物皆是祝福，從金玉美石至衣衫暖被、用品器具，無不包著世間的濃情蜜意。這是他的人情世故，來日應當禮尚往來。

說到數禮，我自小對阿嬤與母親凡事尚禮重情的作風習以為常，但真應在自己身上，還是感到新奇。她們在舉手投足之間，虔誠恭敬，彷彿剛剛與一神錯肩而過，其衣袂飄然。言談亦輕聲細語，如那神坐在沙發上，正與她們共話家常。她們是最後一代凡事遵循古禮的人，並且堅信，任何一個生命若誕生時沒走過這套禮儀，其福祿便嫌單薄。

這是你收到的金飾中最重的，一兩捌厘，由一群不肖的阿姨合送的。
媽媽特別以原寸畫出，以示其貴重。經我學六合彩賭徒的眼光研究，
牌面上的字換算成數字，如下：
1+2+2+3+2+2+6+6 =24
好一個「24孝」啊！

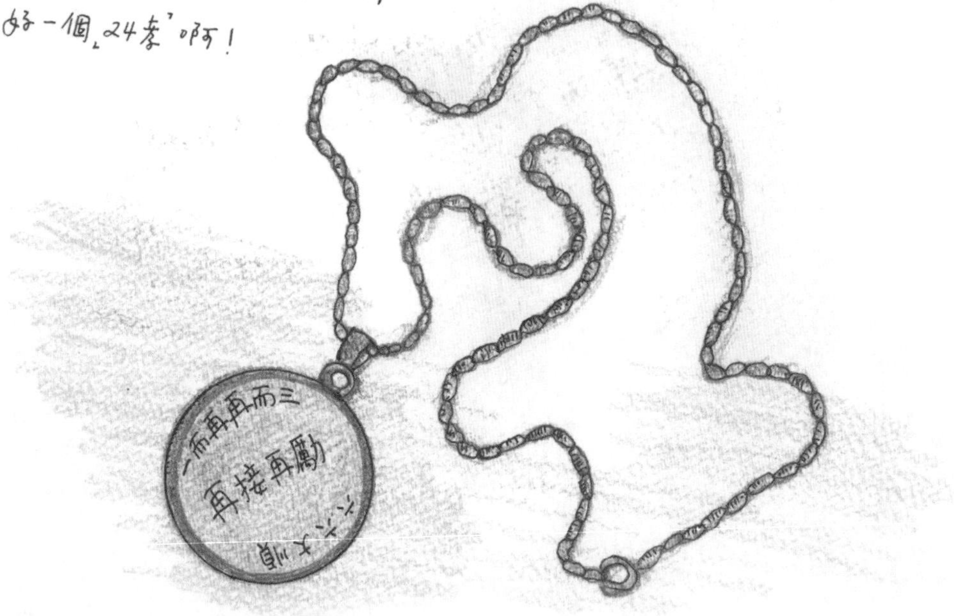

於此，我得以知曉，依舊俗在這個月會為嬰兒舉行的儀式、禮數包含：「做膾」、「敬神」、「拜天公」、「報酒」、「做滿月」。

「膾」常於嬰兒出生之第三、六、十二日擇一而行，至現代則不限此三日，取雙數日即可；需備石頭、雞蛋、鴨蛋、龍眼樹枝。「敬神」指禮拜自家供奉之神明與祖宗，也是擇第三、六、十二日吉日行之，禮品豐盛，麻油雞與米糕（甜糯米飯）則是必備。「拜天公」乃屬還願性質，若生產前曾向這位天庭最高統帥祈求庇佑，產後則應酬謝，禮品不拘，但通常許以雞酒、米糕這類專屬於誕生喜事的禮品。

在小嬰兒出世第六日，同樣得備雞酒、米糕送至娘家，名為「報酒」，亦即向娘家報訊、報喜、報平安，而娘家得回禮：雞兩隻、嬰兒衣服及紅包。到了滿月，剃頭自是不可免的儀式，另需備油飯、紅蛋分贈諸親好友鄰居，講究些的，更以彌月筵與親友同慶。娘家這邊得備衣服、金飾（通常以一組為原則，含鍊子、戒子、手鐲等，送單樣的話顯得單薄）為外孫「做滿月」。不過，娘家這份禮彈性很大，若是生男且是長男，不僅禮物講究，且會加上「帽公」（縫在帽子上的金片）及一組背巾、包被，可見「長孫」有多稀罕，次男、三男……則無。這預算一路砍下來，即知弄瓦之喜喜得有點冷清，男女不平等從出娘胎那日就定了，那些戶口名簿上登記為「三女」、「五女」的人，出生時大約乏人問津吧！

坐月子期間，母親三天兩頭塞給我嬰兒衣服、金飾，又是特別囑咐今日買的這雞是回禮的云云，搞得我頭昏眼花，遂喊她來說個明白。剛回娘家坐月子時，公公婆婆來探，曾包了大紅包答謝親家母代勞，母親只收紅包袋，說是收個房租意思意思，大家歡喜。我現在才明白這只紅包袋（不過是一張紅紙罷了）效用真大，一則讓母親裡子、面子兼顧，二來它也象徵錢幣，讓母親代辦原屬親家該送的「報酒」——換言之，她自己燜米糕、燉雞酒，代替親家送給自己。兩套禮數全在她手上，難怪她要特別點明今日燉的雞是回禮之雞，表示做娘的吃了「報酒」，有來有往。

兩個家庭省籍不同、信仰殊異，然都是重禮重情義之人，本源既通，條目、方式自然可以變通、權宜。老輩的進退應對之際有規有矩，我們做晚輩的嫌它繁文縟節，只會像個二楞子，見飯扒飯、見酒喝酒，吃得肥嘟嘟的也不明白箇中道理。我趁機學點禮數，自覺有了長進。

不過，跟自己母親也不必太客氣，我說：「好好好，那娘家這邊還得送什麼禮，妳統統給我吧！」

小孩滿四個月時，要送衣服與牛舌餅為他「收涎」，周歲時，再送衣服、鞋、襪。我看小傢伙的衣服已經多到像個小明星了，這衣服就免了吧，至於牛舌餅，也算了。隔幾天，母親大約覺得禮數為重，買了兩雙穿起來像踩到老鼠會發出「嗶—嘰—嗶—哇」的「嗶嗶鞋」給小傢伙，換個角度看，也算得「牛舌」餅的真諦。

我深深覺得，一個生命千里迢迢來到世間，若無人疼惜，無人祝福，真是淒涼。而讓孩子從小飽嘗酸楚、委屈，絕對是他周圍的人的恥辱。

據說舊時凡家中有嬰兒出生，做父母的會向村落每戶人家討一塊布，拼貼縫成衣衫給娃兒穿，小孩穿著眾人的祝福自然會平安長大。在物質匱乏的年代，百家布的習俗彙集了人性中美好的部分，能夠這樣對待孩子讓人感動。想像這小寶寶身上穿的衣服中有一小塊布是你給的，那顏色、質料、花樣與眾不同，雖湊在其他布塊裡，但你一眼就認出，因著這一認，每次你瞧見那拼布衣總是先看到你給的小布塊，如一朵燦爛小花朵在草叢裡只對你笑。如此，你心裡覺得這孩子跟你較親近，再怎麼寒傖，也得撥三兩關心五兩呵護，疼他一疼！

窮一點沒關係，但小生命若乏人愛護，無人祝福便永遠富不起來。

我猜，大約只有台灣產婦才會在住院期間收到宛如鶯啼燕囀的廣告單。我之所以這麼比喻，是把產婦當成女人生命中的花季，一園子花團錦簇、姹紫嫣紅，來訪的親友如遊園賓客，笑語浪浪，那些放在病房床上、櫃上的廣告單自然就像蜂兒、蝶兒、鶯兒、燕兒，三兩隻此處翩翩起舞，那兒啁啾而唱，添了不少熱鬧與興味。

廣告範圍包含：彌月蛋糕、油飯類，嬰兒命名類，坐月子中心類，胎毛筆製作類，減肥瘦身類，補品類，家庭托嬰類，嬰兒奶粉、尿布類。每類各有數家招徠，著實讓人眼花撩亂。然而，凡此八大類知識、常識，大約也只在這段期間才有興趣捧讀再三而不知疲憊。老倆口討論、斟酌，其情狀若兩個小學生商量遠足路線，一日三變而不減樂趣。

尤其命名，那真是捻斷數根鬚猶然反覆推敲的大事。做父母的給小孩取名，心中若有十五隻水桶，七隻在上八隻在下。實而言之，那是一種執權杖而膽戰心驚的現象，想到一旦取了這名字，小孩一輩子都得這麼叫，天哪！一輩子不得更改啊！於是，原先揣在手裡要用的名字，低頭一看，怎麼變得通俗、軟趴趴起來，自然得再想個響亮一點的，最好能夠轟動武林、驚動萬教！

只有中國人才會在名字裡存放各式各樣包袱。姓是不能動的，三個字去其一，創意空間有限；排行也固定了，那只剩一個字讓做父母的顯身手；五行得測一測，缺金補金、缺水補水，那還有什麼戲可唱呀？沒得唱也得唱，又要唸起來響噹噹又要意義深遠又要字形穩實、俊俏又要大吉大利……難怪大多數父母乾脆交給命相師去擇一擇，把權杖送人，還得花錢。

名字，亦是世間相之一，可執可不執，執時若五花大綁，不執則自在逍遙。想想現今地球上，用中文名字的光是兩岸三地十三億，再加墓碑上有名有姓的，又不知幾十億了。這麼多名字，吉能

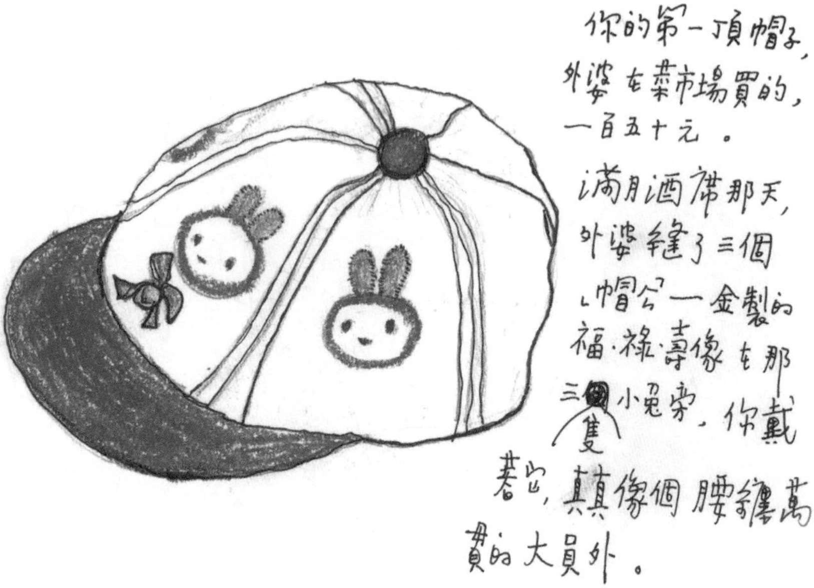
你的第一頂帽子，
外婆在菜市場買的，
一百五十元。
滿月酒席那天，
外婆縫了三個
「帽公」—金製的
福·祿·壽像在那
三隻小兔旁，你戴
著它，真像個腰纏萬
貫的大員外。

吉到哪兒，凶又凶到何處呢？再說，靠個好名字就能富貴雙全豈非妄想，自來只有權力掌握者使名字發亮，而非以姓名為餌，釣得半壁江山。

不過，觀察命名趨勢仍具社會意義。光復前後出生的，男生非「郎」即「雄」，女的偏愛「子」字，頗有東洋風味。一九四九年以後，命名幫派涇渭分明，外省掛、本省掛作風不同，住在嘉義鄉下的「林有財」與住在台北內湖眷村的「紀偉國」一看名字就知道誰是番薯、誰是芋頭。時至今日，戰後第二代做了父母，他們當中有一批人深受都市化洗禮，見多識廣，給孩子取名字自然走向新穎、閃亮、強調個我風格的路子，那些「邦」啊「國」啊「德」啊的大擔子統統丟一邊去，甚至偏愛單名。

小傢伙未出生前，我們也為他的名字大傷腦筋，想了好久似乎沒有什麼進展，遂擱下喘口氣，這一擱又一、兩個月過去了。有一日，兩人又聊起名字問題，為了有效率點兒，我們先決定取單名，再分頭想哪個字較好。

孩子爸爸喜歡「藍」，我說不行，誰叫你們家姓姚，合在一塊兒諧「搖籃」音，叫他一輩子被笑呀！又試了幾個合意的字，可惜連名帶姓叫起來又不亮了。就在這進退維谷的當口，我忽發奇想說，叫「姚遠」怎麼樣？沒想到孩子爸爸為之一振，連聲說好。

姚遠，令人想到遙遠。星子總在遙遠的地方閃亮，夢總在遙遠之處召喚，美麗的人也總在遙遠的所在等候。我們兩個中年父母繞過姓名學、五行、八字應允的捷徑，全憑心鏡意象給小傢伙命名，願他這一生走得天寬地闊，從他手中抖開的路，能高能遠。

這個月的壓軸，非滿月筵莫屬。

這一日，婆家、娘家兩路進行。小傢伙的爺爺奶奶為了與親戚摯友分享添孫的喜悅並答謝他們對小傢伙的祝福，特在餐廳設宴。老人家與我們都不是愛鋪張、喜誇示的人，所以滿月筵等於是雙方親族聚餐，分外溫馨、歡喜。事先，我們也選好了彌月蛋糕，向贈禮者致謝。這一宴一糕餅雖屬小規模喜慶，但做父母的喜悅情緒，比訂婚典禮更叫人開懷蕩漾。

娘家這邊依例禮拜諸神佛，隨即為小傢伙舉行「剃頭」儀式。

若依古禮而行，為嬰兒剃髮是極慎重且充滿愛意的儀式。一般而言，在嬰兒出生第十二、十六、二十四日或滿月時為他剃髮，傳說是為了避免從娘胎帶來的沾過血汙的胎毛觸犯神靈，故有此禮。現代人對剃髮又添了新解，說胎毛若不剃去，頭髮就長得「軟稀」，當然無法烏溜溜、黑亮飄逸了。剃頭時，又有一些禮具必備，如擺一個托盤，上置青蔥及紅雞蛋、紅鴨蛋各一，喻小孩聰（蔥）明及長得似雞蛋臉、鴨蛋身。另備洗臉盆，內放古錢及石頭，期許小寶寶富貴、強健。剃完胎毛後，更取蛋在嬰兒頭上輕輕滾動，意指「紅頂」，一生榮耀。

這套古禮代代相傳，不免產生增添、刪減情形。我們家的剃頭典禮趨向精簡，只備一個洗臉盆，盛半盆溫水，內置六顆點了硃砂的紅雞蛋；由母親抱著小傢伙，聘來的理髮小姐持電動剃頭刀推髮，我則拿一張紙承接胎毛，小傢伙髮密，稱得上「大豐收」。除了胎髮，也一併剃眉，阿嬤的說法是娘胎帶來的眉毛「垂垂」，若不剃遮住小孩目光，意即長大後變成短視近利之輩。我這做娘的倒無所謂，頭都剃了還差兩道眉嗎？只是小傢伙那光頭無眉模樣，看來像闖蕩江湖的三腳貓道人。剃畢，持蛋於頭上比劃幾下，算是祝福。

我們做娃兒時，母親沒為我們留臍帶、胎毛，以致現在半把歲數了欲洄溯自己的嬰兒模樣卻無半樣骨董可供攀附、臆想，甚為遺憾。說來，也不能怪他們，鄉下人忙於莊稼無有閒情，此其一；農業時代首重家族繁茂，不重個人成長細節，此其二；其三，當年每個女人不生五個、八個簡直交不了差，孩子既多，東一撮頭毛、西一粒臍乾，放久了也搞糊塗誰是誰了，乾脆全免。這也氣派，身體髮膚全交給你了，為娘的不幫你攢私。

到了我們這一代，反倒流行給小嬰兒做胎毛筆、封臍帶。可見小家庭制度下，個我主義何等旺盛。

據說胎毛筆又稱「狀元筆」，科舉時代，有人用自己的胎毛製成之筆赴試，中了狀元，此筆遂蔚為時尚。

對我而言，狀不狀元是小孩自己的事，一管筆無法替他預訂功名，倒是製成筆確實兼具保存與紀念效益，對他們這一代「網路人類」來說，身邊有一枝用自己的胎毛製成的毛筆，或許能添一點古風雅趣吧！

製筆師傅以「驚豔」口吻讚賞小傢伙的胎毛，聲稱製成大中小楷六枝仍綽綽有餘。不過，我們仍決定只製成一枝大楷，足以揮寫春聯者，筆管為紫檀嵌黑檀木，上刻我們與小傢伙姓名及他的生日。筆莊另贈一只琺瑯花鳥圖小圓盆，將臍帶封入，以利存藏。

滿月是一道門檻，對父母與嬰兒的意義遠超過他人，它意味著：這個家確實存在，這個會打呵欠、吮小拳頭的嬰兒確實要喊我們：爸爸、媽媽。

收拾行李回自個兒家途中，我抱著小傢伙告訴他：「滿月了，我們要回家喲！」

不知怎地，我的腦海浮現一輪明月躍出海面的景象，那柔潤的光芒宛若一道聖旨、一行情詩，我於是知道我會有好的開始。

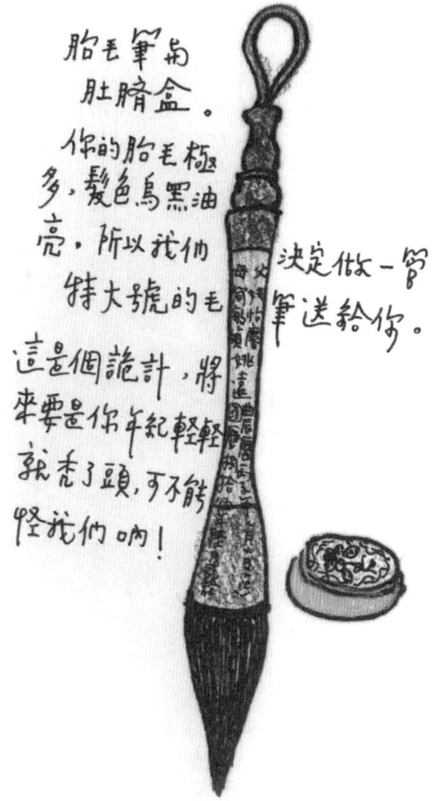
胎毛筆與
肚臍盒。
你的胎毛極
多，髮色烏黑油
亮，所以我們
特大號的毛
決定做一管
筆送給你。
這是個詭計，將
來要是你年紀輕輕
就禿了頭，可不能
怪我們喲！

密語之七

兒子！當我在心裡這麼喊你，仍不免一陣驚動。

我該如何描述這般前所未有的錯愕感？彷彿一個失意人，行路遇雨，索性彎入畫廊閒逛，隨意瀏覽並不想買什麼，忽見角落散置一排畫，其中一幅露了尖角，似乎不惡。隨手抽出，迎光欣賞畫中景致，覺得那蓮花池蕩漾得甚好，古樹濃蔭與拱橋倒影亦畫得十分淋漓，遂忍不住伸手去摸，怎料一瞬間連人帶鞋墜入池裡，一隻小蛙還從我肩頭躍過。

雨天，消失了，行路的煩躁情緒也消散了。費力從蓮花池爬上來，脫鞋倒水，將擱淺在衣襟上的幾朵小浮萍還回去，四處望著，看見濃蔭深處有一幢屋，心想去問個明白也好。敲門，門應聲而開，一大一小兩個男人齊聲說：

「妳跑去哪裡了現在才回家？我們等妳好久哩！」

這是真的嗎？兒子，我們真的成為母子，成為血緣至親？

是真的。你躺在我的臂彎裡安然而眠，輕淺的呼吸如春日湖水微微揚起波紋，顯然睡得十分香熟。你的小臉蛋貼著我的左胸，依隨我的呼吸而起伏，這兒是你最喜歡的枕，我那宛如擂鼓的心跳對你而言是一首天籟。

窗外是盛夏，院子那叢綠竹藏了一罈好蟬。我坐在這窗口聽蟬已聽了八年，淒淒切切也好，如泣如訴也罷，我依然記得自己的心情，每年沒什麼改變，如一個越獄的鬼趴在人世入口聽才子佳人故事，聽到傷心處，也跟著哭起來。想想跟自己實在無關，不禁笑了笑，嘆口氣，又踅回鬼獄。我未曾想像有人陪我坐在這窗前聽蟬，而且一次來了兩人。

兒子，或許有一天你會了解你帶給我的轉變有多大？因著這一改變，我此時已在心裡感謝你了。我時常想，我們的一生再怎麼漫長，若放在萬古以來奔流不息的生命海域觀之，也不過是一隻小小的蜉蝣罷了。這短暫的蜉蝣生涯能否遇見幾位肝膽相照的人、成就幾件漂亮之事、砌築一個恩恩愛愛的家，竟不只需靠個人努力，更繫乎機運。

而機運無價，你散盡千金也買不到一個有情有義的人；你完全不知道誰是主宰，而祂又憑據什麼分配千載難逢的幸運。

我唯一可以分辨的是，若少了閃閃發亮的機運金粉，你與那人、那事需歷經掙扎、論辯、復合、撕裂，彼此以對方為石磨，日夜輪轉，即使終於成就了，也是脫去一層皮、留下一道瘀傷。如果飽含機運，人、事一拍即合，怎麼做怎麼對。

你父親與你，不是靠我的努力得來，是老天作媒。

我原來努力要做的是把自己從情愛與婚姻的糾纏關係中解放出來，從惆悵與傷懷的淵藪攀爬而出，一個人躲得遠遠的，數路旁任何一棵大樹的葉子也行，就是不要去數還有幾款制度可以帶我找到幸福。

兒子，我現在稍微理解，是人使制度變得可行甚至帶來豐碩果實，而非制度能把人改造、捏塑使之發出光環。情愛之路尤其如此。一對從年輕走到白頭的恩愛眷屬，靠的是相互寶貴、同等付出的珍惜之心而非制度的保證。若他們婚配，便光耀了婚姻制度；若不婚，則照亮體制外的情愛關係，成為美談。實則對他們而言，婚或不婚皆無損於山盟海誓，不能稍減對對方的愛與敬。然而，如果碰錯了人，即使用最厲害的婚姻枷鎖，惡徒仍是惡徒，忘恩負義、始亂終棄本是他的愛情彈藥庫，遲早要掃射。

如此說來，婚姻，本無偉大之處，單身，也不是什麼可歌可泣的事，純粹只是個人選擇。不同的本領坐不同的椅子，若發覺那椅子扎肉，站起來走人也就是了。

不過，十幾年來在愛情大街閒逛，我不免有所感慨：有靈氣的愛情少了，刻骨銘心的婚姻寥若晨星，願意共負一軛努力建立現實或精神層次堡壘的情偶也不多見了。這情愛國度彷彿正經歷一場瘟疫，紅男綠女在黑街暗巷晃蕩，若不是揣著算盤，就是游手好閒像個愛情吸血鬼。

我情願數任何一棵樹的葉子，也不要數算還有幾條路通往幸福。莎士比亞說的，真正的愛情道路從來沒有平坦過。

（然而，漫長的一生若未被真愛點燃，未被情投意合之人繫住腳踝，又是多麼暗鬱且漫長！）

直到你父親出現在我面前，我開始相信天作之合。

直到你出現，我開始體會自己的生命與他人縮合的重量感與難以形容的燦爛。

是的，燦爛！對你父親與我而言，我們進入非常特殊的生命階段，心情時而忐忑時而春暖花開。

兒子，我不厭其煩地記述這些是為了讓你了解你是在愛情的喜悅與驚奇之中被孕育出來的。若有一天你對自己的生命感到困惑、鬱悶而憤憤然欲全盤推翻時，我希望你能再次讀一讀媽媽寫給你的文字，然後想像你帶給我們的影響與力量有多大。

這力量把你父親與我變成搬磚運瓦的世間夫妻，心甘情願地脫下流浪衣袍，彎下腰桿砌築自己的小小家園；這力量也使我們在等待你的微笑時，不禁望對方一眼，心內微微喟嘆著：

就這麼一路走到老吧！

16 銘印

有兩個故事令人著迷。

年輕時看過動物行為學家康拉德・勞倫茲的《所羅門王指環》（Konrad Lorenz, *King Solomon's Ring*），別的不記得，只記得他提到小雁鵝不論是從人工孵卵器孵出還是母雁鵝孵的，總是把牠碰到的第一個活物認作是自己的母親。

後來在《雁鵝與勞倫茲——動物行為啟示錄》（*Hier bin ich-wo bist du? Ethologie der Graugans*）書中，看到他詳盡地描述一隻名叫瑪蒂娜的小雁鵝如何與他「一見鍾情」的過程。

小雁鵝被一隻家鵝孵出後，勞倫茲將她移出以便仔細端詳，小雁鵝忽然凝視他，發出單音節的迷途似叫聲，勞倫茲理解那叫聲代表哭泣，於是立刻發出代表「安慰」的聲音回應她。這隻才呱呱落地的小雁鵝即刻伸長頸子，發出多音節「vee-vee-vee-vee」叫聲，毫不保留地表達她的快樂。

勞倫茲過足了癮，將小雁鵝放回她的養母——那隻代理孵育的家鵝身邊，沒想到小雁鵝立刻向他飛奔，一副誓死追隨的模樣。勞倫茲寫著：「當時的我，還不明白鵝類銘印過程是一旦完成

帽上三顆毛線球，像三隻
在山坡上追逐的
梅花鹿。
等你長大，你會慢
慢体驗到，你就
是自己的暖流。
只要你相信，
無論雪下得多
厚，春天就在舉頭三尺處。

就無法改變的了。於是，我抓起小鵝，再度將她塞回白鵝的身體下。但是，她立刻又追著我爬出來了……可以理解的，我當時真是被這隻追著我跑、又哭個不停的可憐嬰兒給感動了……她已把我，而非那隻家鵝，視為母親了。」

這故事讓我對「銘印」大感好奇且想起另一個同樣有趣的故事。

如果從文學的角度體會，莎士比亞的《仲夏夜之夢》（*A Midsummer Night's Dream*）不也是另類「銘印」遊戲？

仙王奧伯龍為了戲弄他的妻子鐵達尼亞，命令手下摘採那株獨一無二的豔麗花朵。這花有個身世：在銀雪般的月光下，全副

武裝的邱比特一面疾飛一面拉滿神弓，向著西方的一位美麗處女瞄準，全力射出那枝金色的愛箭，沒想到射偏了，箭落在一朵乳色小花上，愛的創傷使花朵變成紫紅，從此女郎們喚它「三色堇」。這花深具愛情魔力，只要將花液滴在睡著的人的眼皮上，醒來睜開眼就會瘋狂地愛上他所看見的第一個人——當然，也包括動物。

這花汁擾亂了仲夏夜森林裡兩對男女的戀情，使誓言變為荒誕，拒絕者轉身成為熱戀狂徒。即使是仙后鐵達尼亞，也在愛情魔液的驅使下，愛上一個憨愚無比的驢頭織工。

或許是這兩個故事在腦海裡暗自發酵，才使我毫不動搖地打算自己帶小孩。

不止一人告訴我，自個兒悶在家裡育兒如同軟禁，不出三個月即會瀕臨瘋狂邊緣，屆時還不是乖乖交給保姆，與其如此，不如現在就交出去，自己重回職場免得跟社會脫節，下班接孩子回來再分泌母愛也就夠了。大家都這麼做。

我想不出為什麼我必須跟著這麼做？我們的經濟狀況談不上富裕但還算安定，暫時不需要我貢獻；我在職場上扮演的角色亦非舉足輕重之輩，不去不會出人命的；說到脫節，這款混亂有餘優雅不足的社會若能與之脫節一段時間，說不定還是好事；再掂一掂自己的體能，還算可以吃苦耐勞。這種情況下若把小孩交給保姆，大約只有一個說不出口的理由：怕累。

其實，怕累也是一個非常正當的理由。我們這一代女性雖披上母親戰袍，但不認為應該像我們的祖母與媽媽一樣，把自己當作一顆方糖（或一撮鹽巴），慢慢溶解於養兒育女、相夫教子這口大鼎內，成全了他人的人生美饌，自己卻消失於無形。情況較惡劣的還剩一張嘴巴沒溶掉，哇啦哇啦四處討人情，卻沒人理她。

除非她自己願意，否則，累病、累垮、累瘋、累死一個母親，絕非什麼光榮、偉大的事蹟。

我不見得不怕累，但只要找得到意義——確認這事是我生命中一旦錯過即無法挽回、思索過因我的付出將換得星鑽般價值，那麼，我願意累。

換句話說，我不希望自己成為一個不在「孩子成長現場」的母親。

雖然生產後，在娘家坐月子，母親露了不少育兒招式供我觀摩、實習，但真正輪到自己接手仍不免手忙腳亂。

公婆家與娘家都離我們甚遠，遠水救不了近火，我們兩個沒經驗的中年父母只能靠自己看書摸索。我心裡不太服氣，心想：伺候一個小奶娃有這麼難嗎？別人做得來，難道我做不來？放心！放心！靠本能就對了。

這麼一想，倒也天地寬闊。的確，本能就像一台設計精密的電腦，讓初為人母的女性變得更細膩、警敏、堅毅，能立刻判讀小嬰兒的哭聲代表飢餓、生病、尿布濕還是渴望安慰。我從來不知道授乳中的女人身體宛如一條鮮豔絲巾覆蓋下的最先進戰鬥機，其攻防能力近乎神出鬼沒。這身體是我的嗎？不是，是造物者的。

為了確切地掌握小傢伙的飲食起居，我準備了一本筆記簿，每日記錄他的喝奶時間、量及排便情形（後來也加上生病、就醫紀錄）。這本成長簿真像賬本，寫的都是數字，譬如在他滿兩個月又十三天那日，是個星期六，賬簿上寫著：

1：20 a.m.　牛奶70cc＋母奶50cc

3：00 a.m.　母奶30cc

4：00 a.m.　牛奶40cc

6：30 a.m. 牛奶90ｃｃ
11：00 a.m. 牛奶160ｃｃ＋母奶10ｃｃ（便，小量）
5：00 p.m. 牛奶130ｃｃ（便，多）
8：00 p.m. 牛奶50ｃｃ＋母奶40ｃｃ
11：30 p.m. 牛奶50ｃｃ＋母奶30ｃｃ
總計：750ｃｃ（牛奶590ｃｃ，母奶160ｃｃ）

有經驗的人看我這本賬簿大概會笑掉大牙，養兒又不是做實驗，哪需要這麼嚕嗦。不過，我情願用最笨拙的方式比較保險。如此一來，凡是小傢伙的飲食、身體變化一目了然，省去回想、揣測功夫。這本子也變成孩子爸爸下班後必看的讀物，只要一翻，就能想像他的寶貝蛋一天的飲食起居，看到小傢伙胃口不壞，也就覺得大熱天到量販店扛六罐奶粉、五包尿布的辛勞有了回報。

育嬰書上說，每四小時餵奶一次就行了。其實不是這麼回事，至少我們家這個不是。從上面那張「業務報表」不難看出小傢伙的胃口曲線，一天吃八次，也只有親娘有這個耐心奉陪。我曾經試著訓練他的喝奶時間，但效果不佳，加上自己是個順其自然派的，也就隨他高興吧！由於他飲食無度，我常不曉得該泡多少牛奶才恰當，最後決定多泡一點省得吃不夠還得再沖，於是又嫌泡多了，這傢伙沒吃幾口不幹了，我看牛奶還剩那麼多，倒掉可惜，旋開奶嘴，仰頭一咕嚕乾了。那陣子真是返老還童，喝了不少嬰兒奶粉，後來實在「灌」不下去才作罷。有個朋友說，當年她順手將餘奶往院子潑，沒想到每回都幫牆角那株龜背芋「醍醐灌頂」，原本乾瘦的綠芋後來飆得跟一窩土匪似的，可見嬰兒牛奶有多營養。

有子不見得萬事足，但絕對會睡眠不足。每天從深夜十二點到次日清晨七點，至少起床四次，餵奶、換尿布或巡視他的睡眠狀況。小傢伙是個敏感型嬰兒，睡眠情形一直不理想，動不動就哇嗚哇嗚「晚點名」，我也是淺眠易醒、神經緊張的人，一有風吹草動立刻像背部安裝彈簧般一躍而起，如此一來休想一覺到天亮。然而有時真是累得全身快散成零件，好不容易才躺下，沒多久，小傢伙又「晚點名」了，待奮力爬起巡視一番，沒狀況呀！不免沒好氣地說：「報告班長，你的尿布沒濕，小肚肚不餓，狗沒叫，共匪也沒來，可不可以放我去睡呀？」

如此白天折騰夜晚拖磨，加上餵食母奶，最意外的收穫是替我省下一大筆錢。有人為了產後恢復身材，花幾十萬到塑身中心學哪吒剔骨還肉。我呢，一毛錢也沒花，從產前六十公斤縮至產後三個月的四十八公斤，半年後變成四十六。這種奧運選手才撐得住的磨練，把我的身體鞭策得更有力氣，似乎也更健康。因而，每當想起多少苦命女人正陷入脂肪泥沼作肉搏戰、殊死戰時，就不免自我陶醉，為這副精瘦有勁的身軀感到安慰。此時，立刻懷著「感恩的心」向嬰兒床一鞠躬，對小傢伙說：「求求你折磨我吧！繼續折磨我，那是好的折磨啊！」

孩子的爸爸也是，男人年過四十最恐怖的是腰部變成「救生圈展示櫃」，這種災難很難避免，只有愛哭善鬧的小嬰兒有能力阻止中年男人的肉崩命運。事實證明，小傢伙也幫他爸爸塑了身。

可見「養兒防老」仍是至理名言，不是儲備老本，是防止父母老化。

白天只有我與小傢伙在家，完全是單兵作業。起初，最讓我手足無措的是幫小傢伙洗澡，其惶恐之狀，宛如幫一塊豆腐洗浴。幸虧隔壁許媽媽教我一點訣竅，才漸漸克服窘境。約莫午後三、四點間，是最重要的洗澡課。我會先在專用澡盆放半盆溫水，加適量的酵素沐浴粉，接著蓋上馬桶蓋，在上面鋪好大浴巾，另外備一件乾淨上衣。如此各就各位了，再把這個渾身散發乳味、痱子粉味、汗味、尿味的小祖宗抱入浴室。為了防止受涼，進浴室才為他脫衣，再依序洗頭、洗澡。初始，手腳不夠熟練，總是草草「川燙」了事，後來駕輕就熟了，才讓他多享受一會兒泡澡之樂。洗浴時，我會跟他說話，談話內容也從剛開始的「怎麼辦？傷腦筋咧！完啦完了！對不起不是故意的！別哭別哭，快好了快好嘍！乖喲再忍耐一下下……」到眉開眼笑地說：「喏，媽媽給你製造一點波浪！」並唱起所有跟水有關的歌。事情就這麼轉彎了，洗澡變成一件有趣的事，他頗能享受我帶給他的新奇刺激。我會用愉快的花腔唱：「昨天我打從你門前過，你正提著水桶往外潑，潑在我的皮鞋上，路上的行人笑得笑咯咯……」也會像個導遊向他介紹：「這是你的小手，這是你的腳丫，搓搓你的手臂，拍拍你的ㄋㄟㄋㄟ！」這件事給我一個啟發：永遠不要把小嬰兒當作「植物」，他需要大量的刺激、學習、互動、交流，大人無法預測他會有什麼反應，但無須多久，即會發現他已「進入」你所製造的情境，摸熟你的順序，甚至開始表達他的困惑與歡喜；譬如，當我故意以老牛拖破車的速度與聲音唱「昨—天—我—打從—你—門—前過」時，他彷彿感到不對勁，但當我恢復一貫的歡樂聲音，他知道「對了」，那神情也變得愉快起來。

洗好澡，用大浴巾拭乾身體，先穿一件上衣再抱到臥室，撲一點痱子粉，包尿布、穿妥衣服，才算大功告成。為了避免溫度變化導致受涼，我習慣先在浴室為他穿一件衣服，這道手續當然是多出來的，但只要想到萬一小傢伙生病最累的是我，再多幾道保險措施我也不嫌煩。

照顧新生兒的確需要無比的耐心與技巧，我們度過最慌亂的四十五天後，漸漸摸出一點門路，好像也建立了自己的泡奶換衣風格。首先，針對泡奶速度太慢的問題，我們買了調奶壺——能夠保持壺內水溫約攝氏五十度，免得小娃兒哭餓時，兩隻笨手一面拿奶瓶一面倒熱開水、加冷水、試喝太燙、加一點冷水、試喝太涼、再倒一點熱水……等泡好牛奶，小嬰兒已哭得肝腸寸斷。這種發明真是體貼入微，我們這兩個新手父母對它感激得簡直要列入傳家寶清單。為了減低半夜起床泡奶時的繁瑣與疲倦，我們會在睡前用奶粉盒裝好三格奶粉，待小班長晚點名時，只要：一、拿奶瓶、打開，二、倒入一百二十CC的水，三、打開奶粉盒蓋，將盒內奶粉全數倒入奶瓶，四、旋緊奶嘴，搖！四個步驟就好了，不需三十秒。

還沒當媽媽前，看到雜誌上登「包尿布比賽」之類的親子遊戲，簡直是嗤之以鼻，心想怎麼有人無聊到這種地步，瞧那些得名次的男人、女人笑得跟什麼似的，真不懂這些人的賀爾蒙出了什麼問題？現在，自己忝為父母之一（這意味著：凡你取笑過的椅子，你會坐到；被你睥睨的角色，你會演到），才了解由「包尿布」技巧可測得大人的手眼協調技巧之高低。

孩子爸爸與我的包法各具省籍特色，他的像湖州豆沙粽，我是台灣肉粽。所幸小嬰兒一天約尿二十次，常常更換得以練習，其形狀漸漸不像粽子，近似叉燒包。

所有的小嬰兒都一樣，有個不良行為——當你打開尿布檢視是否該換時，基於反射作用，他會立刻尿尿；而小男嬰尤其惡形惡狀，當尿布打開，一隻小鳥噗哧朝你的臉射尿。第一次遭逢「尿擊」時，嚇壞了，整個人立刻跳開，摀臉哇啦哇啦大叫，在臥室兜圈子，如遭凶猛動物偷襲。後來一想，是童尿啦，不是毒蜘蛛液！才鎮定下來。此後學乖了，撕開尿布黏膠後不立刻更換尿布，等他撒好，再動手不遲。（沒想到我們兩人的聰明才智竟會用來提高沖奶效率及研發「避尿」技巧！誠如孩子乾爹說的，這是「天譴」啊！）

然而辛苦是有代價的，小傢伙的體重從出生時三點七公斤到滿三個月時變成七點四公斤；身高也從五十四公分長成六十三公分。才三個月，他的聲音從幼嬰轉為大寶寶似的，哭起來非常雄壯威武。

更讓人驚訝的是，他不僅認識我們的臉與聲音，更會與我們玩遊戲。我不禁懷疑，半夜當我們累癱在床上時，小傢伙是否曾從旁邊嬰兒床溜下來，悄悄爬上大床，親吻爸爸、媽媽的臉頰，完成他與我們的「銘印」儀式。

如是之故，他飛快地成長著。而我們累過一天後，總是忘記一天累。

密語之八

首先浮現眼前的是，一個小女孩蹲在井邊搓洗尿布的畫面。

在她腳邊，有一鋁製臉盆，裝著不斷散發屎尿味的髒尿布。她很熟練地將沾屎布條攤在水井的出水口，用竹片刮去汙物，揚手潑水，做完第一道清除手續後，再抹上洗滌用的象頭肥皂，努力搓洗。長條形的尿布都是她母親以舊衣裁成的，大多數是吸水性較強的汗衫，那是父親的，上頭還印了漁會贈送的字樣，旁邊有兩條正在親嘴的魚。

洗完，她會咬緊牙齒用力擰乾布條，發出「呵哦」的聲音，再搬柴墩墊腳，一一抖開，晾曬於竹竿上。黃昏來臨之前，她必須記得收，一條條疊好，置於大床上小娃娃的身旁。

她喜歡做這些嗎？一點也不，但不會有人詢問她的意願。大人總是忙碌，總是用命令的語句將她自遊戲中喊出來，「吶！去洗尿布！」「吶！來揹囝仔！」「吶！去搖囝仔！」她不會抗拒，乖乖告別正在扮演的家家酒角色或一路領先的跳橡皮筋比賽。只不過有點心情不好以致嘟著嘴，即使如此，她也不會讓大人發現。

「誰叫我是老大！」她會這麼告訴自己。每一家的老大都得做很多事，不拘男生、女生，背後總是揹著弟弟或妹妹，好似駱駝背上一定有高聳的肉峰般天生自然。她與幾個同屬老大的玩伴頗懂得互相安慰或抱怨。有時，也會以超乎七、八歲小孩的早熟口吻在姊妹淘面前嘆氣：「唉！我阿母又生的，又是女的啦！唉！𣍐出頭天！」

沒人問她喜不喜歡弟弟妹妹，同樣，也沒人懷疑照顧弟弟妹妹是她的天職。那年代的風吹起來有稻香也有蓮霧的甜味，那年代的夜總是網住一群青蛙、幾斗星子，如此天高地遠，她這麼小的小孩也就說不清楚心中浮浮沈沈的「老大情結」，時間一久，反倒往人人讚譽的「老大形象」努力，付出，付出，再付出，不要問為什麼。

直到二十多年後她才理解為何自己對「小孩」存著極端矛盾的觀感，一則喜受另一則缺乏耐心到接近厭倦的地步，這兩股情潮不時相互咆哮、呼嘯，她正本溯源地想，不得不歸咎於童年時帶小孩帶怕了的心理因素。

有一回，她揹著妹妹跟幾個童伴在曬穀場玩跳房子，顛顛盪盪，小娃娃不舒服，她也備感吃力。遂解下背巾，讓妹妹坐在地上。許是玩得太盡興了，沒人發現那個獲得自由的八個月大的娃娃正一步步往外爬，與高采烈地開始她這輩子的第一次大冒險。幸虧，從外頭回來的鄰居阿婆發現剛犁過的水田邊怎麼有個小娃，遂大呼小叫地抱起她，要不然後果很難設想，她可能吃進泥巴導致嗆死，也可能滑倒淹死。

她非常害怕，不斷問自己：「要是她淹死怎麼辦？要是妹妹淹死我怎麼辦？」甚至不由自主地想像各種死亡的景象。她毫無怨尤地接受大人的責罵，她覺得自己很可恥，為了遊戲卻沒有盡到老大該盡的責任。

還有一次，她受命搖搖籃，讓睏倦的小娃娃入睡。她一手扯繩，搖籃晃來晃去，一面學大人口吻催眠：「搖啊搖，惜啊惜，我家××（嬰兒乳名）一瞑大一尺！」那小娃有點鬧睡，嗯嗯唧唧咿咿啊啊，真是煩人。她加大手勁，搖籃晃得厲害，一咕嚕翻船了——小娃娃掉到地上，這下子不是咿咿啊啊，是痛哭失聲。

當然，大人一把抱起小娃，免不了罵她幾句。她常常被委屈的感覺壓住胸臆，一個人躲到門後，無聲地哭起來。

為什麼沒人問她喜不喜歡弟弟妹妹？

她甚至在妹妹的肚子上留下齒痕。那是最小的妹妹，大約兩歲左右。這小妞打從出世就不得人疼，大人們早盼晚盼就盼個男的，偏偏她來攪局，自然有些失望。她天亮帶她出門，天黑揹她回家，倒有點「長姊如母」的味道，其實也不過大她七歲。有一天，她逗妹妹，呵她癢癢，小娃娃樂得哇哇叫，一路跑一路躲。她抱妹妹至沙發上，掀起衣服用嘴巴「噗」她的肚臍，越噗越大聲，妹妹笑得鼎沸，她好開心也跟著大笑，沒想到一口牙齒就這麼咬下去，齒痕立即浮現，隱約有血絲，接著妹妹大哭起來。還用說嗎？當然被罵得臭頭。

長大了，妹妹還記得這事，了解姊姊不是故意「虐待」她的。那齒痕還在嗎？妹妹說，洗澡時會浮出來，不過有時候沒有。唉！將近三十年過去了。

即使三十年過去了，每次回想，總是先看到一個小女孩在井邊搓洗尿布的景象。

那是童年，那是我。

17 悠悠扎

對愛的尋求與渴望，是人之天性。嬰兒也不例外，小生命不只需要奶粉，更需要父母的撫愛。達夫妮・莫勒與查爾斯・莫勒合著的《嬰兒的感官世界》（Daphne Maurer, Charles Maurer, *The World of the Newborn*）提到：「若嬰兒未曾受到適當的撫愛，他的身心發展便會受到嚴重的阻礙。原因不在於他吃得不夠營養，而是他無法在正常的狀態下成長茁壯。由於缺乏撫愛常是缺乏父母的關愛所致，許多人因而相信，嬰兒無法成長茁壯的原因乃是情緒上的問題——因缺乏愛而引起。」

心理學家針對兩間棄嬰中心的嬰兒進行研究，發現只供應食物卻缺乏大人關愛的那間中心的孩子在運動能力的發展上過於遲緩。而將發育遲緩、體重過輕的嬰兒轉往另一間較注重遊戲、互動、撫觸的棄嬰中心，幾個月後，他們紛紛達到正常的體重。

嬰兒不是植物，更不是礦物，他需要大量的關愛、足夠的刺激才得以歡騰地學習、成長。即使是簡單的觸摸與按摩，對小生命而言皆足以鼓動神祕的化學反應，促進發育。在科學家眼中，撫觸所帶來的神效早經證實；每個生命自胚胎期開始，發展最快的神經系統就是觸覺，因而它也是小嬰兒與外界溝通的重要媒介。一位研究靈長類動物的學者與其他照顧二次世界大戰孤兒的人員合作發現，若對早產兒進行每日三次、每次十五分鐘的按摩，其體重增加的速度較其他獨自留在保溫箱內的早產兒快百分之四十七。同樣的撫觸實驗用在母鼠與幼鼠、母猴與幼猴身上都得到一致的結論，可見觸摸對成長的重要性。許多實驗也證實，經常被抱的嬰兒數年後會更機警，其認知能力也有較好的發展。

因而，那些認為小孩在兩歲以前只需要一台餵奶器與自動換尿布機的父母恐怕撥錯算盤了。孩子不會等你忙完、賺夠、處理好混亂人生再來與他建立親子關係，他不懂得等，小生命每分每秒都在成長，而父母的態度與提供的環境決定了他會什麼。

（摸摸孩子的頭、多抱抱他難道那麼困難嗎？也許，大部分時候只因自私，情願觀賞垃圾連續劇、讀八卦雜誌、煲電話，忘了搖籃裡還有一個渴望關愛的嬰兒。）

我從不把小傢伙當作一無所知的靈長類動物，相反地，我假設他什麼都知道。漫長的白日只有我與他在家，當他吃飽睡好醒著的時候，就是我的「脫口秀」時間與行動劇表演（反正沒其他人看到，也就可以放心大膽地發揮舞台潛力）。我很自然地對他說話，描述天氣及報紙頭條新聞，發表評論，或向他說一說小祕密。我抱著他樓上樓下走，讓他感受光影變化、色彩轉換。我會牽他的小手觸摸不同質感的東西。減低各種聲音嘈雜、粗糙的音樂鈴，讓悠揚、典麗的古典樂曲做我們的背景。我不吝於與他分享詩，以深情的聲音，朗誦幾首我喜愛的詩。

滿三個半月左右，我發覺這小兔崽子居然懂得遊戲。

在這之前，每次在床上跟他玩、順便抖手拉腳做嬰兒體操時，我看他兩條小腿猛踢煞是有趣，心生一計，懸空拉住他的腳，問他：「你會不會像這樣保持不動？看你能撐多久？來，媽媽喊：

『預備，開始！』你就把腳舉起來，懸空不動，好不好？」起初他當然不會玩（要是會玩，那才嚇死人），任憑我以高亢語調、興奮表情喊：「預備，開始！」他都無動於衷。我純粹基於好玩，沒事兒就對他描述一遍（甚至躺下來示範）遊戲方式。忽然有一天，他好像做對了，我以非常誇張的方式表達我的喜悅（在他看來，或許像一隻錯把辣椒當櫻桃吃的母猴吧），鼓勵他再試一次，又有點像了。這遊戲就這麼捏來塑去，漸漸成形。有一天，我非常確信這小嬰兒聽懂我的口令。他安靜地躺在床上不動，我趴在他旁邊，以裁判的手勢喊：「預備，開始！」他有反應了，兩腳奮奮然踢了幾下，然後擡高伸直不動，我以手拍床數：「一、二、三、四、五……」數到第九下，他才放下腳來。我簡直樂歪了，猛親他的額頭及臉蛋，他被感染，也咯咯地笑開了。

那陣子是我們的馬戲團歡樂時光，常常要他表演絕活，最高紀錄曾數到七十多下他才放下腳來（半躺於搖搖椅上，背後有支撐，故較持久）。跟好友通電話時，我不禁以得意的口吻說：「嗯，我們家這小子滿適合往娛樂界發展的！」

我們還有一個祕密遊戲叫「觸電」。

我伸出食指，也牽他的手幫他伸出食指，兩住指頭相觸，我模仿電流通過的「嗞—嗞—」聲，表示兩人觸電了。接觸後，我誇張地哇哇叫，表演觸電情狀。他笑了，咯咯地。我再來一遍觸電，他又笑了。嬰兒很喜歡重複令他快樂的動作，你不難發覺他也懂得享受遊戲。就這樣，他知道「觸電」的意思。滿四個月以後，他已能嫻熟地跟大人玩這個遊戲。你只要說：「來，我們來『觸電』！」躺在搖搖椅上吃小拳頭的他，會即刻伸出食指，眼睛睜得大大地，充滿期待，以為他的食指具有神奇力量會把眼前這個不知好歹的大人觸得滿地打滾般。他的表情似乎這麼透露：「來啊！來啊！誰怕誰！」

這玩意兒叫嬰兒对講机，一個放在嬰兒床上，另一個隨身帶著，娃娃哭了，大人即聽到。你在二樓睡覺，我在一樓做事，有這玩意兒在，你醒了，我才知道。結果，你把它打敗了，你的嗓門太大，根本不需要它。

除了這種「綜藝節目」時刻，我必須說，他的「磨娘功夫」並未隨體重增加而稍減。

初為人母最喜歡詢問別人的育兒故事，這在以前是不會出現在我的對話裡的，尤有甚者，我根本搞不清楚周遭友人誰家有小孩，是男是女，幾個、多大之類的瑣事。現在換我輪值了，總是劈頭就問：「你家小孩好不好帶？」

凡是聽到「吃飽就睡、一覺到天亮，不吵不鬧」型的嬰兒，我簡直羨慕得快流口水。朋友之中擅長安慰人的，以過來人的權威說：「等他滿三個月就好了。」我受到鼓舞，既然指日可待，咱們當然繼續撐下去。等到滿三個月，似乎沒什麼改善，朋友又說：「等他滿六個月就正常了。」為了鼓動一個疲憊的士兵上戰場，她又加賞一張「戰士授田證」，說：「妳沒聽說嗎？越難帶的小孩，將來越會體貼媽媽。真的！」

「真的？真的！真的？真的。」這樣的自問自答常常出現在我的夢裡。

小傢伙等於是抱在手上長大的。他淺眠易

醒，一移入嬰兒床沒多久即醒來，小孩沒睡好容易鬧情緒，一有脾氣更不好睡，如此惡性循環任誰都吃不消。為了讓他睡穩些，我乾脆抱在手上。左手摟嬰，右手處理家務，看書寫字。奇怪的是，只要抱著，我怎麼動都吵不醒他，大約是酷愛媽媽身上的體溫、奶味（那時尚未斷奶）與時常撫觸他的綜合感覺吧。有時手痠了，又不敢放他下來，心想：要是人的手肘安螺絲釘，旋一旋即可鬆開，不必抽手驚動他那該多好。如此動彈不得，更不免胡思亂想：為什麼沒人發明「抱嬰機」？仿照人體形狀、選用近似人體觸感的材質製成，讓那些黏人的嬰兒以為仍在媽媽懷抱。這機器還可穿上沾有媽媽味道的衣服，可調溫，再塞一條染著母奶的毛巾，那就更像了。我一定渴望得接近精神恍惚，居然動念去買「吹氣娃娃」來改裝改裝！

傍晚，孩子爸爸下班，換他接手，我才得以飛快地準備晚餐。那時間正是小傢伙小睡片刻之時，他趴在爸爸胸膛偏頭熟睡的樣子，真像一隻幸福的小青蛙。

我從未聽過母親唱歌，當然，她也從未教我們唱歌。也許，她們那一代以壓抑為美德，認為唱歌尋樂皆不符婦道，便自廢武功，失去歌詠的快樂。我雖喜歡哼歌卻不擅此道，難得能把一首歌從頭到尾唱完的。有了小傢伙，更為了伺候他睡覺，極自然地翻箱倒篋搜幾首合適的歌來唱唱。才發現自己偏愛悲情、傷懷那一路數，〈雨夜花〉、〈捕破網〉、〈港都夜雨〉、〈最後一夜〉、〈驛動的心〉……這怎能唱給小嬰兒聽呢？為了建立自己的「哄睡風格」，我選了幾首旋律悠美的歌反覆地唱，包括：台語版〈一暝大一寸〉、〈西北雨〉及國語版〈在銀色月光下〉、〈如果〉、〈捉泥鰍〉、〈杜鵑花〉、〈茉莉花〉、〈月亮代表我的心〉、〈蘇蘭多海岸〉、〈桑塔露琪亞〉、〈卡布利島〉、〈花戒指〉……。後來，朋友送我一片《月兒明風兒靜》CD，更豐富我的「哄歌」內容。這片CD收納各族搖籃曲、催眠歌及民謠，由北京天使合唱團演唱，聽來宛如天籟。我這個懶媽媽專撿容易的學，裡面有一首叫〈悠悠扎〉，是滿族民謠，「悠悠扎」即是他們哄孩子的口語，大約像我們口頭說的「乖寶寶」之類吧！歌詞一開頭是：「悠悠扎，悠悠扎，媽媽的寶寶睡覺吧。」重複四次，接著有什麼樺樹皮啦狼來了虎來了又是獁狁子、巴布扎、長大了要學巴圖魯阿爸巴布扎……真是累死人。我乾脆只學第一句，重複再重複，「悠悠扎，悠悠扎，媽媽的寶寶睡覺啦！」省事多了，效果也不壞，唱得連自己都打呵欠。

換個角度想，我也應該感謝他的睡眠風格，若非如此，我不可能每天都在唱歌，把原先宛如砂礫般的歌喉磨得好似春風吹拂原野——原野上一棵蘋果樹，紅的綠的蘋果紛紛墜地。

所有的育嬰書都會提醒你，寶寶滿四個月以後應該進入副食品階段。專家建議，先從果汁、菜汁開始，接著可以試試米粉、麥粉。

孩子爸爸買了全套嬰兒餐具及製作副食品的工具，琳瑯滿目，彷彿我們兩個大人要玩「家家酒」似的。用來磨泥、榨汁、搗碎、拍爛的小工具從此進駐廚房掛在最重要位置，專用的刀與砧板、洗刷用具、抹布、小毛巾亦全員到齊，廚房之內另劃租界以供製作小傢伙的伙食。真是大人退位，小人登堂。

當我們一張嘴巴嚼遍各大餐館的雞鴨魚豬牛羊料理，桌上一堆碎骨殘渣，嘴裡忽酸忽甜又苦又辣時，怎能想像嬰兒時期的單純與脆弱？那腸胃彷彿剛睡醒的絲綢，不可沾染油汙腥羶。即使只是五CC的蘋果汁，也必須以一：一比例摻水稀釋，慢慢嘗試幾日，等腸胃接受了，再換他種果汁或菜汁。

進過廚房的人都知道，做五口人的飯菜比做兩個人的容易，做給兩口人吃的又比一個人的好處理，最難的是做給小嬰兒吃。忙了老半天，只得十CC果汁或兩匙果泥，低聲下氣持匙送至嘴邊，他還不見得賞光吃一口；頭左偏右轉，你持匙追隨也忽左忽右，連聲哄著：「好好吃的喲！你吃一口就知道，乖，真的吃一口就會愛上它的！」自己還作勢嘗嘗，嘴巴發出粗鄙不堪的「吧噠！吧吧」一聲，企圖引誘他張口。如此表演了十分鐘，甚累，「算了，不勉強！你不吃我吃！」仰首一咕嚕吞下，還得收拾殘局，洗洗刷刷一番，宣告失敗。

專家說，不可以勉強小寶寶嘗試新食品，也不可以有挫折感，要保持樂觀、歡暢的心情一再嘗試，說不定第九十九次就成功了。

滿三個月以後，我以稀釋過的新鮮梨汁讓小傢伙試試新味道，起初他不願接受，試了幾次倒也

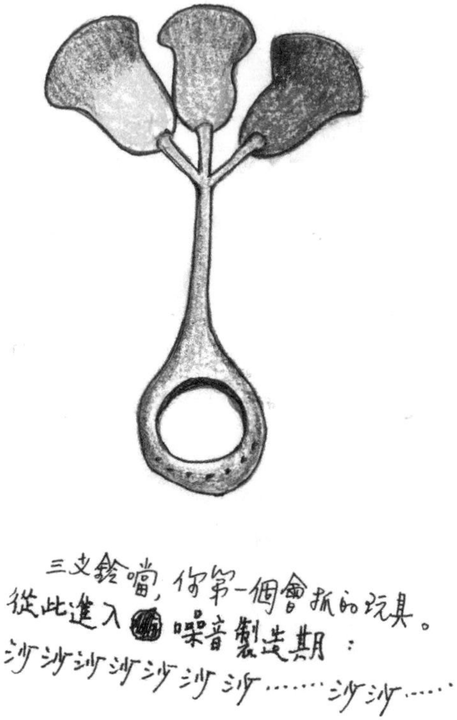
三叉鈴噹，你第一個會抓的玩具。
從此進入噪音製造期：
沙沙沙沙沙沙沙……沙沙……

能接受，那十ＣＣ梨汁就成了他這輩子的「初戀水果」。滿四個月後，嘗試在牛奶中加少量麥粉。對於副食品，我認為鼓勵嬰兒以味覺探觸世界的意義遠勝於身體所需，如是之故，我傾向於採用自由派作風，小傢伙試得開心比吃進多少果汁、麥粉重要。可能也因為如此，這傢伙對食物一直保持較高的興趣，甚至沒出現明顯的厭奶期。

也許是果汁賜他力氣，他會用手抓住的第一個玩具是一支三叉鈴鐺，那是滿三個月又五天的事，時在盛夏。

密語之九

我開始看到一個現代女人面對事業與家庭永無止境的鬥爭時，必須提刀砍斷自己的手腳才得以抉擇。

我又發現女人乃千手千腳觀音，每日斷其一、二也不足為奇。至少，周圍的人看慣了血流滿地，日久，亦當作紅花磁磚，不足為奇。

如今，女人活在澎湃的場域裡，她的欲望已被開發，說什麼也不可能返回纏足歲月，再把自己的青春身軀用熨斗熨成一張平滑宣紙，供他人研墨寫字，寫壞即棄。然而，再怎麼澎湃的時代，事業與家庭仍是人生的兩大主要軌道。女人想要兼備，若不是累得五馬分屍、鬆手放棄，便要有百鍊鋼的意志與體魄，硬是挑擔攀越高峰。

舊時代有舊時代的委屈，新時代有新時代的艱險。對女人而言，都不夠人道。

很難想像一個陷身職場（工作意味著自我實現與經濟來源）或正在攻讀學位的女性如何同時扮演家庭治理者與孩子教養者角色？小家庭制度下，家族能提供的奧援愈見短絀甚至全無，除非有長輩同住或協助，否則一個女性只能盼望她的合夥人——那位與她同床的男人分憂解勞。又除非他是個能共體時艱、寶愛妻子的好男子，否則，再怎麼強悍、能幹的女人也會心生厭倦。

女人是人不是鋼鐵，既是血肉之軀，便需要分工合作、休養生息，更渴望撫慰，即使只是一段體貼話，幾句聽來甜甜的言語，亦勝於瑪瑙瓔珞。

男人不是太懶就是太鈍，要不就是幼稚地驕傲著，總是學不會如何善待女人。最壞的情況是，偏又雄辯滔滔，天底下的道理全都捏在他的手裡似的。碰到這樣的寶貝，女人只能兩眼空茫，睜了睜，回過神後，轉身去找律師。

如果把婚姻比作公司、孩子是分公司的話，雙方應有自知之明及知人善任的能力。能合創公司的，不見得也適於另立分公司。婚姻可以複雜到族繁不及備載，但也可以化約到只有兩人白頭偕老。現代婚姻，愈來愈接近一種概念，兩個合夥人可以自行決定版圖與律則。若一對夫妻決定不生小孩，我相信隨時有人會叨叨絮絮問為什麼，但我不相信有人會視作罪大惡極將他們抓去填海。同理，若一對情人決定只生小孩不結婚，我也相信隨時有人絮絮叨叨唸一串大道理，但不會有人視為姦夫淫婦僱殺手去掃蕩。

這是個多元化社會，當然也涵蓋價值觀的多元。每個人有同等自由選擇所愛。唯一條件是：管好自己，別製造爛攤子到處亂扔。

可是，爛攤子仍舊塞滿大街小巷，星空下，不快樂的人製造新的不快樂給別人，而原本快樂的人也因必須收拾不快樂者製造的爛攤子而漸漸不快樂起來。

如果苦水與怨言可以轉化為降雨量，也許，這盆地每日都是豪雨特報吧！

我不得不追根究柢地想，造成單身族群與婚姻國居民普遍不快樂的原因，會不會是我們過於忽略「屬性」與「責任」的探究、釐清、訓練、實踐，以致不知道自己適合擺在哪裡？或隨波逐流擺在那兒卻不知該幹什麼活兒？

過單身生活與吃婚姻飯都需要本領，猶如在陸地上跋涉與縱身瀚海各需不同身手，本就不應分高低、判優劣。而一個經過自我剖析、詰問、辯證遂歸結出「屬性」結論並且做出選擇的人，即是一個能對自己負責的人。至少，他（或她）很清楚知道自己要的是什麼款式的生活、情感與關係，不至於製造不當的幻想與承諾給別人，不遺餘力釀一缸苦酒給他人喝。

人生當然不可能像兒童手中的畫筆，黑即黑、藍就是藍。即使是我們身上的性格、愛欲、夢想，也常以混合色彩出現。但找出最主要的色調應非難事。有時，我們也發現自己的「屬性」隨年齡、閱歷之不同而改變，這也無妨，改變就改變吧，無須跟自己矢口否認。

比尋找自我屬性更難的是挑起責任。單身，有單身的責任；婚姻，也有婚姻的功課要做。我常常弄不懂的是，為什麼社會上總是不自覺地過度美化單身的瀟灑與自由，回過頭來把婚姻打入豬圈狗窩等級。其實，不乏有些宣揚單身天堂生活的人乃是把責任丟給他人負擔才得以吞食快樂的，背後有靠山、天塌下來有人擋，無須搬運磚石砌築高牆以抵禦現實這頭猛獸，責任是很容易磨粗手皮的砂紙，能不碰它，當然快樂似神仙。而當這些人反過來譏諷婚姻國裡日出而作、日入而息的人時，我不免覺得有欠公允。

婚姻裡的功課多是難題，那些看起來只羨鴛鴦不羨仙的恩愛夫妻，恐怕是功課做得最勤才走到這一步。婚姻裡最複雜的組合是「人」，對人性而言，越固定的關係越容易引起疲倦，當疲倦累積到一定的強度，人就想逃離。婚姻裡人與人的關係都是固定的，夫妻就是夫妻，婆媳即是婆媳，不像職場上有升遷管道或職務調動。而促使固定關係產生疲倦毒素的，是「期望破滅」的緣故。既然同一屋簷，既然成為家庭樹枝幹，每個人都希望對方（或其他人）成為他所期望的樣子，挑起他認為對方應該挑的擔子。問題在於，每個人很清楚知道自己的期望，但恐怕很少問對方（或其他人）：「你對我的期望是什麼？也許我做得到，也許做不到，但我很想了解你的期望，如此，將來我做任何事情之前，才能照顧到你的感受。」悶在心裡的「期望」日久成為監視器，總是一眼看出對方的缺失、怯弱、消極、無能、懶散……。而說出口的「期望」，若對方不當一回事或無力達成，久了，也會讓人疲憊不堪啊！婚姻戲若唱到荒腔走板地步，不僅勞民傷財，身陷其中宛如大熱天被迫以厚毛毯裹住全身，雖不致立刻出人命，但每分每秒讓人覺得悶熱、窒息、灼燒、痛苦。

如此說來，了解自己的本領適合過哪一款生活，實是人生大功課。沒有能力走入婚姻的，最好不要貿然進入以免誤人誤己，同樣地，不想過單身生活的，也應該多了解婚姻實況。

無論哪一款生活，若讓活在其中的人及周圍親朋集體感到不快樂，表示翻修的時候到了。但到底該破還是該補？無人可幫另一人找範例、拿主意、做決定。每一個門牌後的單身生活都有其獨特性，正如每張餐桌上的婚姻飯也各有各的滋味，只有當事人才能找到其存在價值與破裂的力道。

也許，「誠意」是判斷人事的重要指標吧！掂一掂自己的誠意，以及對方的誠意有多重。

如果有誠意做一個母親，即使碰到一個太鈍太懶太傲的男人，也無損於她對孩子的關愛與培育。很多男人在孩子出生後才發現自己不愛孩子、不該生孩子，對於這種混帳理論，與其花時間翻舊帳，不如給孩子一個未來。

我們的政府仍舊粗糙，尚未規劃資源讓一個現代女性既能造就自己又能實踐母親角色。換言之，這是雙重的壓抑與剝奪：一則壓抑了女性實踐母親職能的欲望，二來剝奪兒童快樂成長的權利。

於是，做了母親的職業婦女很難不變成聒噪的母番鴨，一路驅趕她的黃毛小鴨：「快快長大吧！快快長大吧！」而我們的孩子一出生就是個囚犯小嬰兒，從這個看守所（自家）移到另一個看守所（保姆家），接著是幼幼班看守所、安親班看守所、才藝班看守所、補習班看守所，一路坐牢長大。

這是個悲哀。

我們的社會本質上是歧視婦女與兒童的，但一個盡責的母親沒辦法等待社會變文明才哺育幼嬰。即使崩石擊中她的頭顱，昏厥之前，若懷中嬰兒索奶，她也會用最後一絲力氣解開衣衫把乳頭送入嬰兒嘴裡。社會對她搖頭，她只好靠自己的力量做好母親工作。

然而，我也必須承認，不願承擔母親責任的人亦多有所聞。她們優先想到自己的利益與感受，是極度吝嗇的媽媽。或者，她們一直無法處理好自己的人生，以致身心承受巨大壓力，甚至造成精神疾病。

她們之中，有人把自己的小孩活活打死。

18 收涎

依循古例，滿四個月時應為嬰兒「收涎」。

小時候看過阿嬤為弟弟妹妹收涎。大清早，先為小孩換穿較正式的衣著，用紅線綁幾枚形似甜甜圈的圓餅（也有用牛舌餅）掛在嬰兒頸項，由大人抱著，請家人唸一段押韻的收涎吉利話，諸如：「收涎收利利（乾爽之意），下胎招小弟。」或「收涎收乾乾（音：ㄉㄚ），下胎招卵葩。」接著，執一餅拭嬰兒嘴巴，即算禮成。

我沒空準備收涎餅，問母親可有他法？她說，把小孩放在被上，牽被子四邊角一一拭嘴，也可以啦！

我照著做。聽說收過涎的小孩才不會口水直流，惹人嫌惡。

小嬰兒的口水分泌只會愈來愈多，一則為了消化副食品，二來顯示進入長牙期。我的看法是，不管有沒有收涎，趕緊準備二十條圍兜兒才是正事。原先，我以為備五、六條就夠，等小傢伙進入「燕窩盛產期」，才體會「大禹治水」有多辛苦。

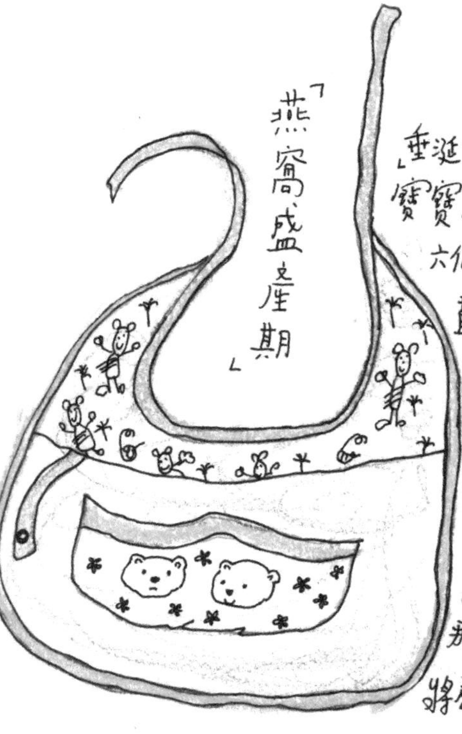

「垂涎三尺」最適合用來形容長牙時期的
寶寶。滿四個月後，你開始流口水，滿
六個月長牙達到高峰，口水如西北雨
直直落，一天得換十幾條圍兜。
那陣子碰到冬天，圍兜不乾，
於是，烘衣机、冰箱外壁、
熱水瓶蓋、炒菜鍋蓋……
到处在烘你的
圍兜。我決定把最黃最爛的
那條圍兜保存起來，
將來你才知道你的「德行」！

那陣子的照片自成一格，小傢伙的嘴邊閃著水光，而我的胸前、肩頭一片漫漶，兩人臉上都有「相濡以沫」的幸福痕跡。

密語之十

兒子，看過你的人都說，你跟爸爸像極了。奇怪的是，我們倒不那麼強烈覺得，許是六隻眼睛天天相看，眼光已糾纏不清，反而不易比對吧！

短短四個多月，我們三人組成的家即已像精良、純熟的機器運轉不息，好似跑了數年里程。真不敢相信，一個小嬰兒比任何一個建築大師更具魔術手腕，輕輕一指，平地起華廈，海市蜃樓變成有戶籍住址的家。

然而，在喜悅之餘，我也必須誠實地告訴你，我與你父親至今仍是忐忑不安的。

我們不確定，讓你到這個世界來，是做對了一件事抑是錯誤的開始。

請你別誤會，我們不是不歡迎你，亦非不愛你——若是如此，心中就不會波瀾起伏。正因為在意你，視你重於我們自己，才會在深夜閒談時，每每因無力感而嘆起氣來。

生命如此沈重、漫長，我們走了一半，你才要開始；我們還算是願意學習、不吝付出的父母，但不管怎麼做，都無法更改你將來要參與的這個社會、這個世界，逐步走向惡途的事實。

我們閉上眼睛看到的那個未來，絕不美好，但我們必須像所有父母一樣把自己寶愛的兒女交出去，任它鞭笞、糟蹋、使用，每回思及，心情陷入泥淖。

說不定有一天，你會回過頭質問我們：「為什麼生我？為什麼讓我受這種苦？」而白髮霜茫的我們，一定像做錯事的小孩，除了低頭，只能無言以對吧！

即使你與同代不會經歷我們所擔憂的戰爭、瘟疫或瀕臨存亡關鍵的生態災難，成長本身也是一場苦役，需靠你自己迎戰。你會在遍體鱗傷時，質疑生命意義，接著把矛頭指向我們，哀哀欲絕地問：「為何生我？」

我們還是無言以對吧！

其實，我與你父親都不是會快樂地實施家庭計劃、屈著指頭數「該生三個還是四個好」的人。我們傾向無為而治，採消極、被動的方式看待生兒育女之事。換言之，如果你不主動找來，我們極有可能像大部分夫妻每年討論「要不要生小孩」、結論是「明年再討論」一樣，就這麼讓身體機能來解決問題。你先打出一張牌，我們只好順著你的牌打下去。

所以，兒子，如果有一天你問我們為何生你，我也要反問你為何自己跑來讓我們生你？如果我們都不需詰問對方，即表示我們有能力自行解決問題，並且將它置於美好的解答裡加以珍藏。

有一點是真的，你是在我們生命中較成熟、理智且厭倦了流浪、渴慕築巢的階段到訪，這使我們能以歡喜的心接納你。我相信對我們三人而言，這樣的開始意味著善緣。

善緣這條繩子會把我們的心穿在一起，風和日麗也好，暴雨狂風也好，我們會不離不棄。

兒子，算一算也是公平的，我們三人都在給自己與對方一個機會。我與你父親給你的是：有機會成為一個人，來世間經歷為人的一切苦惱與歡喜；有機會尋覓存在的意義與價值，從渣滓中發現愛的礦脈。

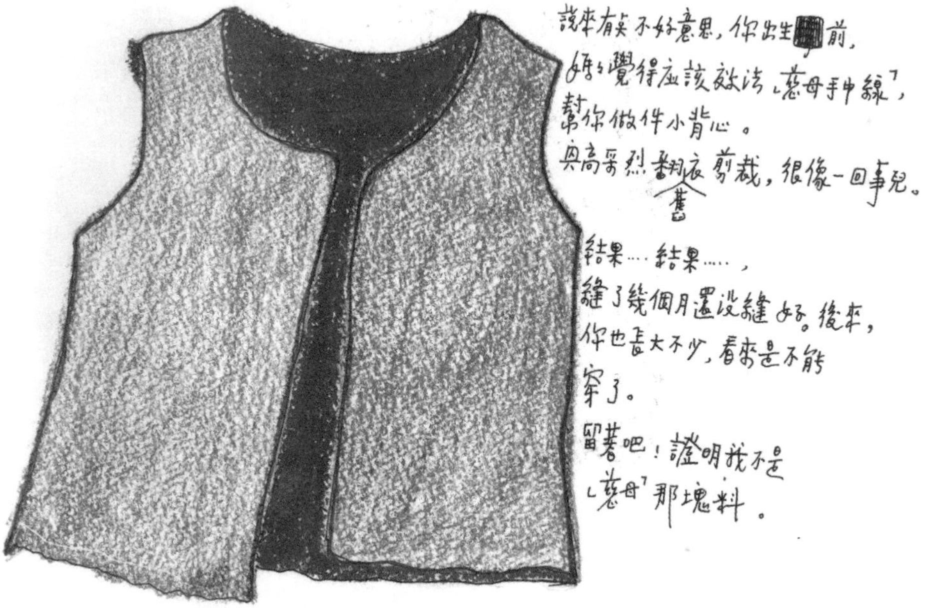
說來有點不好意思，你出生前，
媽媽覺得應該效法「慈母手中線」，
幫你做件小背心。
與高哥烈翻舊衣剪裁，很像一回事兒。
結果……結果……，
縫了幾個月還沒縫好。後來，
你也長大不少，看來是不能
穿了。
留著吧！證明我不是
「慈母」那塊料。

你也給我們機會去嘗試以「付出、犧牲」為主調的父母角色；有機會參天地之化育，小心翼翼地呵護一個生命長大；有機會讓自己均衡地體驗各種滋味特殊的情感，並藉由這種體驗證成人格。而當生命走到盡頭，可以帶一個豐饒的記憶走。

正因為機會難得，我們這兩個骨子裡都有點悲觀色彩的人，才鼓起勇氣打開門，把你從飄浮的太空中拉進來，做我們的親人。

在這個仍嫌粗糙的城市，兒子，我與你父親連一塊翠綠草原都無法給你。最折磨的是，我們遲早會陷入兩難，一方面慷慨激昂地把我們認為最有價值的正義、善良、真理指給你看，另一方面又得訓練你求生、自保的技巧，以免環伺在你周圍的惡徒、盜匪傷害了你。

「萬一他問我，為什麼有那麼多流

浪狗？我該怎麼回答？」你父親說。
我們好似準備口試的研究生，模擬試題，相互討論。
「就說……就跟他說……，唉，我也不知道。」我說。
你會問我們什麼問題？你會怎麼考驗我們？當我們無法回答，你會不會自己去尋找答案？路還很長，兒子！對我們三人來講，這一趟親倫之旅才剛開始，沿途的風景如何，誰也不知道。但我相信，同程旅伴的態度與意願將影響旅行品質。
我與你父親願意學習，虛心地做「父母學」學生，認真研究你丟過來的每一個問題。
而我，像大部分的母親一樣，有一點預言能力。兒子，看著你的眼、你的嘴，我不由自主地相信，善緣這條小繩子會把我們三人的心穿在一起。
緊緊地穿成比翼鳥，穿成繁茂的樹林。

19 斷奶

「人奶給人喝，牛奶給牛喝。」誰也不能反駁這句至理名言。所有製造嬰兒奶粉的廠商，無不投注龐大經費用來改進、增強奶粉品質，使之較接近母奶。然而，至今沒有一家廠商敢說他的奶粉可以取代母奶。

每本有關新生兒照顧的書都提到，母乳是上天賜給嬰兒的最完美食物。無論是富含蛋白質、脂溶性維他命、礦物質及高濃度免疫球蛋白，最適合初生兒食用的「初乳」，或是日後分泌的成熟乳汁，它都經過上帝精心調配，含有至六個月大嬰兒所需的全部營養。母乳還具有增強嬰兒免疫力的功效，吃母乳的小孩的確較不易生病。

餵母乳是一件神聖之事。前人不僅視之為母親天職的展現，對母乳的品質及哺餵之道更有詳盡的規範。

熊秉真《幼幼──傳統中國的襁褓之道》一書帶給我無上的閱讀快樂。它可能是坊間找得到的唯一一本探究傳統育嬰文化的學術專書。在〈乳與哺〉一章中，作者引介了自唐至明各種育嬰書籍提到的母乳餵哺法與禁忌。讀來不難窺見古人對餵哺母乳的重視。

母乳既是嬰兒的最佳食物，如何維持優良品質便需為母者注意。明代寇平《全幼心鑑》，列舉了十種會讓嬰兒生病的母乳，包括：喜乳、怒乳、寒乳、熱乳、氣乳、病乳、壅乳、鬾乳、醉乳、淫乳。認為母親的健康狀態與過度的情緒反應都是破壞純淨、優質的奶汁。

這有道理，大多也經過現代醫學證實。哺乳期間，做母親的更應注意健康及飲食，以保持奶水品質；而起伏不定的情緒，恐怕會讓嬰兒無法在寧馨氣氛、甜言撫慰下享受吮吸的快樂，因而導致驚嚇，有礙嬰兒心理發展。

古代常有找乳母（奶媽）到家餵哺嬰兒的，明代醫籍提到擇乳母之法，讀來真是膽顫心驚，直言「獨眼跛足、龜胸駝背、鬼形惡貌、諸般殘患者」皆不可用。挑乳母跟挑媳婦似的，嚴苛極了。這論調不乏歧視殘疾人士之處，古人缺乏科學知識，故認為若僱用這些人，嬰兒吮其乳，日久將受薰染，變成跟奶媽一個樣兒。

然而，潛移默化自有其道理，母子之間藉由授乳而產生的互動、交流，將影響親子關係。

我的奶水除了坐月子期間較豐沛之外，隨後產量多有起伏。大概是親自帶小孩因而睡眠嚴重不足，及自己料理飲食無暇燉煮高蛋白質食物之故。不過，我已經盡可能地補充營養，以維持奶水繼續分泌。

專家會告訴妳，不斷地讓嬰兒吮吸可促進奶水分泌。這我知道，只是那個兔崽子不知道均衡吮吸的道理，導致有一邊脹痛難忍，日久便減少分泌了。

大約尚未滿月之時，小傢伙先吃右邊母乳，我當時大意，未將餘乳稍為擠出，他張口一吸，奶水宛如噴泉，他吞嚥不及，嗆到了。我後來才學會如何以手指當作加油、煞車裝置，控制奶水分泌速度的技巧，使小傢伙在穩定的泌奶節奏下吮吸。這真是難為情的事，我忍不住想像自己的乳房像馬力十足的越野機車，油一催，跑得跟煙似的，才害小傢伙嗆怕了。

嗆過兩次後，他真的怕了，自此拒絕吮吸右乳，只要往右膀子抱，他就哭，換左邊，不哭了，乖乖吸奶。我不信，抱著他轉個圈，讓他不辨左右，再塞給他右邊的，他勉強吸幾口，又抗議了。若他有行為能力，我猜他會趁我睡覺時在右乳上貼字條，寫著「瑕疵品，待修」。

我應該怎麼形容一個女人親自哺餵孩子母奶的感覺？有過這種經驗的人才能體會，那種完全沈浸於和平、溫暖與喜悅情境的歡暢之感，是戀愛與性愛無法提供的妙景勝境。彷彿，妳獨自擁有一畝田地，無人知曉，只有妳知道它的位置與景致。妳在那兒種植，闢作繁花盛放的庭園。偶爾，妳會離家出走，暫時掙脫網著妳的生活，一個人到那兒沈醉一晌。妳躺臥在草茵之上，彩蝶翩翩，日影輕移，藏在柳條裡的野雀唧來幾寸睏意，妳遂放心地睡著。那是自己的土地，自己的溪水淙淙，藏著自己的美麗。

尤其，半夜起床授乳，看到懷中嬰兒全心全意信任妳的模樣，再鐵的心都要軟；當他尋著乳頭吮乳，小臉蛋毫不保留地顯露他的渴慕與滿足。一燈暈黃，天籟俱寂，只有妳與妳的嬰兒醒著。此時，彷若有一把柔軟的、通向雲端的梯子，把妳帶到從未體驗過的境界。妳的眼角微濕，因妳如此真實地看到自己置身於天女散花的國度，置身於聖境。

「有個小小的生命必須從我這兒獲得力量，一小口又一小口。是的，我愛他，我願意以己身哺餵他！」妳心裡更堅定地想。

嬰兒絕非無知。他努力吮吸媽媽的乳房，離媽媽的心最近，也能讀懂媽媽對他的愛。有時，他吸著奶，忽然不吸了，嘴裡還含著乳頭，擡眼望著媽媽，那眼神像天使眸子，純潔且閃閃生輝，充滿愛的回應，彷彿在向媽媽說：「謝謝，妳說的每一句話，妳唱的每一首歌，我都明白。」有時，他卻調皮地將乳房視為私人玩具，咬一口，聽到媽媽「哎喲」喊痛，似乎很得意，咯咯笑起來，又要咬著玩了。

有一回，小傢伙吃奶時，我正與他爸爸談到一件有趣的事，忍不住大聲笑了。小傢伙很好奇，立刻擡頭看我，我的笑容仍掛在臉上，他一定以為是他的吮吸才讓我發笑的，於是又埋頭吸奶，吸幾口後立即擡頭看我有沒有笑，我覺得他太滑稽了，自然笑起來，於是他一再重複這遊戲，我只好很給面子地一直笑：「哈！哈哈哈！好了，遊戲結束，這位先生，請你專心吸奶好嗎？我們明日再玩！乖！」「哈！哈哈哈！好了啦！最後一次，媽媽不想再笑了！」「哈！哈哈哈！……」

如果不是因生病服藥，我樂意一直餵母乳，即使產量不如一瓶養樂多也沒關係。在他滿四個多月時，我不得不在服藥期間停止餵奶，等病好了，似乎也沒什麼奶水，乾脆斷奶。

雖然斷奶過程還算順利，但偶爾癮頭犯了，他仍要找媽媽的乳房吸幾口過過癮。尤其入睡前，他這位不肯吸安撫奶嘴的「小美食家」，非得靠媽媽的撫慰才能快快入夢。

對做母親的而言，斷奶之前，腦海裡還留著母子身體相連的錯覺，跨過這門檻，不免微感悵然。臍帶斷了，奶也斷了，孩子開始學著成為他自己。

滿五個月，小傢伙已會翻身。像所有小嬰兒一樣，他以為自己有能力把世界翻來覆去，遂興奮地在床上、沙發上、地上滾動胖嘟嘟的小身體。

密語之十一

母親說，為了斷奶，她幾乎去求神問卜。

我與大弟相差兩歲多，推算起來，最遲在我一歲三、四個月時，母親斷我奶。鄉下孩子全靠吃母奶長大，沒碰過牛奶。我似乎特別癡戀母奶，不怎麼喜歡吃爛巴巴的淡粥。母親說，她不給我吸奶，我就大哭大鬧，從死裡哭回來似的，逼得她一心軟，掀衣就範，我就像餓虎撲羊，死命地吸，吸到飽為止。

餵母奶期間較不易懷孕，對母親那一輩女人來說，這是個大阻礙；再者，我是第一個小孩，往後還有一串等著出娘胎，這奶不斷不行。

母親先在乳頭上抹醬油，鹹巴巴的，看看能否嚇退我。沒，我的口味比較重，照樣吸得「吧唧吧唧」地。

接著，抹辣椒醬，想辣壞我。失算，我照樣吸到飽。

後來，她真的快氣瘋了，剪兩塊狗皮膏藥（長得像日本國旗，中間的圓形是黑色的）貼住乳頭，打算一了百了，讓我吸不到。我趴在她身上死命地哭、死命地撕那膏藥，又得逞了。

這場斷奶大戰走到這田地，我母親的步數愈來愈陰險。她在乳頭塗抹萬金油，這已非斷奶，簡直為了擊退蟒蛇毒蠍。我果然被辣怕了，不再想那兩球尤物。（如今想來，這斷奶手法著實狠了些！古代醫書有所謂斷乳祕方，以山梔子、雄黃、硃砂等研磨成粉，調以生麻油，趁小孩睡著時，塗抹兩眉，醒後即不再有吸奶欲望。這處方神乎其技，可惜我母親不知，否則我一定成天塗著兩道炫彩濃眉，好似小妖。）

等弟弟出世，我的癮頭又被勾起來。那時已近三歲，時常纏著她，要求解饞。母親在井邊搓衣，我蹲在一旁咿啊咿啊乾哭，她洗罷衣物，端至稻埕晾曬，我亦步亦趨，惟恐跟丟這頭大乳牛。曬衣竿就架在大門口，她將竹竿擱在肩頭，先將衣服一件件穿入竹竿，再將長竿擱在手臂粗的立桿叉上，隨即張臂將衣服拉開。我在一旁窺伺，滿腦子詭計，進屋找了矮板凳來，趁她張臂展衣之時，火速衝上前去，踩凳，雙手掀衣，光天化日之下強行吸奶。

我不記得從什麼時候開始不再吸母親的奶，但我記得直到小學一、二年級我還在吸阿嬤的奶。她當然是「代罪羔羊」，一、兩歲後我就跟著阿嬤睡，夜裡想吸奶時，自然是「沒魚，蝦也好」吸吸老奶，至少打消一半飢渴。就這麼吸慣了，她也縱容，祖孫兩人都宛如回到從前。母親說，當年五十歲的阿嬤，被我吸得又分泌奶水了。不過，阿嬤堅決否認。這條公案或許有幾分真實，我這張嘴巴說不定刺激了阿嬤的泌乳激素，使得枯井生水。

戒斷的直接原因不記得了，我猜跟自尊心及牙痛有關。鄰居們都知道我的怪癖，常常當面取笑我：「羞羞羞喲！這麼大了，還在吸『老奶脯』，要跟校長講！」這些話直到今日仍在我耳邊迴旋。再者，那時滿口蛀牙，正值牙痛、換牙階段，吮吸會加重痛楚之感，更不愛此道了。

我還在尋覓解答，到底幼年時強烈的吮吸欲望是為了傳達對母親的癡狂愛戀，還是宣洩自己過於早熟的、被棄的恐懼？

20 大腳小腳丫

小傢伙留下幾枚成長的腳印，這念頭宛如一隻蛐蛐兒，不時在腦海裡聒噪。

三個多月時，我們利用藍色打印台，為他留下腳印，胖乎乎的淺藍小腳丫，像一尾從深海旅行而來的快樂熱帶魚。後來，買了一包專門給小寶寶製作手印腳模的瓷土，老倆口閒來做點兒勞作。

孩子爸爸負責把那團硬土揉軟，見他齜牙咧嘴之狀，即知從小的美勞成績如何。我抱著小傢伙，趁那土被揉熱變軟之際，速速抓他的腳丫用力往上按，他哇哇叫，大約是抗議的意思。瓷土上只見兩隻淺淺的腳印，聊勝於無。接著，放入平底鍋置於爐台上烘烤，烤畢放涼，再塗上金漆，果不其然，一雙金光閃閃的腳印宛若神蹟。

因為留下證據，往後才能在一寸寸推移的時光中，看到那雙飄著奶香的小腳丫如何蛻變成穿特大號籃球鞋的臭腳丫。

球鞋像艘太空船。每回於他人家門口撞著耍酷愛炫、具重金屬叛逆感的大球鞋時，總覺得裡面住的不是中學生，是一個星際探險家。因而，不免好奇地想，他小時候的腳丫是何模樣？

不管你穿的鞋多大多小，昂貴或廉價，
人生之路總是：一步一腳印。
更重要的是，希望你的鞋帶著你的腳，
走向康莊大道。

我像個有戀物癖的媽媽，替小傢伙留下每一階段的小衣、小鞋、小襪。收藏時，頓覺身上插著幾十枝光陰箭。

白日家中無人，我花很多時間與他遊戲，或順手拈來胡謅幾段故事、童話渣渣。

沒有一個小孩不愛玩。小傢伙極喜歡我稱之為「糊塗獵人」的遊戲。

我斜抱他，如抱橄欖球，開始瞎掰：

「從前從前，有一個獵人，他肚子餓了，揹著箭筒上山打野獸。嚇！突然看到前頭樹林裡有一隻肥滋滋的野豬。太好了，獵人趕緊取弓，搭上箭（此時，我雙手抱他，採向前衝姿勢），咻！箭射出去啦！哎呀！不得了，獵人也跟著射出去（我向前跑，他感受到奔跑的快意，咯咯咯地笑）！怎麼回事？原來獵人老糊塗了，把箭綁在自己身上。結果呢，他就抱住了你這頭大野豬！咕咕咕（呵他的肚子癢癢！）」

「要不要再來一遍？」我問他。他不會言語，但所有的表情都雀躍地傳達一個明確的訊息：「要！我要！」

一遍又一遍，直到自己覺得再練下去，這條手臂可以去報名奧運擲鐵餅項目。

午睡時間，我們躺在床上培養瞌睡蟲。我說：

假裝你跟媽媽在看星星！……有一天，你會了解「假裝」的意思，現在，你不想假裝也可以，那我們看天花板好了。

天花板真的不好看，怎麼辦？你可以看那盞很花稍的燈！看到沒有，媽媽用十一條小繩子在燈罩邊綁了八個聖誕彩球、三個綠色小鈴鐺。叮叮咚咚，叮咚咚，叮咚！燈罩上面還掛了一隻綠頭鴨，飛過來繞過去，你猜小鴨子在忙什麼？哦——原來牠想算清楚到底有幾個球球？幾個鈴鐺。

來，我們幫小鴨子數：

一、二、三，碰個一個小鈴鐺，四、五、六、七，有一個鈴鐺笑嘻嘻，叮咚叮咚，八啊八，它的鄰居不在家。為什麼呢？小小鈴鐺爬上燈罩，要找綠頭鴨！

於是呢，綠頭鴨就說：「嘿，你這個小鈴鐺，快下去！快下去！」

小鈴鐺說：「我看了頭疼，受不了。你成天在我們上頭東飛飛西飛飛，到底在做什麼呀？」

綠頭鴨低頭一想，有道理，他從來沒想到球球與鈴鐺們會被他弄得頭痛。但牠也有苦衷，牠說：「我也不知道該怎麼辦？我得算清楚到底有幾個球球、幾個鈴鐺，你們老是轉來轉去，害我算不清楚！」

小鈴鐺聽了，笑得肚子咕嚕咕嚕響：「這麼簡單的事也需要忙那麼久嗎？你可以請我們幫忙，輪流報個數兒就行了！」

於是，所有的球球與所有的鈴鐺都安靜下來，輪流報數兒。

它們開始數：

「我是紫球球，我是一。」

「我是黃球球，我叫二。」

輪到藍球球時，它有意見了，嘴嘟嘟地說：「我不喜歡三！」

「為什麼？為什麼？」其他的球球與三個鈴鐺一起問，它們覺得藍球球太不合作了。

「因為——」藍球球快哭出來了：「因為三是單數！不吉利！」

其他的球球聽了，簡直快暈倒。大家為了安撫迷信的藍球球，決定順它的意，讓它當二。

它們重新數：

「我是黃球球，我叫一。」

「我是藍球球，我是幸運的二。」

「我是黃球球，我叫三？……」

嗄？怎麼回事？

都是黃球球，為什麼一個叫一、一個叫三呢？

兩個黃球球互相看一眼，突然覺得對方很討厭。要不是有對方，自己就是唯一的黃球球了。

它們兩個同時推對方一下，接著纏在一起，打起架來。

小鈴鐺說：「別打了！別打了！有話好說！」

有的球球提議其中一個黃球球脫掉衣服，變成「光球球」，就不會跟另一個黃球球搞混了。

於是，為了誰要脫掉衣服，大家又吵成一團，所有的球球推來推去，三個小鈴鐺也大吼大叫地。

就在這時候，紫球球用它這輩子最大的聲音問：

「為─什─麼─要─數─我─們？」

嗯，這是個好問題！這是個有價值的好問題！

所有的球球與所有的鈴鐺又安靜下來了，不約而同看著那個小鈴鐺，小鈴鐺看到大家都在看它，只好擡頭看上面的綠頭鴨。

「喂───」小鈴鐺氣鼓鼓地爬上燈罩，問綠頭鴨：「你說！你說！為什麼要數我們？」

綠頭鴨還是很忙，一會兒飛到東，點點頭數數兒，一會兒飄到西，點點頭數數兒。牠停不下來，但牠也用這輩子最大的聲音回答：

「是─風─叫─我─數─的！」

＊

只要臥室的窗戶一打開，風就進來晃一晃燈罩，鮮豔的聖誕彩球也跟著搖擺。有時，我也會隨手搖動小鈴鐺，彷彿有一隻看不見的兒童之手仍藏在已長成中年的身體內，只為了聽幾聲叮咚咚、叮鈴鈴、叮噹噹。

一寸寸時光把嬰兒的小腳丫叮胖了。小傢伙已懂得跟自己的腳丫玩，心情不錯的話，還會以一流的軟骨功將腳拇指塞入嘴巴，吮得嗞嗞有聲。老人家說，每個小孩都帶著糖出娘胎，所以喜歡吮指頭，等到糖吃光了，就不吮。看小傢伙吮腳趾頭的樣子，彷彿他曾踩過蜜糖之地。

時常，他躺在床上玩腳丫。我也躺著，把大腳丫舉得高高地，再以高難度動作去踢半空中的小鈴鐺與彩球。

叮鈴噹！叮鈴噹！

他笑得像一隻快樂的小火雞。他也喜歡我跟他玩「大腳小腳丫」，他一定覺得我的腳丫像兩頭大熊，追著像小兔子般的他的腳丫。

球球與鈴鐺都看見我們的遊戲了。

滿七、八個月左右，若抱他到臥室，問：

「球球在哪裡？」

尚不會言語的他會把頭轉向燈罩，用眼神告訴我彩球的位置。若問他「綠頭鴨在哪裡？」他也會擡起頭，追隨那隻輕輕晃動的鴨子小風箏。

一歲以後，他開始抓取語言，有一天，他以明確的手勢與字彙告訴我：

「媽媽，球球！」

我才明白，一時心血來潮繫上的彩球與鈴鐺，不知不覺變成小傢伙的第一個太空。

21 營養粥

滿六個月左右，小傢伙的下顎正中門齒區冒出兩顆白牙，宛如紅色田土上鑽出新筍，煞是奇觀。

二十顆乳牙一顆顆出土，得長到兩歲半至三歲才齊。漫長的「萌芽」階段，每有新牙報到，便得經歷流口水、牙床癢、情緒不佳甚至胃口變差的程序，可見成長之艱辛，連一口牙都得來不易。

老一輩的常說，小孩長牙時會發燒、瀉肚子。醫學上的解釋是，牙齒鑽出時會引起牙齦局部發炎反應，促使體內白血球增加，進而影響大腦下視丘的體溫調節中樞，因而體溫略微升高，但不致持續太久。至於瀉肚子，也許是牙床癢想磨牙，小娃娃不管抓到什麼即往嘴裡送（真實的案例：啃拖鞋、咬沙發椅底下沾滿塵灰的原子筆套，越是找不到的東西越會在他的嘴裡發現），吃到髒東西才導致腹瀉。那陣子，我把地板擦得比自己的臉還乾淨，三兩天就用玩具清潔液泡洗小獅子、小鈴鐺、小鋼琴、小猴子、小皮球、小積木……讓他盡情啃咬玩具夥伴們，如此戰戰兢兢，總算小傢伙沒因長牙而瀉肚。然而，我還是付了代價，抱著時，他一牙癢就咬我，啃骨頭似的，痛得我哇哇大叫，不僅兩邊肩膀一片瘀青，臂膀內側最柔白部分也是處處齒痕，我這個做媽的顧不得修養，直罵他：「不孝子！竟然啃你老媽牛排（我肖牛）！要不要加黑胡椒呀？」

這時期因消化能力較好，漸漸可以加重副食品的內容與分量。從麥糊、米糊至粥，果泥、菜泥至肉泥，為了培養良好且均衡的飲食習慣，每天都得搬出「家家酒」道具，製作新鮮美味的食物。

起初，為了方便，我買各種口味的小罐裝嬰兒食品，豌豆泥、牛肉泥、菠菜泥……等，拌入熬爛的稀飯中，作為正餐。大約七、八個月左右，我開始親自烹調小傢伙專屬的什錦粥。

我必須不厭其煩地記錄製作過程，讓有機會看到這段文字的孩子們了解，煮一鍋給嬰幼兒吃的稀飯，是如此麻煩、累人。

首先，將買來的大骨或支骨剁斷，加水熬成排骨湯，酌量加入醋，讓骨頭中的鈣質釋放出來。約需熬一、兩個小時，放涼後置入冰箱，次日取出，將浮在上層的白色油脂去掉，只用排骨原湯煮稀飯。

菜料方面，將魩仔魚、高麗菜、胡蘿蔔、豌豆（去膜）、馬鈴薯、洋蔥、番茄等剁碎，米洗好，一起倒入排骨湯中熬，水滾後轉小火，大約需一個鐘頭，才熬成一鍋入口即化的營養粥。剛開始，為了保持食物新鮮度，我只熬一小鍋，因而隔日便得洗洗切切剁剁熬熬，累得快要大喊救命。後來，路不轉人轉，自行研發改善之道，換成一次熬四、五日分量，撥一半儲入冷凍，另一半現吃，待吃完再取出備份的滾煮即可。

除了主粥，我也不時變換配菜，地瓜、豆腐、蛋黃、蒸魚、青菜、冬瓜、胡瓜……這些都是不宜丟入粥中熬煮的，必須隨煮隨吃，保持新鮮以及美味。為了省事，我買了數個保鮮小盒，有的裝蛋黃，有的裝魚肉，或裝豆腐，每盒分量不多，約可吃兩、三次，置於冰箱。待吃飯時，盛一碗粥，再裝一碟配菜，分別以微波爐弄熱，再餵食即可。

在製作寶寶營養粥的過程中，我的學妹教了我很多「步數」。她是個非常好學的媽媽，在育兒知識方面，上通天文下知地理，她的寶寶與小傢伙只差四天出生。我們都是初掌媽媽兵符，因而非常了解對方在說什麼、忙什麼。

她教我買無刺的鯛魚片，以薑片清蒸後，壓成魚肉泥用保鮮盒儲存，這一招解決了準備魚肉的煩瑣與剔除魚刺的麻煩。

在廚房裡磨了一陣之後，我忽然頓悟，其實只要把管理辦公室的那套規則拿來管理廚房及家務就對了，萬法歸宗，擒住牛頭就不需細數牛毛把自己累斃。於是，漸漸設計出較為迅捷的作業系統，不致因熬煮小傢伙的營養粥而弄得人仰馬翻。（雖說如此，這事兒還是挺累人的！）

做媽媽的都希望給寶寶最好的照顧與營養，潛意識裡藏著惟恐成長落後的焦慮，因而一雙耳朵宛如順風耳，只要聽到DHA、鐵質、β胡蘿蔔素、比菲德氏菌……全身立即進入備戰狀態，檢閱自己的寶寶是否錯過什麼關鍵性營養，要是有人提供「臨床經驗」（臨嬰兒床的私家祕方），為了保險，也是照單全收。

理智上，我知道只要均衡地攝取六大類食物，養成不偏食習慣，小孩自會正常地成長。但在情感上，我也不免成為焦慮俘虜，越是道聽塗說的道理越有力量。

人家說，擺幾片薑可祛脹氣，我就在粥內放薑；人家說，蒜頭不錯，我就拍一、兩粒蒜頭放進去；人家說，多吃香菇可增強免疫力，我就泡一朵香菇加入；人家說，薏仁乃百穀之王，那好，我就舀幾匙薏仁粉同煮；人家說，吃腳補腳，用雞腳熬湯煮粥，將來小孩的腳力較好，行，咱們就去市場買一堆雞腳來「爌湯」；人家又說，胚芽米好，我就用胚芽米熬粥。反正，只要抱著「人家一說，我就列入參考」的原則，應該不至於錯失太多育兒妙方。

母親曾說，當年她到處向人要母雞的第一枚蛋給我吃，據說吃了這種蛋會聰明過人。於今想來，不覺莞爾。母雞的第一個蛋與第二個蛋，都是富含蛋白質的蛋，沒什麼差別。但做母親的寧可採取一萬也不要萬一錯過，她四處向村人索蛋的情景，與我「聽得人家說」便火速加料的模樣，如出一轍。

辛辛苦苦熬了粥，小祖宗不見得賞光。聽過許多餵食失敗的案例，做媽媽的簡直快陷入瘋狂，大人小孩都視吃飯為畏途。我很怕這種事發生在我與小傢伙身上，因而事先思索如何鼓動一個七、八個月大嬰兒的食欲，讓他覺得吃飯是一件快樂的事，吃飯像遊戲、演話劇般充滿笑聲。

第一步，我絕不勉強他吃多少。第二，我養成在固定地方餵食的習慣，他也頗能接受坐在餐椅上吃飯。第三，食物必須保持溫度，一旦變涼、出水，那味道十分恐怖，大人都嚥不下的東西怎可要求小孩乖乖吞下？第四，儘可能地以鼓舞的口吻、讚美的語句餵他吃飯。

我相信自己有一點演戲天分，常常把吃飯變成一齣母子同台演出的戲劇而不是例行公事。我們有好幾首改編的「吃飯歌」（「世上只有吃飯好，大魚大肉吃到飽，吃完要吃水果，美得受不了」、「小猴子吱吱叫，肚子餓了睡不著，吃完香蕉還沒飽，再來炸雞跟薯條」、「我現在要吃飯，我現在要吃飯，我若是吃不飽我就會回家來找你」……）雖然通俗得很，但頗能帶動食欲。我們還有「伴飯小天使」，每次吃飯前，我會問他：「你要誰陪你吃飯呀？小弟弟還是小獅子？」他最喜歡帶樂高玩具的小人偶，我們稱它「小弟弟」它簡直變成忠實夥伴，每天站在餐檯上陪小傢伙吃飯。我也會給他一套餐具，碗、湯匙、小杯子，讓他敲敲打打，一面吃飯一面跟餐具玩。最重要的是，他每吃一口，我就用誇張的動作（親他或鼓掌）表達我的鼓勵、讚賞、驚訝、崇拜、

這是樂高玩具裏的小偶，滿四個月後，他變成你的
心愛玩伴。吃麥糊時，
你要他陪你吃，
睡覺時，也要他一
起睡。
我們叫他「小弟弟」。

羨慕……。當我持匙送至他嘴邊時，也不時做出「給媽媽吃一口好嗎？求求你給苦命的媽媽吃一口好不好」的哀求狀，他的表情明確地拒絕，張大嘴巴引領等待，恨不得立刻含住那隻湯匙。我深信，適度的競爭氣氛會激起本能鬥性，使小孩更迫切地想要「搶食」。

每天午、晚餐，主粥、配菜加水果，小傢伙漸漸養成定時定量的飲食習慣。大人決定小孩的進食方式確是不假，小傢伙對那鍋不加任何調味品的「綜合飼料」顯然完全接受，或許，關鍵在於我這個媽媽不以廚藝見長，乃以氣氛取勝吧！（當然，這也是一件很累的事。）

滿八個半月時，他的體重是

十點八公斤，身高七十五公分，身體發育曲線接近九十七百分位，塊頭比同齡小孩壯，我向友人戲稱他是相撲界的明日之星。

從事畜牧業的朋友說，小豬仔每吃三公斤飼料就得長一公斤肉（厲害的，吃一公斤飼料長一公斤肉），六個月後可望達到一百一十公斤。業者無不想盡辦法提高「飼料換肉率」，以保證盈收。有時，連提高零點一公斤也得拚，別小看這小小的數字，對大廠而言，可能關乎每月數百萬的業績差額。

她見到小傢伙時，眼睛一亮，大讚他的「飼料換肉率」甚高，養這種小孩真是賺到嘍！

我覺得這讚美太新奇了，比「頭好壯壯」更生猛、粗勇、有力，值得捧腹大笑，並誌之以示不忘。

密語之十二

累，像一種毒癬，慢慢吞噬我的細胞。

每日醒來，意識裹著泥漿似的，一睜眼，怨言即在喉間湧動。我知道危機迫近，卻無從抵擋。那是深淵，當我暫時忘卻自己是個母親回復自我時，便彷彿置身水底黑牢，惡水似鬼舌舔著我的身體，我見到自己一寸寸腐蝕，卻不知如何擺脫噩夢。

想起朋友的忠告，如果只靠自己帶孩子一天二十四小時不得休息，遲早會瘋。她說，一定要設法給自己一點時間，獨自出去逛街喝咖啡也好，在公園呆坐也好，讓自己喘息。

當時，我不以為然；而今才深信那是過來人的心路，句句屬實。在職場十多年，工作經驗又恰巧都是最忙碌的創刊、創立、改組階段，即使如此，我尚能游刃有餘。而一個孩子，等於是過去工作量的三倍。有幾次，我被他折騰至爆發邊緣，再跨一小步，恐怕即會失去理智變成虐待嬰兒的惡徒。在盛怒中，我與一個會凌虐自己親生骨肉的女人沒什麼不同，唯一相異的是，我還能清楚地看到自己在生氣並且不停提醒自己「妳只是在生氣罷了」，藉由尚存的理智，我將孩子放在床上任由他哭鬧，接著打開六扇衣櫥門片，憤憤地用腳踹那門片，碰然的撞擊聲使我獲得宣洩的快感。但更讓我受不了的是，踹完第一片，腦中即浮現「輕一點，弄壞得修呢，再踹一片就好」的念頭。更氣我自己連發洩都要節制。

無怪乎，周遭親友之中，即使情況允許，願意親自帶孩子的媽媽（或爸爸）少之又少，相較之下，上班輕鬆太多了。然而，我也不禁思索，大白天裡讓一個媽媽在毫無通融、替換的狀況下獨自跟小嬰兒糾纏，也是缺乏人道的事。

無法求助於長輩，娘家太遠，公婆年事已高，住處離此亦有一段距離。再者，婆婆為了減少我備膳之勞，每週炒妥幾道菜餚讓我們攜回，長者如此疼愛，已讓我心生愧疚，怎可任性地將育兒之責丟給老人家。我一向不贊成讓老人家重嘗褓抱之苦，她們那一代吃的苦夠多了，理應趁著夕陽尚美之時，清閒度日，享受晚福。除非，體能與意願皆俱，否則，做兒女的不可以剝奪她們最後一次做自己的機會。可以含飴弄孫，但不能要求她們卑躬屈膝伺候一個難纏的小嬰兒。女性主義，也應溯及七老八十的老媽媽們，待她們以公平。

想找保姆，想找鐘點管家，想找任何一個可以讓我歇息一會兒的人。

於是，我更強烈地思念創作。猶如囚徒衝撞鐵壁哭喊自由，越被孩子纏縛留在火熱的現實就越渴望回到文字祕境——在那兒，我是我自己。

那祕境是種贈禮，我認得路。對我而言，每一趟回返都是再生。

應該怎麼描述那種再生的過程？

對比大雨滂沱時刻吧，戰爭過後的廢墟中，一名傷勢嚴重的殘兵躺臥於泥濘與血泊等待死亡。她不記得戰爭怎麼開始，也忘記自己如何離鄉背井跟隨硝煙與砲火到異地應戰，她溫馴地躺在泥淖之中任暴雨鞭打，沒有仇恨與抱怨。她知道自己的生命即將走到盡頭，反而有一份從容，遂仰頭觀賞漫天狂舞的暴雨，心內讚歎：「這雨如此豪華！」熱淚滑下，她的臉漸漸在笑容中凝固。突然，一襲血紅繡袍落在她身上，雨水使繡圖活絡起來，樓宇巍峨，曲徑迤邐，群樹崢嶸，宛如華美的國度來到眼前。她撫觸它，靈魂從千瘡百孔的殘軀鑽出，被不知名的力量吸引，進入那國度，那夢土。戰爭與死亡是另一個時空的事，竟與她無關。

我渴望再回去，它對我的意義不下於一個家。

每日，我趁孩子午睡約一小時較完整的時間趕緊進書房寫稿，彷彿著魔似在字裡行間跳躍、吶喊、沈迷，所有的感覺與力量都回來了。我知道自己在透支體力與心神卻不肯歇業，終於，經四個多月繃緊神經、全速編寫，整理出一本書來。卻在交稿後不久，身體開始付代價，得了胃炎與十二指腸潰瘍。

「這是何苦？」深夜，胃痛如絞，我趴在洗臉槽前，以食指探及喉間，強迫胃部把無法消化的食物悉數吐出，不禁問自己：「這是何苦？」

找不到保姆，也不放心把小傢伙交給保姆，我們只能靠自己，最主要的，我只能靠自己。

「妳只是驚恐而已，」我開始梳理自己：「驚恐回不去創作，恐懼於獲得兒子卻失去自我。如果妳打開這個結，所有的問題便迎刃而解。如果打不開，妳會繼續自虐，甚至變成一個天天向丈夫、兒子討人情的女人。

那不是妳願意的。過了三十五歲的人，應該有能力靠自己的律法面對事業與生活，應該會精算輕重緩急，應該懂得篩選意義與價值，懂得釀造快樂。

給孩子幾年完整的時間伴他成長並不為過，難道做自己就必須對孩子吝嗇？他會成長，等他長大，他再也不想一天到晚纏著父母，他有他的世界。如此說來，此時是妳與他最親密的階段啊！

這些妳都明白，妳需要的只是進駐自己的律法，霸氣一點地說：這也是我的黃金人生，這也是我的成就，這也是我完成自我的一條路。」

孩子爸爸已盡他所能扮演丈夫與父親角色。我相信他是我認識的人之中極少數會體恤另一半辛勞、共同分擔育兒工作的男人。畢竟，不是只有我在付出，只有我累，只有我承受壓力；他也認分地洗奶瓶，餵孩子吃飯，抱他散步，半夜起來換尿布、泡奶，每天聽我的怨言、嘮叨。他對我的態度與疼惜協助我儘快跳脫低潮，重新整頓生活。

我們兩人開了會，討論如何讓一個有胃病的女人出去尋找快樂。

每個禮拜天下午，我可以放假。揹著包包，趿拉著一雙懶人鞋，隨自己高興到處亂晃。

不想找任何朋友，我只想靜靜地在書店看書。不想吃任何東西，只想坐在咖啡館靠窗的位置，好好喝一杯熱茶。不想跟任何人講話，只想在紙上寫幾個字，像魔法師把玩他最喜愛的幾顆寶石。不想看見任何人，只想蹲在超市一偶，閱讀十幾罐口味殊異的義大利麵醬與德國醬菜。不想買任何東西，只想躲在童裝部，幫那個徹底把我打敗的小男人買幾件夏天可以穿的時髦小背心。

沒有快樂的媽媽就沒有快樂的孩子，沒有快樂的妻子，恐怕也不會有快樂的丈夫。

我開始謝謝胃與十二指腸，它們是我體內最肯面對問題且尋求解決之道的哲學家經理，它們的要求不多，只希望我悠悠自得。

治療六個月後，有一次，我試探性地喝下一杯咖啡，居然沒事兒，高興得猛親小傢伙的臉蛋。

我知道自己又心甘情願地回來了，回到現實世界裡我所揀選的意義與價值，回到母親的崗位上。

22 尾隨一隻爬蟲

老一輩的育兒口訣「七坐八爬」著實是經驗結晶。小孩長到七個月，應該會坐，八個月開始學爬。這樣的進程可以檢驗其身體發育速度與狀況，雖然每個孩子有個別差異，但不致相差太遠。

海蒂．莫克夫著《新生兒父母手冊》（Heidi Murkoff, *What to Expect the First Year*）及《學步兒父母手冊》（*What to Expect the Toddler Years*）是非常實用的參考書，前者針對零至十二個月小嬰兒成長進程分月詳述其發展，後者則翔實記載第十三個月至三十六個月學步兒之發育狀況。對我這種遇到問題就想找書參考的人，像請了育嬰顧問般讓人放心。

小嬰兒滿六個月後，彷彿會自己變個樣似的，隨時展露令人驚異的成長面貌。譬如哭與笑，已讓人覺得是有主見的情感表達，與出生時較接近本能反應者大相逕庭。又譬如認生，小傢伙認生認得厲害，時間也持續得較久，除了四、五個被他貼上「安全標誌」的人，其餘即使笑裂了嘴巴想抱他，一接過去，他就扯開喉嚨哭喊，可憐巴巴地望著我，抱他的人只好還回來，我一抱，他即閉嘴，小手緊緊摟我的脖子，深怕他人伸出魔掌奪他似的。

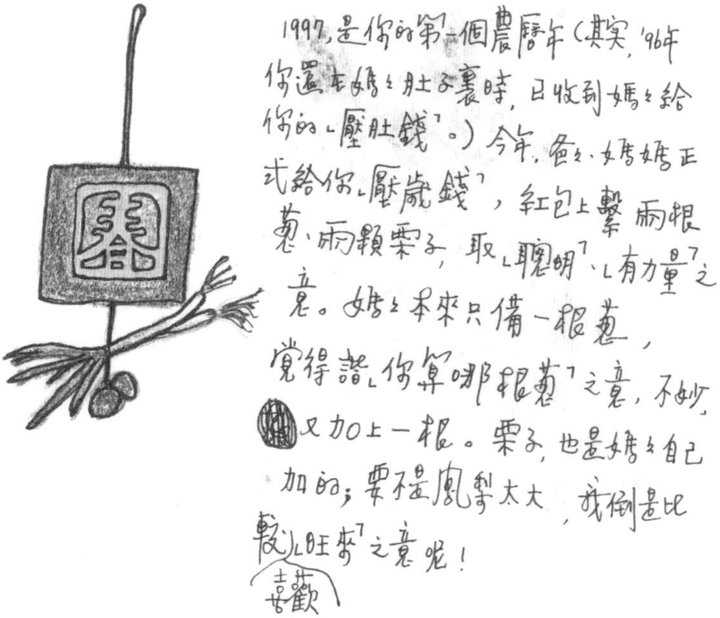
1997，是你的第一個農曆年（其实，'96年你還在媽媽肚子裏時，已收到媽媽給你的「壓肚錢」。）今年，爸爸、媽媽正式給你「壓歲錢」，紅包上繫兩根蔥、兩顆栗子，取「聰明」、「有力量」之意。媽媽本來只備一根蔥，覺得諧「你算哪根蔥」之意，不妙，又加上一根。栗子，也是媽媽自己加的；要擺鳳梨太大，我倒是比較喜歡「旺來」之意呢！

對小嬰兒而言，爬行是非常重要的里程碑，從此可以按照自己的意願挪動身體，展開探險之旅。他不再是靜止的小囚犯，而是隨時體會活動樂趣的小爬蟲，並且開始累積空間感、丈量自己的領土。

為了迎接「爬蟲時間」，家裡的擺設、裝飾徹底地幼稚園化。具有復古風味的圓形鐵雕玻璃茶几，是我跑了好多家家具行才挑中的，如今不得不在四隻造形優美的鐵腳上套兩層舊襪子，裡頭塞滿保麗龍。原本明亮如鵝黃波浪的楓木地板，鋪上色彩鮮豔的塑膠軟墊，變成一地的阿拉伯數字與豬狗牛羊化身。至於一樓客廳通地下室的樓梯口，更是大費周章地釘上活動柵欄。即使如此，從爬行兒的角度審視，這個家仍然充滿陷阱、危險。於是，該收的家具、物品突然暴增，大人的生活空間宛如敗軍節節敗退，最後，我非常能體會當年國民黨丟了大陸的狼狽樣兒。

小傢伙在長第四顆牙時開始學爬，那日滿八個月又八天。他趴在地上玩玩具，忽然動手動腳想要向前，但整個肌肉運動的結果卻是向後倒車，後退著爬了幾步，越努力爬離他的目標越遠。大部分的小孩都是先倒退爬，而後學會控制手腳協調才大步向前。禪詩有云「退步原來是向前」，可見不假。

專家們提到爬行對嬰兒的感覺統合發展具有重要影響，不可輕易略過。我相信是。一個爬行中的嬰兒幾乎全身都在動，他必須找出自己的節奏才能像一部小跑車般馳騁。如何指揮各個感官與四肢，悠遊於坐、趴、爬之間，其困難度不下於指揮一個交響樂團。

因此我並不急著讓他坐螃蟹車（學步車）。小孩的運動發展是一旦會坐就不趴，會爬就不坐，會走就不爬。既然往後一輩子都得直立而行，多珍惜爬行時光也沒什麼壞處。很多在保姆家長大的小孩不到一歲就會走路，爬行時間較短或幾乎沒經過爬行階段，以前的父母或許會認為是種榮耀，但現代的育兒觀念不鼓勵嬰兒太早學走。我想，除了少數經過訓練的專業保姆之外，大多數以「帶小孩」為副業的家庭式保姆無法提供適合孩子爬行的空間，更缺乏耐性尾隨一隻爬蟲。為了減少小孩到處亂爬的危險，當然用螃蟹車將他關起來，塞給他玩具或餅乾，好讓大人可以忙自己的事。成天坐在螃蟹車內，兩隻小胖腿蹬來蹬去，沒多久也就會走了。

小傢伙的爬行期長達六個半月，堪稱身手矯健的大爬蟲。他爬行的樣子真是滑稽，手掌支地，兩膝跪地，頭擡高，嘴巴張得開開地，發出一連串抑揚頓挫的快樂單音，一面快速前爬一面掉口水，若趴在地上斜覷，不難看出一路滴下的蝸牛涎。

家有爬蟲類，我的疲勞指數逐日攀高。由於屋子屬透天厝，樓梯從地下室伸至三樓。客廳、廚房在一樓，臥室、書房與盥洗室位於二樓，他隨我們上樓下樓，早就摸熟地理位置。起初，他在客

《女兒紅》得1996联合報
讀書人「十大好書獎」，
12月31日在誠品書店領獎。
你出生後，我從未在晚上
出門，不知道爸爸治不
治得了你！我坐在椅
上，老是覺得你正在大哭。
領獎後，看到誠品內有
賣氣球的，選了這隻胖嘟嘟的
Tweety想補償你。
你好喜歡它，笑得只能用
「花枝亂顫」形容！真不敢相信六個
月大的小嬰兒，會笑得「老奸巨滑」！
（如此）

廳遊樂區待膩了，猛往廚房爬，我真恨為什麼當初廚房採開放式的，沒門擋洪水猛獸。待我彎腰駝背把軍機重地整治成適合小人爬行時，他又不愛了，這回喜歡爬樓梯，嘻嘻哈哈享受爬行的立體感。

樓梯部分本是家中最具巧思的裝置，一根圓木扶手，間間搭著三根欄柱，其間的空隙足以掉落一頭牛犢，何況一個不知天高地厚的小嬰兒！我們只好用最醜的塑膠繩纏繞欄柱，編成護網，免得小傢伙發生意外。

尾隨一隻愛爬樓梯的爬蟲真是苦不堪言，幾次強行架回客廳處，誘之以嬰兒米菓，逗之以叮叮咚咚小鋼琴，嚇之以鍊子（輕度的言語暴力），哀求之以手斷了腳抽筋之狀，這傢伙仍舊像駱駝朝向麥加，義無反顧爬向樓梯。

「乾脆帶便當到樓梯行軍算了！」這是我的氣話。氣話，沒人理，只好繼續尾隨他到處爬。恐怕也因為我不限制他的探險路徑，這傢伙的空間感與地理觀似乎不惡。若屙便便了，我說：「走，去洗屁屁嘍！」他便爬向二樓盥洗室；若故意說：「媽媽不曉得泡奶奶的地方在哪裡？你帶我去吧！」他也會很英勇地向目的地挺進。

八個多月的小傢伙喜歡玩球（與他對坐，互滾）、躲貓貓、假裝睡覺的遊戲。更喜歡咿咿啞啞發出只有他自己才懂的聲音。那是試音，我想，一個大嗓門嬰兒企圖取得語言自主權了。

有一天，他發出類似「娜—娜」的聲音，理所當然，我認為他在叫「媽媽」。（老輩的說，家裡有小寶寶，大人會說謊三年。這話真是一針見血，大人喜歡穿鑿附會小孩的言行，以犒慰自己的育兒之勞。）

「妳知道我現在的花名叫什麼嗎？」跟朋友聊天時，我得意地說：「我兒子幫我取的，叫娜—娜！」

在娜娜之後，孩子爸爸也有了花名，叫達—達。

故事還沒有結束，不知是小孩學語言初期都有單音雙義現象還是小傢伙偷懶，從此，他想要吃東西、吃奶時都以「娜娜」表達。

難道，母親也是一種食物？

有一天，當你習慣以水晶玻璃杯品味紅酒時，你會以何种心情看待這個練習杯？七.八個月大以後，你用它喝水，後來，它每天固定裝100 c.c.新鮮柳橙汁給你喝。你最愛扯出吸管，害我又得穿老半天。

23 遊戲時間到了

「古早古早，一隻螺絲鉸（台語音ㄍㄚˋ），伸長長，甲你鉸！」

這可不是木工ＤＩＹ，是學自隔壁家許媽媽的遊戲口訣。沒有一個嬰兒不喜歡玩呵癢遊戲，他們對充滿戲劇效果的表情、動作、語言，尤其大感興趣，我甚至懷疑小孩比成人更懂得享受戲劇之樂。他們總是很快抓住遊戲進行的邏輯，並且以老奸巨猾的神情期待高潮——那個會讓他們樂不可支的特定動作。

六個月以後的嬰兒已經很懂得玩了，大人必須準備大量的遊戲，不論是單品或混合故事、歌謠，也不管是自己發明或習自他人，大人必須卸下妝扮與身分，把自己變成兒童樂園裡的老跳蚤，與孩子一起進入遊戲世界。

對中年得子的我們而言，這就是現代版的「老萊子娛親」吧。

「古早古早，一隻螺絲鉸」，伸出食指，狀似螺絲起子，左右快速轉動，配音（似自動電鑽），「伸長長，甲你鉸」，以誇張的姿勢朝嬰兒的胳肢窩或腰部鑽動。他會笑得花枝亂顫，又想

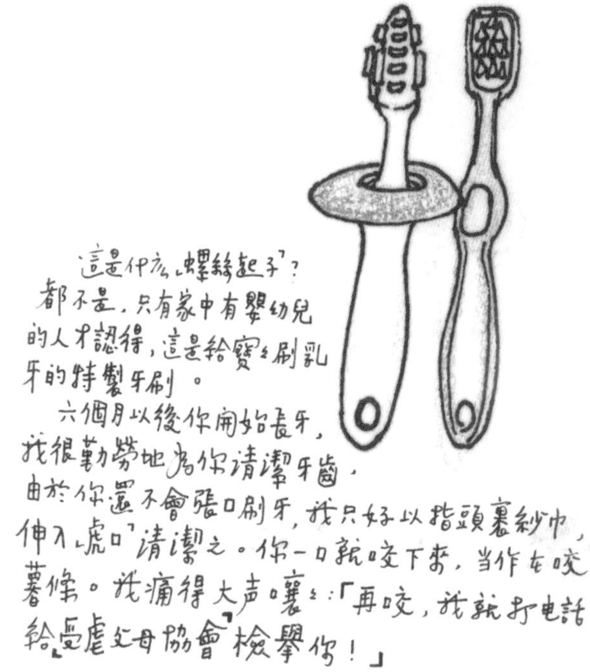
這是什麼「螺絲起子」？
都不是，只有家中有嬰幼兒的人才認得，這是給寶寶刷乳牙的特製牙刷。
六個月以後你開始長牙，我很勤勞地為你清潔牙齒，由於你還不會張口刷牙，我只好以指頭裹紗巾，伸入「虎口」清潔之。你一口就咬下來，當作在咬薯條。我痛得大声嚷嚷：「再咬，我就打电話給『受虐父母協會』檢舉你！」

躲又期望被鑽到。

趁我還記得，記下幾則跟小傢伙戲耍的遊戲，這是我們共享的記憶。在尋常時光中，當一個不會行走、不會言語的小嬰兒看著媽媽，彷彿在期待什麼時，做媽媽的再怎麼貧乏，也會像我一樣這麼說：「我們來玩遊戲吧！」

‧烤乳豬

每天都要換尿布，有時我會讓他光屁股一、兩分鐘，待濕氣風乾再包上新尿布。此時，更捏弄他那胖乎乎的大腿，唸：「烤乳豬，肥滋滋，最好吃；你一口，我一口，要配啤酒。咕—嚕！」

我會用嘴巴「噗」他的大腿，噗得乎乎作響，他感到癢，笑得吱吱喳喳地。

‧游啊游

「游啊游，游啊游，
游到海裡找朋友。
小蝦米揹螃蟹，
一起去看，珊瑚生蛋。
八爪章魚，做針線，
要把彩虹縫到海裡面。」

洗澡或抱著他走來走去時，我會隨口吟誦。隨心情變換音調，有時抒情一點，有時變得很搖滾：

「游啊哈游，噢！游啊哈游，噢！」

想像自己是麥克‧傑克森，想像自己是周杰倫。奉勸天下新手媽媽，妳不讓自己快樂誰會讓妳快樂？

．小青蛙

「嘓！嘓！

我是一隻迷人的小青蛙。

綠綠的皮膚，黃板牙，

凸凸的眼睛，大嘴巴。

最愛！最愛！最愛！最愛！

我最愛吃哈密瓜。」

兩手分別攬住小傢伙的胸、腰，抱起如進貢狀，學青蛙跳躍，忽上忽下的運動讓他既新奇又快樂，只不過大人的兩條手臂會比剛摘下的梅子還酸。

．數數兒

023456789。咦！1跑到哪裡去了？我們去找一找。有沒有躲在床底下？沒有。桌子底下？也沒有。跑到洗衣籃裡？沒有。難道它在上廁所？也沒有。

啊！原來1跑出去玩，變成晾衣竿。

03456789。咦！2怎麼不見了？2呀，你在哪裡？親愛的2，快回來呀！啊哈，找到了。2變成彎彎的衣架子，正在1身上盪鞦韆呢。

0456789。3呢！阿3哥，阿3哥，你到哪裡去了？

看到了，調皮的阿3哥變成一隻蜘蛛，趴在竹葉上睡午覺。

056789。我就知道，輪到4不見了。為什麼你們一個一個離開我呢？

「誰說的，我在這兒！」4大聲叫。

你怎麼沒跑出去呢？

「我不知道自己能變成什麼？等我想到了再出去也不遲。」4說。

那麼，567，你們一定等不及要出去吧！

「我沒興趣，」5說：「妳看我長得像被罰半蹲、兩手平舉的小學生，我才不要出去受罪。」

「我也不要！」6說：「變成一顆櫻桃，會被吃掉！」

7呢？你的長相不錯，應該沒這方面的困擾吧！

「唉！人都沒有十全十美，又何況數字呢？」7說：「看來看去，我就是覺得自己像破了燈泡的路燈！」

好吧！好吧！隨你們高興，我得再數一數。

045679，8呢？才一眨眼，8就不見了！

「哈哈哈……」4567一齊笑：「8變成媽媽的眼鏡嘍！」

嗯，還是8比較孝順。

04567，咦！9跑到哪裡去了？

喔，心腸好的9跑去當路燈了，顯然他不喜歡當櫻桃。

好吧，我們再數一數，還剩哪些數字？

4567，怪怪！連0也跑了！

0啊……哇……喔……。

哈！原來0變成小寶寶的大嘴巴！

・嗅夢味

大約八個多月以後，小傢伙的睡眠習慣漸漸規律化。晚上九點半上床，半夜起來喝一次奶，喝完再睡，至清晨六點左右醒來。上午十點，小瞇半個鐘頭；下午午睡較長，一至兩個半小時不等。而我的睡眠習慣經過八個月的野戰突擊訓練，已變得零亂破碎，易驚醒卻不易入睡，再也不知道什麼是一覺到天亮。

哄他午睡時，我會唱歌或即興說一段小故事。有時會告訴他，有一個很可愛的夢在等你，閉上眼睛，就可以看到夢的樣子。

所以，待他睡醒，扯開嗓子：「啊——」我一進房間，會說：「你醒啦！媽媽聞聞看，你做了什麼夢？」

「嗯，」我說：「你的頭髮有青草味，耳朵有蘋果味，嘴巴有牛奶味，鼻子有太陽味。嗯，你

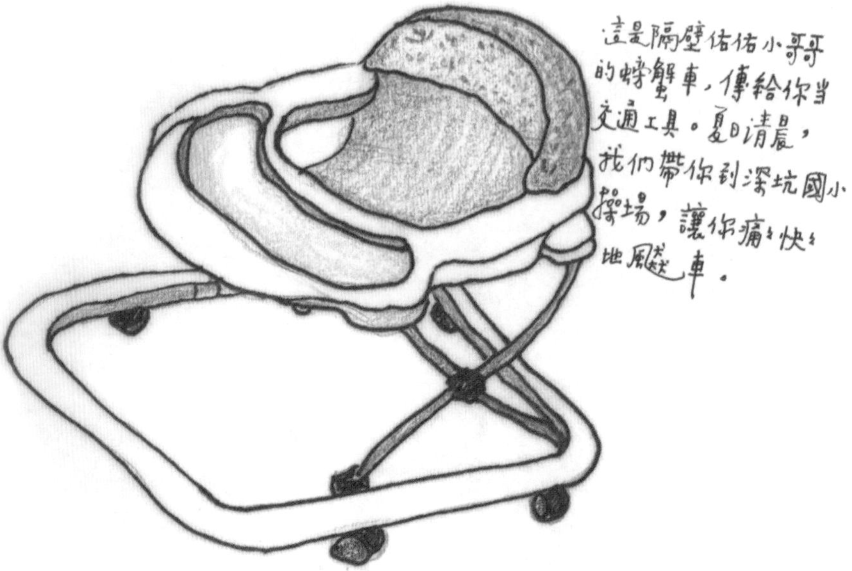
這是隔壁佑佑小哥哥
的螃蟹車，傳給你當
交通工具。夏日清晨，
我們帶你到深坑國小
操場，讓你痛痛快快
地飆車。

的身上有綿羊味，啊（已嗅到尿布位置）！臭麼麼，臭麼麼，有尿尿味。原來，你跟一隻小綿羊躺在草地上吃蘋果，還一起去尿尿，對不對？」

他那睡得飽飽的樣子，既滿足又歡喜。伸展兩手兩腳打個大呵欠後，眼睛亮油油地，嘴巴笑嘻嘻地，好似真的跟一頭小綿羊廝混了一下午。

密語之十三

夢見鮮血從小孩身上汩汩奔流，濃稠的血沿階梯蜿蜒，像獲得自由的蛇。那孩子大約一歲，白白胖胖的兩條腿彎曲不動，布製的小鞋仍套在腳上，身體趴著，頭偏向一側，血從頭顱處湧出。

誰的孩子？誰的孩子掉下來了？夢中，

我慌張吶喊。快救救他！快點，血快流光了！

死了，救什麼救。一個不在乎的聲音說。可能是路人，那神態彷彿躺在地上的是一隻蜻蜓。有人圍過來，皺眉發出哀惋之聲。他們翻正孩子的身體，因此我看到那張染血的嬰兒臉。是我兒子！他是我兒子！快救他！快救救他！

我瀕臨瘋狂，一直大吼大叫，彷彿這麼做可以逼迫時間倒退，可以叫醒兒子。

驚醒，臥室角落一盞小燈把我喚回現實。是個噩夢，謝天謝地，是個噩夢罷了。

床上，小傢伙睡得香甜，小手托著圓嘟嘟的臉，嘴唇微微張開，我用手指輕輕一抿，附耳說：「嘴巴閉閉，不然，夢會跑光。」他果然閉上。

孩子爸爸也睡熟。這一大一小兩個男生都不知道我剛剛去哪裡？

誕生與死亡的種籽同時埋入一個母親的內心土壤。她為生命的成長歡喜一分，那死亡的恐懼也就增長一分。她越得意，災厄離她的孩子越近。

阿嬤年輕時送走三個小孩，兩個出生不到十天及一個六歲的，兩男一女。不是送給富家，是被死神抱走。

那是什麼樣的心情？行過死蔭幽谷，仍然得彎腰種植希望；哭乾了眼淚，幫僵冷的親骨肉換穿新衣，央兩個壯漢擡去埋了，獨自站在竹圍邊目送，橫掌遮額望著西沈的夕陽，心裡盤算還要多攢一些米糧，把身邊的孩子養大。

那是什麼樣的心情？孩子的身軀被沒收了，母親讓他在心裡復活。

24 食嬰之島

故事是這麼開始的。

「季兒卡靜靜坐在陽光下，搖著她的嬰孩。」

那陽光應是十分柔和、微暖，才能匹配一個母親與甫出世的嬰兒。我情不自禁想像，季兒卡母女憩坐的樹林裡應有悅耳之鳥鳴，迴盪於枝椏間。

如果故事在此結束，實能留下美好印象供人流連、回味。然而我說過，故事是從這裡開始的。即使萬分不願意，我也必須繼續轉述彷若親見的季兒卡母女的遭遇。

珍・古德《大地的窗口》（Jane Goodall, *Through a Window*）一書中，作者記錄了一隻殘廢雌黑猩猩的悲慘一生，她叫季兒卡。

孤單的季兒卡在失去兒子一年之後，又生了女兒歐妲。就在她心滿意足享受做母親的快樂時，突然，另一隻以凶狠著稱的雌黑猩猩派遜及其女兒波出現。她們充滿敵意，毛髮豎直地衝向陽光下的季兒卡母女。

珍・古德寫著：「季兒卡尖叫逃走，但是她手腳不方便——一手抱嬰孩，一手殘廢，當然不是派遜的對手。派遜閃電似地撞倒季兒卡，然後抱走她的小歐妲。」

讓我們想像季兒卡的掙扎——或者，假想自己就是季兒卡。親生骨肉被高大強壯的派遜母女奪走，毫不遲疑，必定發瘋似地衝向派遜想要奪回自己的嬰兒。然而，孱弱且殘廢的身軀根本無力迎戰強敵，為了躲避派遜母女的聯手攻擊，季兒卡只好轉身逃跑。

陽光依舊靜好，微風吹過樹林，吹翻更清脆的鳥鳴。故事必須繼續：「派遜自信已經勝利了之後，便坐在地上，從懷中拉出受驚的小歐妲，猛力撞擊她的小腦袋，歐妲當場死亡。」

這時，原本逃跑的季兒卡基於母親職志又踅回來企圖救出她的嬰兒。當她看到自己的小歐妲倒臥血泊時，厲聲尖叫，驚慌地來回奔跑。然而，最終她也只能傷心地離去，小歐妲的屍體是派遜的禁臠。

「接下來五個小時，派遜便吃著小歐妲的屍體，並且把她分給其他家人。她們就這樣，將小歐妲吃得一點也不剩。」

發生在陽光下的故事並未隨著夕陽西沈而消失。翌年，季兒卡又生下一隻小雄黑猩猩歐里翁。三週後，同樣的搶嬰遭遇又重演了。派遜母女再度攻擊弱小的季兒卡，搶走歐里翁。任憑傷痕累累的季兒卡再怎麼抵抗，歐里翁仍被她們分屍了。

在非洲岡貝研究黑猩猩達三十多年，以建立黑猩猩生命史為職志的珍・古德提及，黑猩猩比任何一種動物更像人類，兩者的基因DNA結構只有百分之一不一樣。

我無法遏止自己的想像：若逆溯以殺嬰為樂的「派遜基因」，當可窺見其遠祖兵分兩路，一支傳至黑猩猩派遜家族，另一支則繁衍成為人類。若是如此，則如今活躍在地球上的人類中應有為數不少的「派遜」族裔，他們埋伏在各個社會的隱晦角落，伺機虐嬰、奪嬰、販嬰、殺嬰。

他們有男有女，四肢健全、反應機伶，善於營造陷阱，長於窺伺偵測。他們把快樂建築在手無寸鐵的嬰兒、幼童身上。

如果連嬰兒都能奪，還有什麼不能奪？連嬰兒都能殺，還有什麼不能殺？

我堅信，每一個來到這世界的生命都有權力獲得祝福與照護。父母有機會選擇孩子（墮胎或保留），而孩子沒有機會選擇父母。因這初始的不公平，每個孩子一旦被生出就有權利要求受到合理的照顧。然而，可悲的是，數不盡的小生命來到世上，僅是為了提供大人蹂躪、遺棄、凌虐、奸淫、撲殺他們的機會而已。他們的一生只有一種表情：哭，他們的身體只有一種顏色：血，他們的頭顱、臉龐、手、腳、背脊、私處時時連接著球棒、皮帶、石頭、衣架、鐵絲及醜陋的陽具。

在閃爍的萬家燈火裡，事情就這麼發生了。

一個母親，把十個月大的小男嬰打成顱內出血。她一定視之為皮球，一把抓起，猛力擲向牆壁。（她是派遜！）

一個四個月大的小女嬰，全身黑紫，被棄屍於鬧區百貨公司附近。（四個月大，約五、六公斤重，六十公分高。你會這樣對待養了四個月的一隻貓、一條狗或一尾蠶寶寶？）

一個十個月大的小女嬰，被爸爸丟進溪裡溺斃，原因僅是向妻子求歡被拒，因而怪罪女兒礙事。被尋獲的小屍體像青紫洋娃娃攤在岩石上，小臉蛋塞著泥沙。（她的生命是什麼？是愚蠢男女的性器官分泌物，因而可以被清洗、抹淨、消滅嗎？）

四、五歲的小男孩，被爸爸用球棒活活打死，他的媽媽只能在一旁哭喊，無力援救。（被扁的小男孩一定大聲求饒：「不要打了，爸爸！不要打了，求求你，爸爸！」但做爸爸的越是認真盡責地揮舞球棒，以一個粗壯男人的所有力量，將小孩打至昏厥至肝膽破裂至死亡。）

兩歲男童，正是調皮搗蛋、似懂非懂的年紀。卻被媽媽的男友逐一拔除眼睫毛，重擊陰囊，又以對付仇敵的手段狠踢他的右臂，導致必須手術摘除。

……

我好奇的是，毆打一個孩子至其內臟破裂需要多少時間？五分鐘或十分鐘？毆打一個孩子至死又需要多少時間？十分鐘或二十分鐘？

在這一段時間裡，孩子的家人在哪裡？鄰居在哪裡？難道從來沒發現孩子身上的傷痕，沒聽到孩子哭喊、尖叫的聲音？

讓我們承認吧，如同施暴者於痛毆孩童時渴望見到童血，嗅其腥膻、見其鮮紅以餵哺每一根飢渴的神經般，我們的骨子裡也流淌著食嬰的欲望。是以，在地狹人稠的城市裡，我們聽聞隔屋傳來的童哭猶能安然入睡，於樓梯間與混身傷痕的小孩擦肩而過，卻視若無睹。

凶殘的派遜們具有多重面目。相較於丟棄、撲滅嬰兒，竊嬰集團的手法算是溫和的。他們四處埋伏，趁機拐騙、偷竊他人的嬰幼兒，視之為物品，轉手賺取巨額利潤，讓漫長且沈重的痛苦一寸寸腐蝕受害父母及孩子。

他們打扮得人模人樣，可能也是孩子老師眼中的好父母或被鄰人視作熱心公益的好厝邊。他們出沒於醫院、百貨公司、餐廳、公園、電影院、遊樂場、地攤、菜市場，甚至登堂入室到別人家裡，一眨眼，擄走孩子。

孩子的父母可能正在付賬、提款、如廁、打電話……。他們原先以為綁架、竊嬰是發生在他人身上的事，壓根兒沒想到派遜家族無所不在，竟輪到自己要在每家7-11附近張貼協尋愛兒啟事。

做父母的流乾眼淚，無心工作，求神卜筮。神說：在東方找，他們往東。神說：在西邊，他們往西。神說：孩子還活著，他們散盡家產也要找到心肝寶貝。

竊嬰、販嬰的派遜們曾為自己的作為感到一絲愧疚、不安？我相信沒有。他們甚至合理化自己的行為，一位以三十萬至五十萬元販賣兩百多名嬰兒，數年來獲利超過億元的婦人理直氣壯地聲稱自己在做善事。這樣的論調著實點燃做父母的怒火，亟欲捲袖勒那婦人的頸子，也算「善事」一樁。

砍掉一條手臂，是痛，但這痛會過去，手臂的功能也可由其他器官代替。走失孩子的痛，卻是無日無夜的折磨，那痛無法解脫，反倒越陷越深。若孩子因病而死，父母傷痛之餘可以「美化」死亡，想像孩子去到繁花似錦的天堂，慈愛的神代他們看顧孩子成長。然，父母無法「美化」罪惡、醜陋及孩子失蹤的事實，反而朝引發巨大痛苦的方向想像孩子的處境。試著進入失蹤兒父母的心思體會吧！當一個母親想像失蹤的小女兒被賣入煙花巷當雛妓時，她的心有多痛！當一個父親想像愛兒被歹徒砍斷手腳正趴伏於夜市行乞時，他會不會搥胸頓足恨自己無力保護愛子幾近瘋狂？

為什麼拿別人的愛開玩笑！為什麼踐踏父母的心竟無一絲憐憫！如果拋卻法律，將盜嬰竊孩者交由失蹤兒父母處置，他們會選擇給惡徒一個自新的機會，還是一個不再犯錯的機會？他們會不會說：殺，無赦！

在這個以豐饒與優美著稱的社會，派遜族裔快樂地繁殖著，行走於道德崩圮、冷血無情的人世廢墟上，派遜們自由自在地獵殺嬰兒，飲其血、噬其肉、啃其骨，就這樣，把他吃得一點也不剩。

生命有何意義？在這個我們視之為溫暖家園的國度，生命有何意義？

我想起自己年輕時曾寫過：所有不被珍愛的生命，都應高傲地絕版。十多年過去了，心境改變，但看待生命的那隻怒眼尚未閉上。讀畢一個個被凌虐、遺棄、奸淫致死的嬰幼兒故事，發生在他們身上的痛苦一寸寸移轉至我身，遂禁不住淚。淚過之後，我對自己說，似乎也對飄浮於空中的小靈魂說：死了也好。

我如此相信，在幾乎被政客唾液淹沒的島上，在永遠無法開鎖的冷酷境地、永遠照不到陽光的陰暗角隅，死亡比存活更接近恩寵。

死亡之後，季兒卡又可以靜靜地搖著她的嬰兒，在溫暖的陽光下。

密語之十四

通常有一、兩張蜘蛛網，在那條小小的凹壁槽內。霧灰色的水泥牆吸納四季滲雨，涎出它自己的圖案。有時看起來像遼闊平野上一起舉出炊煙，有時濕答答，好像人哭。

四方形飯桌靠的那面牆，中央那條凹壁與飯桌齊高，所以靠牆壁坐的人可以一邊端碗一邊把手肘擱在凹壁內。我們做小孩的沒那種福氣，那是父親的大位，自然沒人敢坐。父親絕不會把手肘擱在凹壁槽內，我注意到了，那會使吃飯的樣子不正經，他天生有一股威儀，好似吃飯也要像個男子漢。

如果是冬天，他會斟酒佐餐。那是阿嬤釀的米酒，玻璃大罈內沈沈浮浮白玉似的軟糯米，有一種度日如年後的解脫感。酒罈就擱在凹槽內，父親托罈倒酒，難免會濺出酒液，濕了放在罈子旁邊那口圈著紅紙的鋁罐。

濕的紅紙，真是酒紅色了，媚媚的。罐內裝八分滿白米，積一層褐灰，那是燃香掉的，香炷還插在上面，小孩插香不講究規矩，遺下的一撮香炷像哭泣後的女人睫毛。

那只紅紙鋁罐一直擱在凹壁內，每天吃飯都會看見，看習慣了，也就沒看見。家裡禁忌很多，不能隨便問，大厝內九間房，竄來竄去都會撞到謎，總覺得一屋子夜半鼾聲中還有神飄鬼蕩的氣息。小孩要是問，難免遭臉色。

說是淡忘，可是逢年過節又把謎題端出來。阿嬤喊了：你們這些囝仔呀誰！去！香三欉、四果拿去拜！家裡小孩多，隨便抓一個就是。抓到我那一次，是個中秋。

廚房裡各組供品都分配好了。天公、神明、祖宗都是全牲大禮，不會搞錯；小份的備月餅、柚子，好幾份呢，怎曉得哪一份、拜哪位神？老人家怒了：枉費妳是老大，拜妳親阿姑，跟她講今日八月半中秋節，跟她講妳的名字。請她保佑妳會唸書，知影否？知影！知影。

柚子是正宗綠皮大柚，比我的頭顱大；月餅只有掌心小，皮面上蓋了朱印，還有餘溫。中秋是個大節，僅次於除夕，廚房裡柚子、月餅、牲禮堆得跟小山似的，誰都得回家剝柚子、吃月餅，不准受半點委屈。平常可以窮苦潦倒，逢到大節日，全家撐也要撐出幾兩富貴來，這叫過日子的骨氣。大人說的。

跨出廚房，又糊塗了。給姑姑過節，那……那姑姑在哪裡呀？老人家火了：妳眼睛長在腳底嗎？妳每天吃飯沒看見妳阿姑坐在那裡看妳嗎？

這才正式拜見凹壁內那只紅紙鋁罐。把酒罈挪遠些，清掉半張殘網，擦拭乾淨，供上月餅、柚子。恭恭敬敬說：阿姑，今日是中秋，請妳回來過節。烏沈香燃得頗快，煙霧由壁內往外漫散，有一種自家人的感應。

見過姑姑的人沒幾個，她出生沒幾天就死了，連名字都來不及取。以前的女人沒地位，更何況是夭折的，自然上不了大廳神案以及墓園。阿嬤給她封了那只紅罐，讓她過年過節回來有位子坐，也是繼續養她的意思。為了祭祀時喊她，又給她取了閨名。那條凹槽其實也像搖籃，從小，她哥哥護著，一日三餐坐在妹妹旁邊吃。

姑姑是個好小好小的嬰兒，姑姑生前沒吃過月餅。

後來，那只紅罐便丟了，姑姑不再需要它。阿嬤把姑姑許配給鎮上一位男子，完成冥婚，從此由夫家祭祀。可惜，她的哥哥（也就是我的父親）沒看見她的婚禮，在這之前，他竟死了。

也難說。既然同在冥府，兄妹倆自然有一番慶祝才對，說不定做哥哥的還高高興興陪她坐轎到夫家。

我沒見過那位姑丈，這無所謂，只要他善待我的姑姑就行了。

25 病

最怕小孩生病，但至今未聽說哪家小孩不生病的。

滿六個月以前，小嬰兒體內尚有媽媽給他的抗體，較不易生病。當然，少出門也是原因之一。一跨過六個月門檻，抗體消失，再加上出門訪友兜風的機會多了，宛如一張白紙的小身體，從此必須身經百戰以建立自己的抗體庫。

換言之，平常嚷著累呀煩啊都不算什麼了，照顧生病的孩子才是「累之極品」。

由於擔憂孩子生病的心理壓力日益加重，甚至自覺接近輕微的焦慮狀態，所以買了有關嬰幼兒醫療保健的書籍閱讀，概略地了解發燒的機轉以及各種常見的嬰幼兒疾病。有個輪廓，才不至於陣腳大亂。

然而，我仍舊覺得這方面的書籍過於簡略且數量太少，無法滿足像我一樣求知欲旺盛的新手媽媽。我也發現，婚前每月花不少錢購買書籍雜誌，但幾乎沒買過醫藥類書籍，以致自己的醫療常識遊走於似是而非之間。像我這樣的人一定為數不少吧，晴空萬里時腦子裡沒半隻傘影，等到需要

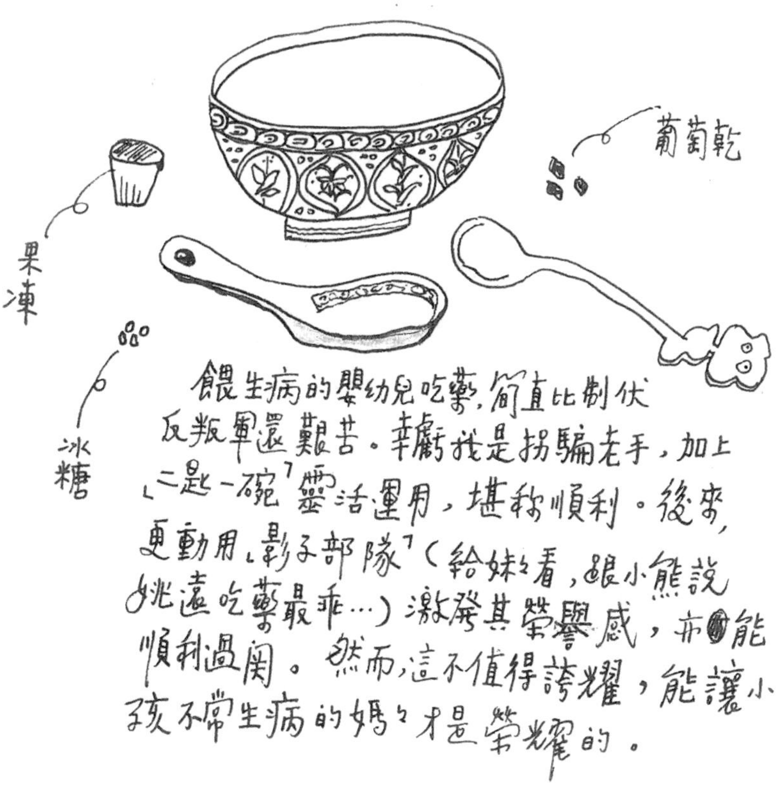
葡萄乾
果凍
冰糖
餵生病的嬰幼兒吃藥，簡直比制伏
反叛軍還艱苦。幸虧我是拐騙老手，加上
「二匙一碗」靈活運用，堪稱順利。後來，
更動用「影子部隊」（給妹妹看，跟小熊說
姚遠吃藥最乖…）激發其榮譽感，亦能
順利過關。然而，這不值得誇耀，能讓小
孩不常生病的媽媽才是榮耀的。

了，又不知傘在哪裡？

如果是自己的身體也就罷了，偏偏是脆弱的小嬰兒，做父母的得完全負起照顧的責任。此時，若有認識嬰幼兒疾病密集班或訓練媽媽成為家庭醫護員的課程，我一定連夜報名參加。

第八個月初，正是寒冬時節。某日夜晚，我習慣性地摸小傢伙額頭，有點燙手，拿耳溫槍一量，三十八度半，果然發燒。

那晚根本別睡了。發燒讓他不舒服，翻來覆去又哼哼唧唧地，小孩睡不好，大人怎可能闔眼？兩隻老貓熊（長期睡眠不足，兩人的黑眼圈甚明顯）商議結果，先給小傢伙少量普拿疼退燒，天亮再看醫生。

次日，感冒症狀出現了，流

鼻水加上輕微咳嗽。知道是感冒比較放心，若是不明原因的發燒更叫人擔憂。醫生開了藥，多休息、多喝水、少去公共場所，大家都會背的。

開藥的醫生不會教妳如何餵七、八個月大的小娃兒吃藥，坊間有多款餵藥器，看來都抓不住宛如泥鰍般抗拒的嬰兒嘴巴。還是回歸老祖母那一套，備一根大湯匙，以手捏住小孩下顎迫其張嘴，再以迅雷不及掩耳的速度持匙灌藥，咕嚕，小嬰兒正要放聲哭叫示威，藥已下肚，真是一根湯匙打遍天下無敵手。雖然手法冷酷無情，但終於獲得最後勝利。

我從小看阿嬤、媽媽用這種「暴力」對待生病的我們，早已習得真傳。不過，我的手法經過改良比較溫和，盡量不刺激小寶寶的畏懼感，若讓他心生恐懼或厭惡，餵成一次，第二次他就不依了，甚至把吃進去的藥全部吐出來。

改良之道，湯匙小一點，語氣溫和一點，哄他、安慰他、鼓勵他、讚美他。別以為七、八個月的小娃娃聽不懂，他不僅懂，而且會因為父母的一番淚眼告白或深情演說而鼓起前所未有的勇氣，乖乖吞下藥水，再吞幾口溫水，然後露出「啊！我終於向自己證明，我做到了」的勝利表情。

（每次餵藥，若孩子爸爸在家，他就誇張地鼓掌、喝采，其熾烈之狀不輸觀看NBA冠軍賽。從小傢伙的角度看，或許理解成：「只要我喝下湯匙內的怪東西，就可以看到爸爸變成土人跳很奇怪的舞！……」）

餵藥不難，但是幫不會擤鼻涕的小娃娃清除鼻涕著實困難。若不清，鼻涕積在鼻腔內妨礙呼吸，弄得他煩躁不安無去入睡。要清，怎麼清除？

看過卓別林《孤兒流浪記》（*The Kid*）的人，想必對那個倒楣的「小男人」陰錯陽差被迫撿回棄嬰又順理成章撫養之，繼而建立父子親倫的過程印象深刻。這部片子內涵豐富，提問了親情倫理的先天性與後天性。不過，最讓我笑出眼淚的是，做爸爸的一早起來幫小孩挖耳垢、清鼻涕的那幾幕。所謂親情，常常藉由極細膩、微小的事件流露出來，無法傳授也不能模仿，只有親自照顧孩子，把愛全部交出來的人會自然而然為孩子清除身上的穢物、髒垢，這些在他人眼中視為骯髒、惡心的東西，做父母的卻一點也不以為意，甚至做得樂此不彼。（想一想小時候，哪個小孩沒被媽媽追著跑，一路大聲嚷嚷，只為了緝捕孩子臉上那兩管濃濁的鼻涕。）於是，我不禁聯想，人類的「穢物倫理學」與黑猩猩家族之間相互梳理毛髮、抓咬小虱子應該都是親情的高度表現。

回到小傢伙的鼻涕吧！即使以柔軟的面紙擦拭流到鼻孔口的濃涕，仍無法悉數揪出窩在鼻腔深處的異物，況且頻頻擦拭已使他非常不悅，強烈搖頭表示抗議。為了讓他舒服點，我只好抱著他睡覺，半躺的姿勢使他的呼吸稍為順暢些。

我受不了那些鼻涕。用吸鼻器吸之，用過的人一定了解那玩意兒中看不中用，最管用的原始道具還是媽媽的嘴巴。於是，我真的湊近小傢伙的鼻孔，咻咻兩聲，所有的煩惱都解決了。

「天啊！真是髒死了！」有人會這麼說，我相信在當媽媽之前我也會這麼說。有個朋友幫她的小侄子洗屁股時需戴上醫護人員用的塑膠手套免得沾了手，等她自己當媽媽，我問她：「妳幫妳小孩洗屁股還戴不戴手套呀？」她笑得傻傻地：「戴什麼手套，用手洗才知道便便的軟硬度哩！」

做母親的可以忍受穢物，但不能忍受她的孩子不舒服。

我從來不知道我這張妙語如珠的嘴巴還是一台優良的吸涕機，總之，小傢伙舒服多了，睡了好覺，幾日後即痊癒。

當做媽媽的變成吸涕機，做爸爸的還能閒在那兒不管事嗎？

住家院落栽植花草，易招蚊蟲。清早、黃昏之時，餓蚊群出，只要有人經過，被咬得比少林寺法師燒的戒疤還渾圓漂亮。我們盡力做好防蚊措施，仍難免有漏網之蚊潛伏入境。蚊子乃天生美食家，不屑叮老皮壞了毒針，牠專找小嬰兒針灸一番。

「慘了，這下子變成『姚九粒』了！」我說。才一會兒功夫，蚊子把午眠中的小傢伙叮得手、臉都是疱。

只要市面上找得到的對付蚊子的軍火，我們都買全了。蚊香、電蚊香、液體電蚊香、驅蚊器、捕蚊燈……積起來赫然是一座小型彈藥庫。不過，孩子爸爸怕這些化學毒藥用久了對小傢伙不好，因而只敢用捕蚊燈，每次一開，霎時一陣霹靂閃電，甚為嚇人。事後檢驗成果，似乎是飛蛾昆蟲居多蚊子甚少，後來那盞燈像遭鬼似地一陣劈哩，青幽幽的光一閃一滅，就這麼報廢了。

從此，孩子爸爸學武松空手打虎，他變成緝蚊大俠。半夜三更，臥室裡進了蚊子，他就別睡了，框上眼鏡，眼巴巴伸著脖子尋蚊，有時一晚上起來三、四回。才躺下，天亮了。

孩子姑姑送來一把電蚊拍，我們的抗蚊戰爭立刻反敗為勝。發明這玩意的人一定是個恨蚊入骨的網球高手，或許常在打網球時被群蚊叮咬，順手以球拍回擊因而產生創意。總之，這把可愛的電蚊拍扭轉了孩子爸爸的運動生涯，古詩有云：「輕羅小扇撲流螢。」我們家是大男人執拍撲流蚊。這種網拍採電擊原理，待蚊子停定，執拍移近，按下電鈕，噗哧一響，閃出一星小火，蚊子立即斃命。

某日，友人來訪，忽見一隻黑蚊賊賊地飛過，停在牆壁上，孩子爸爸立即掄出法寶伺候。友人見之大喜，說這玩意兒已成為他們系上的必備兵器，各研究室牆角莫不斜立一把電蚊拍，做不出研究時，執拍尋蚊，也是一樂。同事之間偶爾也會交換心得，如何以電蚊拍「ＢＢＱ」蒼蠅、蟑螂……。

若說在繁瑣且疲憊的育嬰過程還擠得出什麼樂事，或許打蚊子也算一件罷。而電蚊拍，實在應該繫上蝴蝶結，幫它照張相，置入孩子的相簿，以誌其陪伴小寶寶成長的功勞。

常出門的小孩會生病，少出門的孩子照病不誤。據有經驗的媽媽說，小孩每年生病八到十次是正常的。這真是讓我瞠目結舌，差不多每個月都得找醫生，日子怎麼過呀？

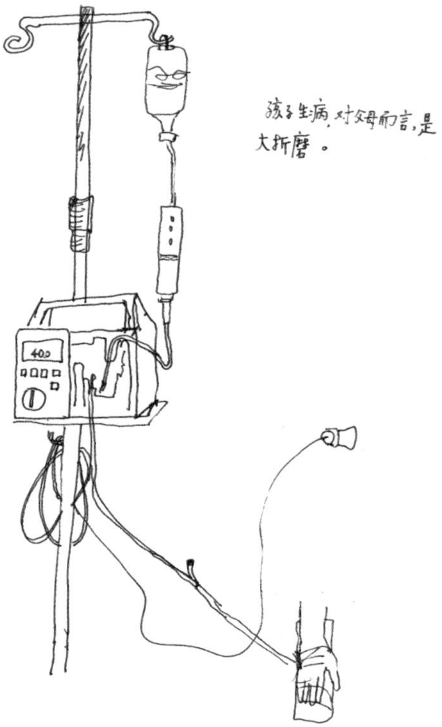

就這麼過呀，發燒、感冒、瀉肚子不過是家常小菜，什麼了不起！等著吧，每個小孩都會給他娘一桌滿漢全席，妳等著吧！

有經驗的人說。

密語之十五

記得好清楚，青蛙在田裡叫，約莫十多隻或更多；河水嗚咽，沿岸一排密實的竹樹藤蔓，總有幾十年歲數的，靜止的時候像塵封的巨冊族譜，一點點風經過，又似四合院裡全是活人。夜漸漸深沈，我記得很清楚，螢火蟲在行走的腳隙穿梭，天上閃著星光，看起來忽遠忽近。阿嬤牽我的手，她越走越快，我幾乎跟不上，因而那樣子有點像急於趕路的大人拖著貪玩的小孩疾行。

她的手好冰涼，不，應該說我發燒得近乎滾燙。正因如此，她等不及天亮，頂戴著星輝月色，帶我走路到好遠好遠的小鎮找小兒科醫生。

她問我：「行會顛動莫？」

我說：「會。」

其實，我很想躺下來。遼闊的黑夜像無邊際的海洋浮晃我的小身體，螢火蟲與星光，忽而上升忽而下沈。我知道自己在走路，但每一步像踩入夢境、泡影，軟綿綿地彷彿不是自己的腳。我在心裡反覆誦念：「快到了！快到了！」藉以支撐虛弱的身體。

到鎮上，阿嬤敲了一陣門後，戴老花眼鏡穿汗衫的老醫生迎我們入內。我記得，被高燒折騰得快睜不開眼睛的我欣慰地告訴自己：「快好了！」當聽診器觸及我的胸、背，那透骨冰涼的感覺竟像溫暖的印記讓我立即覺得精神來了。胖胖的老醫生很仔細地檢查著，我不記得他說了什麼病，那時代的醫生不會向病患及家屬解釋病症及治療方式，反倒像慈祥且權威的長老安撫惶恐不安的晚輩：「沒啥米要緊啦，注一隻射（針），藥仔吃幾天就好了！」不論小診所或大醫院，這種制式的話語宛若神諭讓病人與家屬放下心中巨石，臉上微微現出笑紋。

每個醫生或護士都稱讚過我：這個查某囝仔真勇呢，注射不哭。其實，我痛得想放聲大哭，只是心裡迷信，要是哭，病就贏了。

末了，老醫生捻亮小房間的燈，那兒放了很多藥罐。他拿出搗藥的大碗與杵，手法跟中藥鋪的師傅差不多。研好藥粉，又從抽屜取出一小疊紙，一張張鋪在桌面，遇到黏住的，伸出舌頭用指頭一沾、手推，又繼續鋪紙。繼而以長柄小匙舀藥粉置於紙上，其謹慎的模樣像公平地分配糖果給孫兒們的老阿公。接著，他以那看來臃腫卻十分靈巧的雙手折疊紙片，折得像童話故事裡公主隨身攜帶的雪白小荷包，最後，將小荷包插疊成串，放入藥袋。

「照三頓吃，欲睏之前擱吃一包。」醫生說。

「歹勢喲，這呢暗了，吵你的眠。多謝啦，你這呢好心，呵呵呵，活百二！」阿嬤接過藥袋，說。

有什麼比祝一個醫生活到一百二十歲更能表達謝意？

歸途變得輕快許多，我記得阿嬤揹我走一段，再放我下來走一段，家便到了。

如果身體的每個細胞、組織都是屬於自己的記憶與收藏，那麼，我的胃壁腸道一定像古老岩層涵蓋白堊紀的草木鳥獸蟲魚化石般，層層堆疊著為了醫治我的病而被吞下的奇花異卉、飛禽走獸的痕跡。它們當中，有張牙舞爪的枯乾樹枝，有新鮮尚淌著白乳的野地青草，有削成片的藥材，還有極恐怖的碾成粉末的蟑螂屎、清燉蚯蚓、香灰符水及蛇湯。

在離熱熱鬧鬧的世界非常遙遠的鄉下，一個從小即小病不斷的孩子，不可避免地變成神農氏化身，一面遍嘗百草一面暈暈眩眩地長大。

如今想來，也不是什麼大不了的病，無非是流鼻涕、扁桃腺發炎、咳嗽等感冒症狀或腹瀉、長針眼、結膜炎、扭傷、膿瘡、蛀牙、中暑之類的。但對缺乏醫學常識、平日靠一瓶虎標萬金油從頭醫到腳的家人而言，這小孩動不動就發高燒豈非生命交關之事？父親忙於營生，母親照顧幼兒，帶我上媽祖廟向媽祖求「爐丹」（香灰）、到中藥鋪抓藥劑、找拳頭師傅接腳筋，最後到「杏圃」掛號看那位下巴有顆痣長了三根長毛的全科醫生的人就是阿嬤。她有個本領，帶我步行訪醫（民國五〇年代，鄉間只能靠腳踏車及雙腳）的路途中，只要遇到人，不拘是鄉親厝邊或陌生路人，開口打招呼之後立即轉入孫女的疾病史報告，其簡明扼要的專業架式令我至今感慨，若非失栽培，她應是常常在學術會議上提論文的一號響噹噹人物。而那位聆聽者，見她如此憂心如焚，又仔細端詳我那病懨懨的樣子（也可能是被太陽曬昏的），立時如乩童起乩，靈感不斷湧生，口若懸河地敘述她那苦命的表小妹被無路用尪婿捶至排仔骨斷一隻咳嗽出血怎麼醫都醫不好，後來「堵」到貴人指點找某某醫生、服某某偏方、問某某神，如此調理馬上就好甲利利利！阿嬤全都記住了。不識字的她擁有驚人的記憶力，不僅記住那醫生、那偏方、那廟之姓名內容住址，更把那路人敘述的錯綜複雜故事給記住了。若恰巧我的病症因此醫、此方、此神之診治、護祐而痊癒，那麼在往後經她多次轉述、引申、編織而成的天羅地網般的故事裡，我就像一顆閃亮珍珠，不斷地見證一個路人的善行及其口中那位苦命女子的悲慘命運。

如果有人同我一般，在童年時被眾多弟妹分去大人的呵護與疼愛，那麼必能理解幼小的我還算喜歡生病的心理背景。唯有生病時，不必被大人呼來喚去做一堆家務事，也唯有此時，阿嬤捨得掏錢到柑仔店（雜貨店）買一罐鳳梨或梨子罐頭給我享用。

那滋味無上甜蜜。即使到了今日，再昂貴的蘋果水梨鳳梨都嘗過了，舌頭仍頑固地認為三十多年前那罐鳳梨片、梨子片才是最熾烈的戀情。小孩病時胃口變差，但只要送上鳳梨罐頭，精神立即虎虎生風，吃得連甜汁都不剩。因而，阿嬤至今迷信，罐頭鳳梨、水梨乃治病仙丹，她給它們三星帶花的評鑑：「退火，顧腹內。」

要是小症，就沒那等福分吃神仙妙果。不過，阿嬤不知從哪兒聽得、習來甚多食療偏方，碰到孫子們偶染風寒，即拿出實驗精神蒸、烤、煮、燉、煎之後得一塊或一碗黑乎乎的神祕物要我們吞服。記不得詳細的，但至今記得黑糖薑母湯、桔仔餅蒸蛋、濃稠的太白粉甜羹、炭烤鹽巴橘子這幾樣稍具姿色的，但不記得吃了之後是不咳呢還是咳得更兇？

在那純樸卻宛如置身荒野的年代，每個做母親的都有幾手巫醫步數，等同現今的家庭醫師。

我母親擅長眼科及刀傷外科，凡是眼睛吹進了砂或睫毛黏入，找她準沒錯。她只需一碗清水，一手撐開眼皮，另一手以指腹輕撚慢捻，三兩下就幫你洗好眼。不知是習來的還是自創，她還會唸一段治眼咒語：「目睭公，目睭母，黏瞇吹，黏瞇好。」翻成白話是：眼睛先生，眼睛女士，立即吹，立即就好。唸完，朝病眼「呼」地吹一下，你眨一眨眼，真的好了。

至於治見血的刀傷，我母親也會幾招。有一回割稻，我不小心持鐮刀割傷手指，鮮血直流。母親捏住我的指頭，小跑步帶我回家。立即拿幾張祭拜用的金箔紙置於碗上，碗中有水，燒紙，待紙成灰入碗冷卻，她將半灰半紙的金箔黏在我的傷口上，再以布條裹緊。靠這種簡略的消毒止血法，我母親治了五個小孩成長過程中不計其數的刀傷。

阿嬤見多識廣，其醫技更是渾然天成，舉凡牙科、骨科、收驚似乎都難不倒她。但她最有名的功夫是刮痧，「喏，來，我給你刮刮一下！」那口吻充滿自信，彷彿她的刮功也治得了婦女不孕、小兒食欲不振或天底下「無三小路用」的查甫人。

夏日酷熱，我常中暑，動不動即癱在地上如一隻瘟雞。阿嬤拿起梳頭用的半月形木梳子，盛一碗水，要我脫去上衣趴在床上，她先以水濕潤我背，再倒持梳子由上而下刮之。她的療法堪稱心狠手辣，全然不理會我痛得哇哇大喊，只顧自己以鑑賞的口吻嘖嘖稱奇：「喏，出來了，才幾下就紅唧唧，再忍一下！」她越刮越得心應手，彷彿潛藏在我體內的兩尾毒蛇已被她刮出原形，即將曝日而亡。我痛得受不了，大叫：「阿嬤，等一下，我要放尿——」

末了，再承受她屈指用力捏抓頭肩，才算大功告成。經此診治，頸、背處處瘀血，彷彿「河出圖，洛出書」，我的背部散佈著小螃蟹、小蚯蚓及兩尾游蛇。

奇怪的是，這款麻辣按摩法對我頗有效力，刮痧過後沒多久即覺神清氣爽，或許只能歸諸我的皮肉欠捶欠揉，有被虐傾向吧！

鄉下出身的孩子，自小活在蠻荒般的醫療環境裡，面對形形色色的病毒、細菌，只有兩條路可走：一是非常幸運地在香灰符水、草藥偏方的裝飾下靠自體免疫力平安過關。要不，即是被擋了下來，帶一樣殘疾長大，或是夭折。

此刻，當我回顧成長過程中數不清的訪醫星夜，眼前浮現無邊界的黑暗時，田裡青蛙的叫聲如在耳畔。

於是我忽然理解，在我與疾病對抗的童稚時期，曾有一群青蛙賣力地為我祝福。

26 大小窩

雖然看別人育兒如乘坐雲霄飛車，自己褓抱卻似度日如年，然而再怎麼緩慢，時間還是向前走的。

第十個月始，小傢伙換穿ＸＬ尿布。小屁股彷彿隨疆土擴展而增大的玉璽，從巴掌大的初生兒專用尿布到現在的特大號尿布，定心一想，十個月也不過是一枝箭功夫。

有經驗的朋友說，小嬰兒每六個月即脫胎換骨一次，不論體能或心智成長，似乎依這時段躍昇。

從小傢伙身上，我倒發覺滿九個月後，他即跨過門檻似地漸漸成熟，不僅身體方面發育得較健壯、靈活，足以進入學習站立及移步階段，在心智、認知方面更顯現令人驚訝的進步。

第十一個月的某一天，我陪他在客廳玩，滿地的小玩具、書籍及各種取樂嬰幼兒的大型玩具，我心血來潮，想試一試這傢伙到底「了解」多少？

我說：「姚小弟弟，請你把小獅子拿給媽媽好嗎？」

他聽了，小腦袋東轉西轉，接著爬向那隻會發出嘰哇聲的紫色小獅子，拿起，伸向我。這倒有趣，於是我一路問下去，他一樣樣指出：狗、猴子、鋼琴、小喇叭、球、鯨魚、小弟弟玩偶、車、飛機、青蛙、電話、水杯、蝴蝶、小熊、鴨子、奶瓶、狗骨頭、小提琴手、鏡子。我並未特地教他認識玩具，但平日與他遊戲難免自言自語、自導自演，我不經意流露的言談舉止，他一定照單全收，像餓虎般吞嚥每一項新奇事物。

他也脫離了怕生階段，展現社會化與互動交流的興趣。替他換尿布時，我拿一片乾淨尿布給他，說：「你自己把尿布打開吧！」他會運用雙手把壓疊成四方形的尿布打開，交給我。當我說：「好朋友，握握手！」他也樂於伸出手與人相握。當然，最能讓人忘掉一切疲累的是，當我說：「媽媽辛苦死了，來，親一個吧！」他也很大方地張開嘴巴，湊近我的臉頰，把沛然莫之能禦的口水塗抹在我臉上。

「救命啊！被土人攻擊啊！」我故意誇張地大叫，他樂得咭咭大笑，好似對自己的吻功如此凶猛感到得意極了。

以前聽人說，小孩的記憶只有三分鐘，是故必須反覆教導才記得住。這種說法顯然不精確。從小傢伙身上，我發現十一個月大小娃娃的記憶力令人驚訝。

＊

我平日在家不戴錶，只有出門才戴上。有一日，回公婆家，我伸出右手教他「這是媽媽的手錶」。次日在家，我故意試他，悄悄戴上錶，又手掩在背後，問：「媽媽的手錶在哪裡？」他爬向我，拉出我的右手，指了指手錶。隔三日後，我又故意戴上，問他，依然如是。看他的表情明明是

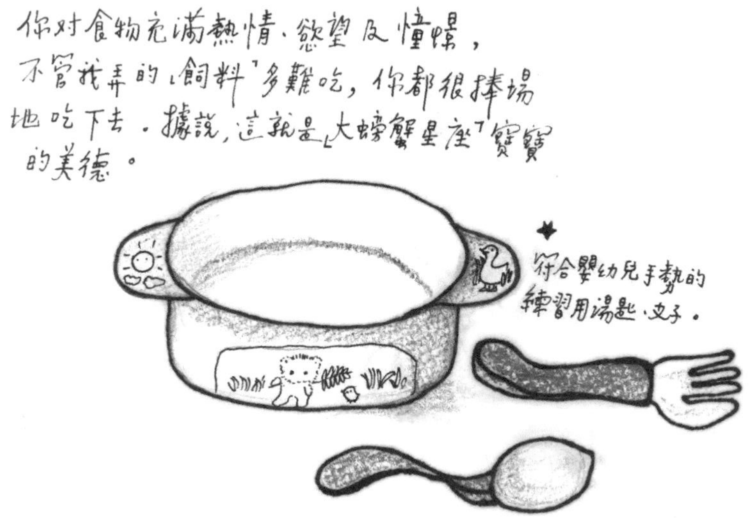
你对食物充滿熱情、慾望及憧憬，
不管我弄的「飼料」多難吃，你都很捧場
地吃下去。據說，這就是「大螃蟹星座」寶寶
的美德。
符合嬰幼兒手勢的
練習用湯匙、叉子。

個小娃兒，但那毫不遲疑的舉止又讓我狐疑，他是否在心裡睥睨：「問我這種三個月小嬰兒就會的問題，簡直太看不起我了！」因而，我以老奸巨猾的口吻對正在敲打動物合唱團音樂盒的小傢伙說：「以後買一個好一點的錶送媽媽，怎麼樣？」

他把音樂盒的音量扭至最大，那些鳥啊狗啊豬啊羊啊輪流吼叫。

「我就知道，你裝糊塗！」我說。

滿十一個月時，長了八顆牙，會扶家具站起、移動幾步，喜歡爬樓梯至二樓，會發出類似爸爸、媽媽、奶奶……的聲音，也會模仿大人打電話，將電話放至耳邊，認得較常見的幾個人，會揮揮手表示再見，認得掛在牆上、樓梯間的123及日、月、山、水等字。當然，也對自己的身體感到好奇，尤其對那隻瑟縮的小鳥鳥，洗澡時，會用手指去碰觸，並擡頭看我，露出微笑。有時比較粗魯，用拉的，我不免稍加警戒：「輕點兒，要是拉斷了，我可沒辦法用強力膠幫你黏回去！」

飲食起居堪稱正常，唯半夜仍需起來喝奶一

次。那些被我稱為育嬰顧問的朋友們大呼小叫：「什麼！半夜還得起來吃奶！戒掉戒掉，人家三個月大就一覺到天亮了，你們未免太寵了吧！再這樣下去，他到七十歲還得半夜爬起來吃消夜！」

我們遵照各種指示嘗試戒掉他的消夜習慣。結果當然是失敗了。試著想像吧，凌晨兩、三點鐘，一個大嗓門小娃娃坐在床上哭叫著要「ㄋㄟˊㄋㄟ」，聲音如汽車防盜鈴般刺耳，兩個大人還能像白鯧魚躺得扁扁的嗎？

每一家的育嬰經裡都有一、兩條難唸的，他人眼中根本不是問題的經文，在當事人這本經裡卻難如登天。當我羨慕別人家的寶寶一覺到天亮時，隔壁家的許媽媽卻羨慕小傢伙胃口好，半夜喝完奶立刻又睡等「好習慣」，她的孫子佑佑從嬰兒期至今四歲了，胃口一直不好，餵一頓飯像繡一朵花。這也罷，偏偏睡眠習慣「固執」得很，每晚不管幾點睡，至凌晨兩、三點一定起床，做奶奶、媽媽的只好起來陪他玩耍。這傢伙精力旺盛，就這麼撐到下午才睡午覺。偶爾小佑佑睡至凌晨三、四點起床，老奶奶就高興得好像撿到幸福。

所以，還是把老祖母的口頭禪搜出來掛在嘴邊：要知足啊！要知足啊！妳才會快樂啊！大家才會快樂啊！

這個月，收起嬰兒床，買了單人床墊當作小傢伙的窩。小床挨著我們的大床，由於高度不同，形成上下鋪。其實，大約七個多月、會坐以後，嬰兒床即顯得狹小且危險，小傢伙便與我們同睡，現在他已長成十一公斤重、七十五公分高規模，理應自個兒睡一張床才恰當，因而另外造個小窩給他。我們原本盤算將書房整理出來當作他的房間。然每回看到那間山丘似的書庫頓覺手腳俱軟，就這麼拖了下來。幸好臥室夠寬，放得下大小窩，亦是權宜之計。可愛老虎墊子、小熊維尼、南瓜先生、小青蛙、米老鼠、咖啡小熊等「睡覺家族」及乳膠枕、毛巾被等，把小床佈置得像小男生的世

在誠品書店買的長頸鹿玩具，
我稱之為「骨折鹿」。底座有個机關，
一按，小鹿即全身癱軟，
放手，又站得直挺挺地。
剛開始，你還蠻喜歡它，
笑得嘰嘰叫，後來，
這鹿兒失寵了，
獨自站在窗台上。

界，我們很欣慰終於正式告別嬰兒床時期，相信小傢伙會在新床上建立良好的生活習慣。

事後證明我們的算盤撥錯了，這傢伙喜歡睡大床！

於是，擅長妥協的我們把可愛老虎墊子、小熊維尼等搬至大床床頭，再將他的鋪蓋移上來，大伙兒再擠一擠吧，咱們一家三口同在一張床上。

然而，我們從此進入「睡眠鬥爭」階段。兩個大人常在夜半醒來，各自睡眼惺忪地坐在床上，觀看一個小土匪橫行霸道的睡法，心中真是百感交集。

「野渡無人舟自橫，就是這德性！」我說。

事態明顯，兩個大人必須有一人捲鋪蓋到單人鋪去。這事兒也不必討論，伴小傢伙睡的是媽媽，爸爸當然得下去當遊牧民族。「怎麼樣，下鋪的天氣還好吧！」媽媽對爸爸說風涼話。偶爾，當媽媽累極了想一個人睡時，才換爸爸到上鋪值班。不管怎麼換，兩個大人都像流動攤販。

事情怎會變成這樣？我百思不得其解。只能歸諸人類本性中的領土觀，以及家具行送單人床墊來的那日，沒翻黃曆安床。

27 周歲

做父母的內分泌一定與常人不同，就算還不到置身水深火熱猶能歡唱天堂聖歌的地步，大約也離「歡喜瘋子」不遠吧！

而我相信，這一切都是演化的陰謀。科學家們認為，小嬰兒的微笑其實是演化策略。想想看，天底下哪有比這更便宜的事，只要輕輕牽動嘴角即能造出夢幻陷阱，誘捕那兩位做牛做馬的大人，使他們甘之如飴，願意繼續臣服於嬰兒腳下，忠誠地照顧他、養育他而不思叛逃。小小的一朵笑，看在做父母的眼裡勝過天堂樂園。若你拆穿說，小嬰兒的笑根本是無意義的，說不定是肚子脹氣才撇一撇嘴角。那麼，這兩位沈醉夢幻的大人一定聯手毆打你，並且以汙衊他們的心肝寶貝之名與你斷絕往來。

千萬不可批評別人家的小寶寶，這一點守不守得住，絕對關係著敵人的數目。

一個媽媽（或爸爸）可能以近乎苛刻的自謙口吻摸著一歲三個月的小娃娃的頭，說：「唉，我們家這個就是笨了點兒，這麼大了還流口水？」

你一看，果然那娃兒胸前濕了一片，下巴、脖子還閃著水光，你要是敢說：「哎喲，是啊！怎麼這樣？有沒有看醫生？這種病不能拖，說不定是腦部發育不正常？」這話鐵定激怒做父母的，她可能嘴上沒說什麼，但心裡好想「租」最大尾的流氓痛扁你一頓！

你應該這麼答：「什麼了不起！有的到四、五歲了還流呢！再說，妳沒聽說『口若懸河』，人家將來是個大律師呢，妳這個做媽的還嫌什麼嫌！」

呵呵呵！做母親的被罵得眉開眼笑，心想：嗯，是個有教養的人，可以借錢給他！

即使是我自己，充分了解父母心理之不可思議、不可理喻與不可臆測，仍難以擺脫時常在體內竄流的詭異賀爾蒙的影響。

「欸！」我對孩子爸爸說：「你有沒有覺得，我們家這傢伙長得還滿帥的。那個×××，長得也不壞，可惜小鼻子小眼睛，不夠亮！」

「我可不可以發表一點無聊的看法？」沒多久，我又對孩子爸爸說：「我們家這個真的長得很帥，而且，滿聰明的，你覺不覺得嘛？」

孩子爸爸一向比我謙虛（或者應該說，比我接近事情真相），悶了老半天才答以：「是啊！」

「本來就是嘛，有什麼好壓抑的！」我嫌他態度不夠踴躍。

因而，我與婆婆很快結成同夥，成為「歌德派」基本教義狂熱分子。通電話時，大多在交換育兒經驗且盛讚小傢伙的「特異功能」——說穿了，只不過是每個正常發展的小孩都會做的事罷了。

每一個做父母的多多少少有些「歪哥」念頭，眼睛瞅著在一旁努力咬嬰兒米菓、掉一地屑屑的小娃兒，腦子裡兀自興風作浪，預見這位手眼協調尚未純熟的小子將來搖身變成社會精英、賢達能士，一霎時全身雲雲騰騰地，忍不住捧著小臉蛋用力親幾下，說：「寶寶最棒了！」那小娃娃不解

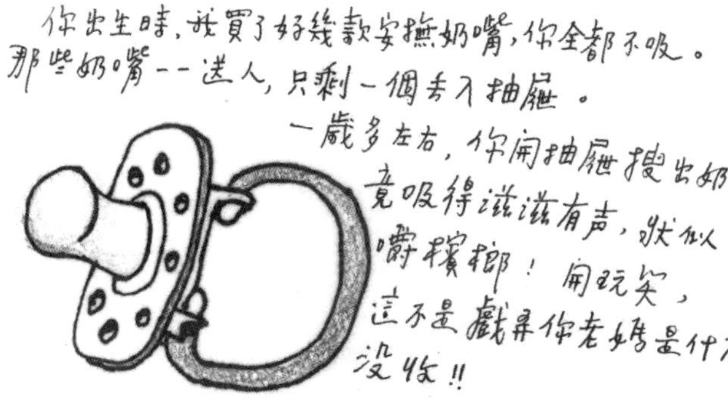
你出生時，我買了好幾款安撫奶嘴，你全都不吸。
那些奶嘴一一送人，只剩一個丟入抽屜。
一歲多左右，你開抽屜搜出奶嘴，
竟吸得滋滋有声，狀似
嚼檳榔！開玩笑，
這不是戲弄你老媽是什麼？
沒收!!

媽媽（或爸爸）怎會突然發起癲，以為欲搶他的米菓，趕緊塞入嘴巴。

那陣子新聞成天喧騰假宗教之名詐財之事，被揪出的神棍一個比一個神通廣大。又是精於本尊與分身之術的，又是遊走陰陽兩界的，看得目不暇給。吃神棍這一行飯的，招式或有不同，相同的是，凡出頭天者在鴻禧山莊都有座別墅，令人不免感嘆，士農工商之路太辛苦了。某日，與友人閒話時，我嘻然得出結論：「為了以後能住鴻禧山莊，我看我們沒別的選擇了，只好把小傢伙栽培成總統或神棍！」

孩子爸爸常有異於常人的思考，他說：「兩者都一樣。」說得也是，總統亦可視作合法的神棍。

在台灣，神乎其技的人似乎不少。某日晚餐時刻，客廳電視正報導金光黨詐財數千萬的新聞，我聽了直呼不可思議，開玩笑對孩子爸爸說：「念那麼多書有什麼用，我看我們兩個加起來到街上行騙連一塊錢都騙不到，人家輕輕鬆鬆一小時的演出費就是我們的年薪。我要是行政院長一定提拔他們當外交部長，務實外交要務到什麼時候啊？用金光黨那套才管用！」

小傢伙坐在他的餐椅裡正專心玩樂高玩具、百變金塔方塊，我一面餵他一面自個兒吃飯，瞅了他一眼，說：

「我看呀，這傢伙以後說不定是個神棍！不過，大概只騙得到父母的錢吧！」孩子爸爸這會兒倒是為兒子講話：「如果連我們的錢都騙不到，怎麼騙別人的？」

說得也是。

從「滿月」到「周歲」，好似馬拉松賽抵達第一個據點，心情篤定了些，也對自己的能力刮目相看，不禁自我鼓舞一番，因而，周歲的慶祝禮是免不了的。

我們提前回娘家為小傢伙慶周歲，他的舅舅、阿姨們備了蛋糕、紅包，一屋子熱鬧滾滾。幾天後是農曆生日，回公婆家正式慶生，小傢伙的姑姑、姑爹也來了，家庭聚餐後依例讓小壽星跟大蛋糕合照幾張相，蛋糕由大人分著吃。他好奇得很，爬過來扶几站起，想抓蛋糕，一把被抱開；過一會兒又來，想抓盤子、叉子，又被抱開，如是數回。小傢伙一定納悶：「有沒有搞錯？是你們周歲還是我周歲？」

「沒搞錯，是你周歲。不過，蛋糕這種『有毒』的東西你還不能抓，不信的話去打聽一下，哪一個小朋友在周歲時抓蛋糕的？要抓就『抓周』，待會兒讓你抓個夠！」做媽媽的用腹語術告訴小壽星。

「抓周」實是周歲派對的綜藝節目，極具娛樂效果。發明這把戲的，稱得上是演藝界泰斗。其意義不在小娃兒抓了哪樣象徵才華與將來從事之職業的物件，而是讓辛勞一年的父母藉此自娛，淋漓盡致地發揮想像力「詮釋」小孩抓取的物品，進而刺激腦啡之大量分泌，飄飄然忘記育兒之勞，繼續為眼前這條「人中蛟龍（鳳）」赴湯蹈火，在所不惜。

公公婆婆準備了幾樣象徵士農工商的物品置於客廳中央地上，我將小傢伙抱遠些，一聲令下，「抓周」節目開始。只見他奮力爬向那堆物件，毫不遲疑抓了第一樣東西：書。觀眾齊聲鼓譟：

冰箱上的磁鐵，媽媽即興說故事。小熊对鴨妹妹說：「我好喜歡妳，我要把心獻給妳！」鴨妹妹答：「唔，那真是太多謝了！不过——，我对你背後的糖罐比較感興趣！」

「是個讀書人！是個讀書人！」話才落下，小傢伙又出手，抓了第二樣：象徵錢財的紅包袋。這還得了，觀眾興奮得彷彿中樂透，只是不好說出口：「呵呵！是個億萬富豪！」閃光燈此起彼落，真有那麼一點兒榮華富貴之感。小傢伙抓出興致，又抓了一枝鋼筆，這讓做媽媽的我有些驚喜，雖然搖筆桿的路子崎嶇得很，但一門出兩枝筆也是美事。最後，他抓出一串叮叮噹噹的鑰匙，總結事關他一生志業的預言。

向好友轉述抓周過程時，我不免大大地吹噓這傢伙的生涯規劃能力勝過他爹娘；讀書、寫字雙修，動產、不動產兼蓄，而且四者之間充滿韻律感。「我給他做個對子：學以致用，讀書為了賺錢；舞文弄墨，寫字不忘置產。非常符合台灣現在的社會風氣！」我說。

滿一歲的小傢伙，除了學步與語言

發展較慢外，在認知方面進步神速。我漸漸脫離自言自語、自導自演階段，每日都能從他身上發現新奇事物，了解他「理解」了什麼，估算一年下來，他從一張白紙似的新生兒向大人世界走了幾步。

我的簿子裡記錄了實況。

・昨晚在廚房，問他：「大巨人約翰在哪裡？我們去找大巨人約翰玩！」他返身爬回客廳，在滿地大大小小的玩具中找出阿諾・羅北兒（Arnold Lobel）的那本童書，口中咿咿啞啞地翻書。今午再試一遍，仍然找出那書，可見他知道那書叫《大巨人約翰》（*Giant John*）。

・爬樓梯甚快，上樓前，手指壁上開關，咿啞發聲，要我開燈。我故意不開，他哇啦哇啦一串，表情似乎可意譯成：「歐巴桑！還不快點開燈！」

・會按電視開關，扯下護目鏡。這真是「煩人遊戲」的開始，那護目鏡已被他扯得近乎支解。電視一開一關，又一開一關，再一開一關，我將他抱至沙發，他一咕嚕溜下來，爬向電視，站起，又一開一關，再一開一關……。我聽到自己以火雞般的聲音喊：「不—可—以！」

・喜歡玩「丟掉」遊戲。自己把東西或玩具丟到地上，再大聲說：「搭—掉！」要我撿，我若裝蒜不撿，他會像故障的咕咕鐘，一直說：「搭—掉！搭—掉！搭—掉！」

・常喃喃自語，用指頭東指西指，有說話表達的欲望。讓他聽幾個月大時幫他錄下的哭聲、咿哦聲，狀似不屑，彷彿哼道：「哪個沒規矩的小嬰兒哭成那樣？他媽咪怎麼不管管他？」

・會用自己的方式唱歌。我若說：「唱個歌給媽媽聽吧！」他便開心地發出「嘿—噫（倒吸一口氣）」，噫了幾聲，便咳嗽，不唱了。

・對玩具失去興趣。喜歡像個小流氓四處探險，對大人的用品感到好奇。我乾脆稱他的心，

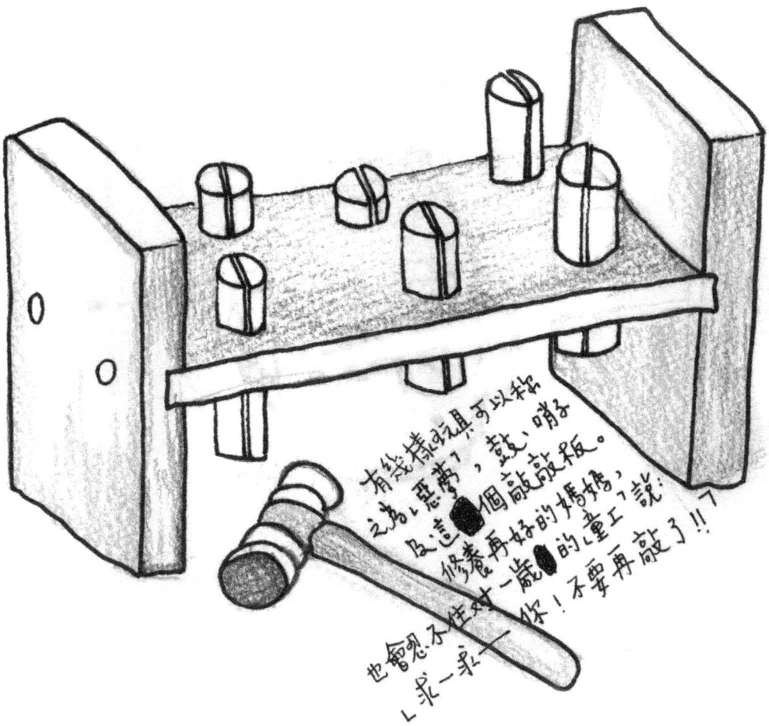

像個導遊領劉姥姥逛大觀園，逐一介紹用品器具，包括砧板、牙線與刮鬍刀。

・喜歡看小孩照片，用手指指其臉，喜悅地笑，發出「噫」聲。我在雜誌上看到有一頁刊登小寶寶照片，十來個小男嬰，小女生，附有姓名簡介，便撕下來給他看，稍微彌補沒有「同類」的遺憾。沒想到他非常喜歡，臉上顯露了發現同類的歡愉表情。當他指著某一個小寶寶咿啞而言時，我就說：「她叫李小婷，比你大，住台中。」他又指另一個，我說：「他叫陳小廷，住台中，戴生日帽帽，因為過兩歲生日！」如此雞同鴨講，也是一樂。我還以來電節目主持人的口吻問他：「怎麼樣，你喜歡哪一類型的女生呀？媽媽幫你物色物色！」

・會堆梳子梳頭，拿帽子戴。

・吃餅乾時，我說：「請媽媽吃一口好不好？」他慷慨地高舉餅乾，送至我嘴邊。大大口吃下，說：「哈哈哈，吃光光嘍！」他愣了一下，似乎弄不明白那塊餅乾怎麼不見了？低頭看了自己的小胖手，空空地，真的不見了。他放棄尋找，直接指著放餅乾的大奶瓶桶子，怒怒地發出噫啊聲。意思再明確不過了：賠我一塊來！

・小娃娃的記憶力比我們認為的更強且長久。婆婆買了博浪鼓給他，我怕他不小心吞了那兩顆小鼓粒，便收入抽屜。他看到了。十五天後，我故意問：「奶奶買給你的鼓在哪裡呀？」他爬向平日幾乎不開的抽屜，翻查抽屜內的一堆玩具。在這之前，我已先將鼓取出，放在地上玩具堆裡。他在抽屜內沒找到，又四處看看，終於發現地上的博浪鼓，將它取來給我。

・會堆三、四個積木。

・昨日吃饅頭時，為了訓練他的左手，我將饅頭撕成小塊，遞給他。他伸出右手來取，我說：「用左手！」並教他伸出左手。第二次，他仍伸出右手，改之。直到第五次，不必提示，他自動伸出左手，捏著小塊饅頭送入口中。今早再吃饅頭，第一次，他伸出右手，我糾正他，第二次以後，他都伸左手。

・喜歡玩照相機，拗不過他，只好讓他把玩一番，這台傻瓜相機沒多久真的傻了。賣小家電的老闆最愛聽到家裡有一、兩歲小孩的，這些凶猛無比的小紅衛兵刺激了家電業的景氣，堪稱是超級營業員。小傢伙周歲以後，我們叫修了電視機、錄影機、電腦，報廢了照相機、無線電話、冷氣機、錄放音機兩台、CD音響、傳真機，大約花了六萬塊添購新家電。

・聽得懂「坐下」、「站起來」，聽不懂「危險」、「不要碰」、「不可以拿」……。只要是

「不」開頭的，小毛賊都聽不懂。

‧每天早上，最愛看娃娃車來接隔壁的小佑佑上學，他會主動向娃娃車裡的小朋友揮手。有一日，在臥室，我說：「娃娃車來了。」他立刻爬至我背後，張手要我揹他。昨晚，他又在樓梯間爬來爬去，怎麼哄都不下來，我騙他：「去看看娃娃車，要不要？」他馬上願意下來。我只好抱他出門，東張張西望望，開始演出街頭行動劇：「咦！娃娃車為什麼沒來？誰能給我答案？星星、星星，請問一下，你有沒有看到娃娃車呀？沒有。那小蚊子、小蚊子，你有沒有聽說娃娃車要來？也沒有。這可怎麼辦？咦！現在幾點？哎呀，我知道了，現在是晚上，娃娃車早就走了嘛。我們回家去睡覺，明天早上再來看娃娃車好不好？」（得到的教訓是：不要隨便騙小孩，免得自討苦吃。）

‧「爸爸」叫得頗標準。

‧看到貓、狗，有喜悅的表情。

‧拿遙控器對準電風扇、電視。

‧晚間上床哄睡，我有時講故事有時唱歌，他比較喜歡我用各種奇怪聲音演唱搖滾版「醜小鴨」。有一晚，我也累了，隨便哼唱，臉朝天花板打呵欠。這小子嫌我不夠敬業，用手將我的臉轉向他，「幹麼，大眼瞪小眼，你不怕做噩夢啊？」我說，言畢轉臉朝上。他乾脆支起上半身，用小手轉我的大臉，一定得朝他才行，如是數回。

‧每晚七點，垃圾車來，他一聽到音樂聲即要我們抱他出去「觀賞」。真是奇怪，白天鮮少看到小朋友出沒，垃圾車經過時，似乎家裡有小孩的都出來看熱鬧。他也看得聚精會神、津津有味，沒多久，會說「樂樂車（垃圾車）」，後來又改成「大車」。也許，「樂樂車」三個字說明了尋常無奇的清運垃圾之事，在小孩眼中卻變成製造快樂的魔術奇觀。

• 會將鬧鐘、痱子粉放回原處，知道時鐘在哪裡，也能指出牆壁上掛著的畫、春聯、書法。

• 常講一堆話，表情豐富，講得好似「統獨」大辯論，口水直流。我一概「聽嘸」，但很禮貌地點頭、鼓掌，說：「感動感動！精闢精闢！」

• 能指出別人的鼻子、耳朵，也會指出自己的鼻子、耳朵、肚臍、腳趾頭、眉毛及小鳥鳥。

對「父母族」新鮮人而言，頭一年是最刺激也是被操練得脫去一層皮的體驗，這種火辣辣的疲憊與沸騰般的驚喜，恐非將孩子送交二十四小時保姆至假期才領回或為了工作不得不在白日托嬰的父母能感受。當然，我也收到了胃炎、十二指腸潰瘍、手腕痠痛、肩頭發疼、白髮增生等禮物。

生命超速向前，孩子不會等待大人抽出時間、精神才成長，錯過的將永遠錯過，即使將來省悟了，決定站在孩子身旁陪伴他，也無法重回嬰幼兒期。而我固執地認為，這時期的孩子跟父母最親密，是一種與生俱來的愛戀。

不禁想起有一回與附近鄰居一起帶孩子參觀玩具展的情形。我們去早了，站在騎樓談話，不免交換育兒心得。正當我說到「決定自己帶小孩」時，有位五十多歲婦人恰巧將摩托車停在我身邊。她聽到了，竟以極熱烈的神情插話：「好！自己帶才好！妳會得到代價的。」我望著她的身影湧入熙攘大街，平凡卻又神奇。我相信剛剛她給了我她自生活中煉得的珍貴智慧。

從一個三千公克的小嬰兒到擁有百分之八十的大人腦部能力的三歲小孩，只要三年。生命最奇妙、神祕的時期便是這三年。不管大人基於何種偉大理由無法騰出三年盡量在孩子的成長現場陪伴、協助、觀賞、記錄，有一天，當大人了解錯過的事有多珍貴時，再回想那些理由，或許會覺得微不足道吧！

我不想做「一問三不知」的媽媽，所以決定留在現場，觀看一個三千多公克的小嬰兒展現神蹟。

我要的不多，只是刻骨銘心。

密語之十六

《聖經．創世紀》第三章，耶和華對被蛇引誘而偷吃禁果的女人說：「我必多多加增你懷胎的苦楚；你生產兒女必多受苦楚。」

這話字字是懲罰，是咬不斷的鐵鍊，是穿心箭。

年輕時不會把眼光停在這話上，現在，自己成為母親，腦海裡不知怎地浮出這兩句咬牙切齒似的咒。

懷胎的苦楚算不得什麼，不過九個多月，生產時的苦痛也不算什麼，這些都會過去，唯一無法消弭的是恐懼——做母親的恐懼失去她的孩子。

如此說來，神的第二句咒語不僅指生產之苦，實言之，指一輩子的為母之苦。

即使是風平浪靜地在自家陪伴孩子嬉戲，我的腦海深處仍拂不去死亡糾纏，那些聽聞、目睹過的失嬰喪子情事，每一樁像一隻死而復活的蜘蛛，勤奮地結著網。夜裡寤寐之間，常閃過千奇百怪的血腥場面，彷彿隱於泥牆、溝渠或氣層之中，有一令人憎恨的邪魔持續恐嚇：「時間快到了，時間快到了，妳會失去妳的孩子——」

失去孩子的母親於日後回想事件發生前一日或當天早上，孩子的穿著、談話、神情、動作等細節，一定宛似刀割。此時，她比任何一位神學家更能詮釋「時間快到了」背後的魔義，卻也因此陷入永無天日的自責深淵：我，做為一個母親，為什麼沒能在時間未到時翼護我的孩子！

有誰能告訴我，應該怎樣面對恐懼？應該如何做準備，假如有一天「時間快到了」……。

天空中浮雲悠然而過，來去之間不曾驚擾蒼生；地面上的生靈，死死生生也是獨自走的，不曾碰壞任何一朵雲。我試著告訴自己。

生命是苦集道場，我們以肉身為箭靶，讓看不見的神練功夫。災厄過後，能否唱出一句聖詩或在心域長出一棵菩提小樹，端看個人。

做母親的眼淚是不值錢的，不像青春少女的眼淚，珍珠似地惹人疼惜。母親的眼睛是海洋，然而狂濤巨浪也阻止不了山巔危崖上活活勒死她孩子的那條閃電。做母親的只能眼睜睜，然後用盡餘生把眼睛哭瞎。

如今我懂得阿嬤六十二歲那年哭我父親的心情了。一個老母親哭她的獨子，早上活生生出門，夜間一身血淋淋被擡回來，來不及跟相依為命的老母道別，就這麼走了。

哭，是難免的，厝邊鄰里相識的人都哭他，但哭過也就哭過了，告辭後回到自己的生活繼續度日。我們做小孩的也哭，母親也哭，然而都比不上阿嬤的哭法。她日日蹲在靈堂前掩面痛哭，這樣還不能溶解胸中之痛，常常帶我們走一個半小時的路到墳場，蹲在她的獨生子墳前哭個夠。父親的墳挨著小路，每回阿嬤走到路口即開始大口嘆氣，而後宛如一口小罈裝不了一千年的苦，她根本忘記身旁的孫子，專情地喚她獨生子的名字：阿漳——阿——漳啊！我心肝子！心肝的子喲……。

就這麼，阿嬤把自己的眼睛哭瞎。

「我必多多加增你懷胎的苦楚，你生產兒女必多受苦楚。」神說。

然而，我無法理解，一個女人怎能做到哭時哭得肝腸寸斷，不哭時又似什麼事也沒發生。從墓域返家，阿嬤耕作造飯、呵斥孫兒、調理人情往來，不減一絲氣力。她站在大竈前，持長鏟翻炒菜餚的背影，於今仍烙在我的腦海。那姿態絕非弱女子，我後來讀到荊軻刺秦的故事，頓覺阿嬤的氣概近似風蕭蕭兮易水寒。

做母親是回不了頭的。我本不應踏入鋼絲網罟，如今既入，當然沒有抽身的道理。我只是嫌怪自己不夠強壯，怕無法保護孩子、承受災厄。

換一副心情想，其實，親倫緣法裡本就涵藏離別種籽。臍帶斷，小嬰兒才有活路。想想我自己是怎麼離開父母的，孩子也會循同樣的路離開我。

「妳只能給妳的孩子兩樣東西，妳給他們根，妳給他們翼。」

父母這一行確是矛盾事業，希望把孩子拴在身邊永遠別走，又盼他闖出自己的人生。

當我回歸理智，我期許自己不是甩繩套緊緊勒住孩子頸項的可怖母親。該飛的時候，放手讓他去跌跌撞撞。做為一個獨立自主的生命，他應該自己去耕種故事、提煉人生菁華、品味各種酸甜苦辣，若一直待在父母建造的溫室內，終究只能吃到媽媽廚房裡的醬醋茶。

「你是弓，你的孩子是生命之箭，藉著你而射向遠方。」紀伯倫（Khalil Gibran）這麼說。

如此視之，父母、子女之間相處，過一天便減少一日，終會印驗「時間到了」之咒，無論是揮離或訣別。

我自知永遠無法治癒恐懼，或者，留在心上也有好處，我會隨時提醒自己寶愛親倫、珍惜時間。

有一天，時間到了，我希望自己在捨不得之餘，能燦然一笑，對孩子爸爸說：
「兒子要去的地方，絕對比我們這兒好！」

28 賬簿

過日子最不喜歡看到「漲」字，菜價漲、麵包漲、學費調漲，處處漲潮之下，養小孩也進入昂貴時代。

農業社會，誰家不是一串香蕉似的毛頭小子，固然有胖有瘦，總地說好像不花什麼錢就長大成人。到了現代，養一、兩個小孩即感吃力，夫妻倆胼手胝足還應付不了局面，大家庭制度的好處在於人多好辦事，不知不覺分攤了養育工作。小家庭凡事靠自己，自個兒做不來的，只好掏錢請人代勞。

雖然老輩的說：「飼子不惜本，飼父母得算頓（飯）。」不過，看到報紙上學者專家或投資顧問公司遞過來的恐怖報表仍不免心驚：百分之五十家庭每月育兒費在兩萬至四萬元間，百分之三十一家庭在四萬至六萬之間。從小孩出生至十八歲讀大學，約需花費一千五百萬元……。

光看這些數字，好似孩子是食人怪獸，一張嘴吃個不停，三兩下把父母啃得精光。

雖然對這些聳動的數字抱持審慎態度，但我贊成先擁有穩定的經濟能力再擁有小孩。日子是無法討價還價的，我不能理解時至現代，有人基於繁殖欲望生五、六個小孩卻讓他們三餐不繼、年幼即當童工換取溫飽的事。我寧願用有限資源培育出一個音樂家，也不要幫社會製造五個泡沫紅茶店的坐檯妹妹。

據一位很會精算的朋友說，他的小孩從出生到四歲花去一百萬。這筆賬不離譜。兩歲以前的嬰幼兒，每月基本開銷（含奶粉、尿布、副食品、衣物、玩具……等），較節省、實惠的情況下約需三千至六千元；若闊著用，如：買一堆山似的玩具，穿名牌衣服，嬰兒車、汽車安全椅……一律買上萬的舶來品，則每月基本費一定破萬。保姆費，半日托嬰的每月從一萬一千元至一萬五千元不等。若帶二十四小時，每月兩萬至兩萬五千元不等。（好保姆難求，有的人只願意做陽春保姆：只顧小孩，不含洗衣、煮食物、洗澡。我的朋友不諳行情，央請保姆在冬天時先幫小孩洗澡，以免她接回家後再洗容易著涼。保姆洗了幾天後開口，請她每月多付兩千元洗澡費，洗一次一百元。）這兩項相加，半日托嬰的每月花費一萬四千～兩萬一千元，一年需十六萬八千～二十五萬兩千元，全日托嬰的每月兩萬三千～三萬一千元，一年需二十七萬六千～三十七萬兩千元。

兩歲以上的小孩，花費只會增加不會減少。除了上幼稚園每月約需一萬元（等於將保姆費轉用）之外，最大項的花費在育樂方面。他開始要求你買電腦，買好多好多圖畫書（小人書比大人書貴多了，一本書沒幾頁就得三百元，聰明的出版社又採套書販賣，「坑」爸爸媽媽的血汗錢）。一年下來，銀行存摺裡又被砍去大半。

抱持多子觀念的人總以第二、三、四個小孩較省錢為由，慫恿尚有生育能力的夫妻繼續往下扎根、向上結果。其實，算盤一撥，就知道前頭省了幾粒芝麻，後頭依然得漏香油。除非，老大這孩子上了幼稚園後，回來教弟弟妹妹；學了英語，回家教弟弟妹妹；上了小學，回來教弟弟妹妹；進了大學，回家教弟弟妹妹，那就行。

算了支出，也得算收入。大抵而言，小嬰兒或多或少都帶著財庫來，一出生，做父母的收金子、紅包不就是嗎？過舊曆年，家有小娃娃的只要捧這粒金蛋走親戚「化緣」，豈不滿載而歸？固然這一筆人情往來日後得由做父母的還，但現金收入總比開出去的期票討人喜歡。即使像我這種對金錢沒什麼概念的人，也不免在過年時摸一摸小傢伙的頭，巴結地說：「小帥哥，見了人要說恭喜恭喜喲，媽媽的年終獎金全靠你了！」

果然，這傢伙挺識時務，一歲半碰到過年，見了人會雙手合抱上下擺動做「恭喜」狀，現金增加不少。

我準備了一本賬簿，權充他的會計小姐，替他記下每一筆收入。凡出生賀禮、過年壓歲錢、周歲禮金……無不登錄有案。將來幫他開戶，無論是放定存孳息或投資股票、基金，年年本金利息滾下來，或許夠他將來當教育費。

我這個做媽媽的觀念與人不太相同，養育孩子是義務，至於孩子從出生起的每一筆收入都應歸他，做父母的不宜中飽私囊。如此幫他儲蓄、投資理財，再加上依父母能力按月存入教育基金若干，二十年下來，必有可觀。

小傢伙帶來的「財庫」不算太小，頭一年「年薪」超過十萬。也因此，我們做父母的想到他一人承接那麼多寵愛，而社會上處處存在著因家庭破碎而物資匱乏的孩手，實是不公平。我們決定「陪對」：他人幫我們寵愛小傢伙，我們盡力援助身陷困境的孩子。這麼做，無法改變這個充滿罪愆、邪惡的社會，但至少減低我們的愧意。

我希望小傢伙長大以後不是自私自利之輩，我希望他伸箸夾取山珍海味的剎那，能想到連粗茶

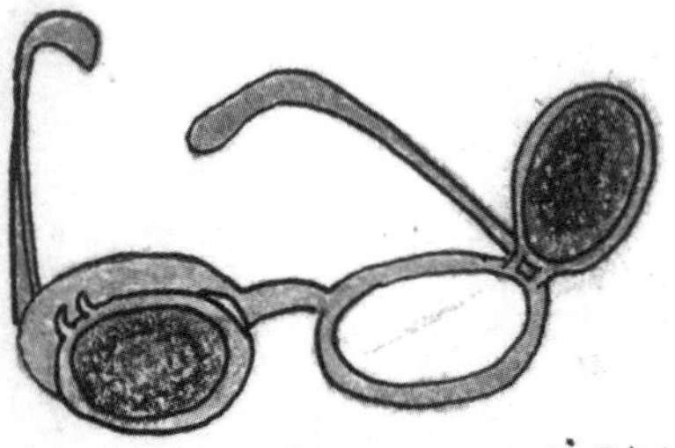

買了這個給小孩戴的可掀式騷包太陽眼鏡，大頭大臉的你戴起來真像黑道大哥，酷得不得了，令我們捧腹大笑。沒想到你「以其人之道還治其身」，逼我們戴給你看。那陣子，只要你拿眼鏡過來，我就說：「去叫爸爸戴！」沒多久，那邊傳來：「去叫媽媽戴！」

淡飯都吃不起的人。

每個父母免不了幻想孩子將來的日子豐碩得像一尾大鱸鰻，無須躋身富豪之列，但最好是頂級小康。我自然不例外。但當報紙、新聞成天挖掘土地弊案、軍購弊案、工程弊案，而那些污了數百萬、數千萬、上億元民脂民膏的人個個面無悔意地面對鏡頭時，我不禁怒火中燒，恨恨地對小傢伙說：「你以後要是敢當貪官污吏，我就算躺在療養院病床上，爬也要爬起來揍你一頓！」

在老一輩媽媽們眼中，孝子的第一要件是把薪水袋交給媽媽。那是因為舊社會女人無經濟能力，因而特別看重這一項。到了現代，我及我的同輩應無這種非分之想，不過，嘴巴上唸一唸也無傷大雅。

有一日，我問一歲半的小傢

伙：「你以後薪水袋要交給誰？」

他笑嘻嘻地說：「爸—爸！」說完，跑開。

「什麼？再說一遍！」我做出怒容，追他：「薪水袋交給誰？」

「爸爸！」他笑得好開心。

「好哇！」我瞇起一隻眼，說：「看來，今天的晚餐得取消嘍！」

29 父子臍帶

孩子爸爸做夢也沒想到，結束十七年異國生涯返台不到半年，不僅結了婚，還得迎接一個小嬰兒。

如此柳暗花明又一村的際遇，對前中年期男子而言，也是雙重考驗。

做父母，必須從頭學起，男性比女性更得費功夫用心學習。女性擁有某些細膩、精準的天賦，使她在面對嬰兒時能很快抓住重點，知道從何做起。男性則較遲緩，加上從小備受呵護，無須發揮這種能力，家庭、社會也不鼓勵男性善體人意、體貼入微與體察他人感受，因此，在嬰兒面前，男性幾乎只會扮演「可移動、會發出聲音的家具」。

過去的婚姻結合模式與現代不同，我祖母與母親那輩女人從不抱怨男人不幫忙家務、不褓抱小孩，相反地，她們之中有人還看輕進廚房或幫太太晾衣服的男人呢。現代婚姻則是兩個完整的圓圈的交集，「主內」、「主外」的界線模糊了，各有各的事業、經濟、人際、興趣，誰也不能強制要求對方為自己犧牲。在過去的婚姻裡，「犧牲」這道菜總是夾給女性吃，並被視作婦德的表現；在現代，小倆口的餐桌上若還有這道醬菜，其後果不輸在床鋪上放一枚地雷。

因此，當現代女性重新修「家庭」學分時，男性也必須學——而且，由於過去「曠課」太久，更應加倍用功，免得被「當」掉。

「家庭學」至少包含：自我實現（生涯規劃）、夫妻共同成長、親子關係（上及父母下至兒女）、經濟實力及人際網絡五大項。每樁婚姻對這五項的比例分配各有不同，誰也無法借他人藍圖。當然，也只有自己才能設定是五分之二抑或五分之四不及格時，才把婚姻「當」掉。

我更喜歡用籌組「家庭股份有限公司」的合夥人關係來替代「婚姻」——這個舊名詞讓我聯想到孳生登革熱病媒蚊的廢輪胎。既是股東，即享有同樣的權利義務，雙方必須同心協力貢獻所長，開拓業績，創造利潤。

沒有一家公司的經營者能容忍合夥人長期虧空或擅自在外招募股東（外遇）或得罪資深顧問（父母）、虐待一級主管（子女）……。

大部分的女性不會要求男性必須身懷十八般武藝，做起家務像資深老媽般利索。女性更在意的是，男性是否秉持真誠與責任，為共同的家庭公司付出。

一見鍾情時的愛只是火種，建立在均衡、公平原則上持之以恆的付出是柴薪，唯有如此，這愛才能繼續發展出光熱，才能把根鬚扎入地層，才能成為百千萬億人中唯一不可替代的另一半。

孩子爸爸是少見的、願意學習「家庭公司」業務的人。他從小到大（與我結婚之前）恐沒做滿一籮筐家務，平生最愛窩在研究室「想」研究——想得出，正好一鼓作氣想下去，自然不會離開研究室；想不出，心裡不服，更不會踏出研究室。因而，堪稱是普遍存在於學院裡的「研究室動物」。

小傢伙一出生，他的生活像平靜的高山湖泊有人開來一部挖土機。

剛開始，他抱小傢伙的樣子讓人捏一把冷汗，其狀若耶穌上十字架，小傢伙是垂頭耶穌，他是那架子。經每日練習，倒也進步神速。換尿布的手法也不夠精緻，像發酵過度的大包子，後來差強人意。他對自己的「手眼協調」沒信心，不敢幫小傢伙洗屁股、洗澡，僅做些類似二廚的事，放水、備巾之類，待我這大廚出馬料理。

孔夫子因材施教理論放在育兒分工上也通，他專揀擅長的做，如：沖泡牛奶、洗奶瓶、購買嬰兒必需品。對我而言，只要他願意做，不嫌遲也不嫌少。

到了現代，男性比女性更應該問：「為什麼我要參與、分擔育兒雜事？為什麼我要陪孩子成長？」我之所以這麼提問，乃因為在我眼中，大部分男人是不懂得怎麼做爸爸的。因此，他們與孩子的關係若非建立在僵化的權威上即是形同虛設，而兩者殊途同歸。

男人最常用「等待」與「補償」這兩條破抹布搗女性與孩童的嘴：要求對方等待以及將來我會補償。用這兩種句型造句即是：等小孩六個月時，我會推他出去散步；等他一歲，我會開車帶他去動物園；等他六歲，我會帶他去旅行……。

忽然，小孩長大了，不需要你了。

小傢伙的爸爸沒有缺席，他認真地做著每一項瑣細的育兒雜事，其意義不在於協助我，在於一點一滴建立他與兒子的親密關係——這是他的權利也是機會。當這條柔軟且甜蜜的「父子臍帶」建成，將來，他們即能直接對話、互動，無須透過我這個媽媽。

小傢伙滿一歲以後起得早，約清晨六時即醒，喝過牛奶後，孩子爸爸抱他出去散步。附近小公園有老先生、老太太做香功，父子倆在一旁看，也算另一種香功，鄰居們對他天天抱兒子散步都留下好印象。有幾次，孩子爸爸奇怪，小傢伙怎麼自個兒在揮手？後來發覺是小公園對面二樓一個老奶奶探頭與小傢伙揮手之故。因而每日蹓到那兒，總會與她點頭問好。有一天，老奶奶從二樓窗口丟一塊餅乾下來，說給小傢伙吃。又有一天，她丟兩塊餅乾下來……。沒見過她在附近活動，也許不良於行吧！

孩子爸爸抱小傢伙散步的身影，說不定已成為老奶奶每天早上必看的風景。

有一回，正值父子倆黃昏散步之時，一位高中生放學返家，經過他們，看了一眼，走沒幾步，又回頭看一眼，大約忍不住，乾脆對孩子爸爸說：「欸，你長得很像你兒子！」

孩子爸爸聞言，糾正他：「是我兒子長得很像我啦！」不過，若依照「孩子是大人的父母」這句話，那位糊裡糊塗的高中生說的也沒錯。

雖然，大部分時間小傢伙還是黏我，但漸漸有些事，他指名要爸爸做。

晚餐時，他坐在餐椅裡，由我們餵飯。孩子爸爸餵的次數較多，有時，小傢伙不要我餵，咿咿啞啞自己捧起飯碗遞給爸爸，要爸爸餵。

「撒嬌！」我說。

大熱天，父子倆都理平頭，我看他倆的模樣甚覺好笑，不免嘲一嘲：「好一個老賊禿跟小賊禿！」

一歲三個月左右，小傢伙認得爸爸的車、自己的家。我在床上疊衣服，他看我一落落分類好，會抓起爸爸的襪子爬向五斗櫃，站起，開抽屜，把襪子塞進去。

「你兒子連你的襪子放哪裡都知道哩！」我對他說。

那陣子，小傢伙早上看爸爸開車上班竟哇哇哭起來，吵著要跟。再大些，他明白爸爸「上班

紅色的發條螃蟹，
拴緊背後發條，一著陸即
橫行霸道。
沒錯！你就是
我們命中注定的
超級大螃蟹！

去」，會站在門口非常賣力地揮手，以他的大嗓門說：「爸爸，再見、Bye-Bye啦！」晚上回家，他會說：「爸爸下班啦，散步！」

平日家居，只要是小傢伙的事，孩子爸爸之謹慎小心勝我數倍。生了病看醫生，他會詳細問清楚醫生開了什麼藥（其狀若教授給學生口試），回到家先查《常用藥物治療手冊》，弄明白他兒子要吞的那些藥有什麼副作用。若打破玻璃罐，他嫌我打掃、擦拭得不夠徹底，乾脆自己再擦幾遍，以掌數地確信連玻璃原子都無才放心。凡小傢伙的餐具、吃食，他的要求簡直近乎潔癖，我們家可能是屈指可數的，以奶瓶消毒鍋消毒奶瓶至小孩兩歲的家庭。我雖覺得不必如此，但依然照他的意思做——反正沒壞處，而且大多是他洗奶瓶的嘛。

起先，我以為他做的只是一個現代爸

爸最起碼該做的事，後來才從周遭親友間比對出他的「優異」；原來，有那麼多男性年紀一大把了還停留在「被寵壞的小男孩」位階，以致拒絕長大、抗拒學習如何做爸爸。他們不願意進入父親角色，想盡辦法規避、逃逸，甚至一走了之。

他們不明白自己失去了多麼珍貴的事物。

不管父親有沒有在現場，小孩都會長大。至於成長過程裡的某些空缺，等他大了，自有自己的詮釋與批判。

我與孩子爸爸都是看重付出與責任的人——可以不玩這遊戲，要玩，就得認真。我們無意頂戴「模範」之帽，只是自覺既然帶一個生命到這世上，就應盡力營造較好的環境供他成長、學習。我們是他最親的人，若我們不盡責，誰為他盡責？

我相信小傢伙都理解，每一日每一夜，我們給他的愛源源不絕。因著這一份親密，若有十個執新奇玩具、五彩糖果的女人站在他面前，他會走向空著手的媽媽；若有十個拿各式各樣玩具、餅乾的男人在他面前，他也會走向理平頭、戴眼鏡，手裡什麼也沒拿的爸爸。

原因無他，親情就是唯一的解答。

30 小野蠻人

一般而言，男孩在學步與語言方面的發展較女孩慢。大部分小女生未滿周歲即能邁步，有的更是膽大藝高，在第九個月就敢放手向前行；當女孩喊喊喳喳講一整句話時，男孩還在單字複音地摸索語言的遊戲規則。

小傢伙學步學得慢，生性也較謹慎，只敢扶沙發挪來挪去，任憑我如何鼓吹，他就是不放手走。其實，時間到了，孩子自然學會每一階段功夫，他們各有各的時間表，只要各項發展還算正常，做父母的不必斤斤計較。

一歲兩個月，小傢伙放手走兩、三步。本來以為他嘗到行走的甜味，應該很快就能控制雙腿運動。孰知，這傢伙非常節制，每日只肯練習一、兩回，依然恢復爬行。因此，學步期間沒怎麼跌跌撞撞，他好像把學步當作上健身房、跳韻律操，並且懂得避免運動傷害。

長第十三、十四顆牙。喜歡玩「躲貓貓」遊戲，會自己蹲下來，把頭壓低（以為如此別人就看不見他），再突然站起，咧嘴而笑，狀甚得意。

這時期的小娃兒開始進入旺盛的學習欲與理解力，他們不再是吃喝拉撒睡的小嬰兒，然而，離能夠與之溝通、講理的幼兒又有一段路，因此常有出人意料的舉止。

有一天在客廳，我幫他換尿布，隨即將髒尿布捲成一圈，他見狀立即爬向沙發角落放垃圾桶的位置，指著垃圾桶，咿啞而言。我明白他要我把髒尿布丟入垃圾桶，遂說：「你拿去丟好不好？」他立刻爬向我，撿起尿布團，再爬向垃圾桶位置，站起，我取出垃圾桶讓他丟入。這是第一次，他自動表達他已理解的事情：「垃圾」、「垃圾桶」、「丟」三者之關聯。對大人而言，丟個垃圾有什麼好大呼小叫的，然而對孩子來言，這卻是很重要的一步，它意味著：小小的腦袋瓜已啟動，朝向複雜的領域進軍，他正在摸大人的底細，藉以建造具有主體性的自己。

從此後，小傢伙會丟垃圾，也知道房間的垃圾桶在哪裡（連別人家的也找得到）。接著，會把換下的衣服拿至洗衣間。吃完奶，將奶瓶送至待洗處。

小野蠻人的一面也開始現身了。喜歡唱點兒反調，我若說：「吵死人！」他會故意大吼，吼至臉紅脖子粗。我越是摀耳朵，他越要大吼。

另外，「領土觀」似乎也出現了。

某日，學妹一家來訪，她兒子與小傢伙同年，看來溫文有禮，十分惹人疼愛。我們原以為小傢伙與他都是「嬰之一族」，兩人應會惺惺相惜。怎料，小傢伙對他甚不友善，竟然出手打他，把他嚇哭了。我從未見他如此凶悍，甚感不解，僅能歸諸動物鬥性及領土觀作祟。在他眼裡，說不定把他當作「外敵入侵」，他這個土霸王不得不御駕親征。若他們易地而處，換小傢伙當客人，說不定對方也會對他「飽以小拳」！

觀察一歲三個月小孩的學習展覽是種樂趣，他不會向你講解各個步驟，說明他如何學會；反

小孩絕對是識貨行家。這個木製玩具相機據稱可以訓練小肌肉之發育。不過，你不屑玩它，你大吼大叫就是要那個放在玻璃櫃上層的「真相機」。好吧！敗給你了！沒多久，「真相機」真的只能當玩具了。

之，常常出其不意地展現學習成果。而你在驚訝之餘，卻無法以自詡比他聰明數十倍的腦袋倒溯其學習步驟。甚至，你不免疑惑，在你面前這個只敢搖搖晃晃走幾步的小人，到底是先學會一些基本動作（或物件）與簡單的邏輯關係，再進階理解較複雜事物，抑或，先囫圇吞棗大人世界的事件，再抽絲剝繭、分類排比，提煉出最基礎的遊戲規則與邏輯關係？

小傢伙對空間、位置、事物之間的關聯頗敏銳，很多事物教一、兩次就會，甚至無須教，看大人如何做即了解怎麼回事。

我常以「測試法」理解他知道了什麼。某日，我拿出小鍋與量米杯，問他：「要煮飯了，請問米放哪裡呀！」他立刻往廚房置物櫃爬去，奮力拉出黑色桶子，他知道米放在裡面。

即使是生活中最不起眼的衣櫥，在小傢伙看來，其樂趣不下於聚集各種珍奇動物的原始叢林。每次進臥室，他站在大衣櫥前，像迷路小猴兒重返家園，打開六扇門，盡情拉、扯、抖、擰、擲那些折疊整齊的衣物，手法比小偷或檢警人員還俐落。起先，我急著收拾，阻止他的不良舉動，後來也麻痺了，隨他舞弄吧，坐在床上看我的報紙。因而，他很快摸熟大衣櫥的秩序，知道每人的衣服區域，連內衣、襪子、手帕放哪裡都知道。

對小孩而言，衣櫥可能是他們的第一座魔術大屋，充滿奇異的吸引力。回想我小時候喜歡鑽入媽媽的大衣櫥躲起來的情景，現在，從小傢伙身上又看到自己的影子。衣櫥隱喻著「躲藏」與「尋找」，對人類言之，這兩種質素永遠具有不可抗拒的魅力。無怪乎，路益師（C.S. Lewis，電影《影子大地》據其生平故事拍攝）在《獅子・女巫・魔衣櫥》（*The Lion, The Witch and The Wardrobe*）童話故事裡安排一個大衣櫥，讓玩著探險遊戲的孩子們經此通往神祕王國。

一歲三個月的小孩知道的事情漸漸多起來。若在附近小公園散步，他知道家的方向，也弄清楚幾位鄰居的家住哪裡。他知道鑰匙是用來開門的，一併記住鑰匙放那兒。會學我拿筆在紙上亂畫。認識四、五種水果。吃完東西，叫他把碗拿到廚房，他照做。會說：「媽媽再見」、「謝謝」、「出去」（表示要散步）。知道家中大部分家具、用品、家電的位置，從冷氣、電視、音響、冰箱、微波爐、牙刷、帽子、鞋子到報紙、餅乾、水果籃、書、CD、繩子……只要教過一遍，他就記住。認得爸爸的車及停放的位置。若要出門，會非常「雞婆」地幫我拿手錶、鑰匙，幫爸爸拿背包。知道自己的故事書放哪裡。會玩虛構遊戲「摘水果」——我伸手朝半空做摘水果動作，同時配音「嗒」，捏水果送至嘴裡，做出咀嚼、吞嚥動作，並且「啊」地露出滿足表情。再摘一次，請他吃，他亦學我做咀嚼、吞嚥狀。以後我若說：「嘿，摘水果請媽媽吃吧！」他就學我朝半空東捏捏西弄弄，有時我會故意挑剔：「啊！這什麼水果？香蕉！呸呸呸，這香蕉沒熟嘛！難吃難吃！」他見狀甚樂。

學走路是這時期的重要功課，跌了幾次，他敢放手了，巔巔盪盪像隻胖蝴蝶，沒多久走出興趣來，從此不再爬。

那是喜悅的，看一個好小好小的嬰兒長成會走路的小幼兒，學會控制造物者給他的這部精密、新奇的小身體。這真是大事，從此小小人兒擁有行動自由與方向——此乃建造自我世界之經緯。一年多時間，於旁人看來極為迅速，只有做媽媽的了解有多緩慢。除了靠他自己努力，妳給他的愛、為他流的汗、擔的怕、操勞過度的困倦、鼓舞的言語……皆是護持一株小苗成長的陽光、雨水與肥料。妳付出越多，他長得越壯。從翻身、坐起、爬行、站立到終於會走路，這孩子離他自己的世界愈來愈近，而做媽媽的終將成為另一個星球。

喜悅摻雜傷感之餘，日子進入緊急追緝令，每天上演「官兵抓強盜」戲碼。首先，每扇門的鑰匙都得找出，插入鎖孔或吊在牆上，以防他反鎖（一般浴室的門沒鑰匙，若反鎖，以一元硬幣即可打開喇叭鎖）。此外，室內一百二十公分高以下所有會打破的鍋碗瓢盆、花瓶糖罐、熱水瓶茶壺，會產生危險的檯燈、電線、插座，不宜玩耍的垃圾桶、面紙、拖鞋……統統得收拾乾淨。

我的鄰居將電話牽至廁所，垃圾桶放在大魚缸上，熱水瓶放冰箱上。這一點也不好笑，身歷其境的人都恨不得把所有東西釘在天花板上。除此之外，妳還得沙盤推演：他會不會扯下桌巾，讓熱湯熱菜給燙了？有可能，桌巾收了吧！他會不會爬高爬低，摔得滿頭包？會不會在浴室滑倒？會不會吞食硬幣、鈕扣、圖釘、訂書針……。

最安全的地方是家，最危險的也是家。即便我已盡可能防止意外，但總是等事情發生了，才明白疏忽之處。

一樓通往二樓的樓梯轉角放置CD櫃，他老是喜歡拉開拉門把玩CD，每一片CD外殼破的破、裂的裂，慘不忍睹。我一氣之下，用膠帶將拉門封起來。某日，他又膩在那兒，我跟在後頭看書，沒想到這傢伙力氣不小，用力一拉，整座CD櫃倒下，壓住他，他往後倒、跌落兩階樓梯，CD櫃直躺躺壓在他身上。幸虧我眼明手快，在櫃子重重壓下的最後一秒伸臂擋住，否則後果不堪設想。他厲聲大哭，顯然嚇壞了。我摟著他一直說抱歉，自己也嚇出一身汗。幸好他毫髮無傷，要不，我會哭出來。事後，實在弄不明白事情發生的來龍去脈，也懷疑自己怎有迅雷般「神功」？樓梯間掛了一幅飛龍的「佛」字，若問小傢伙「佛」在哪裡，他會指那字。只好把整件事歸於佛祖保佑！

浴室也是狀況頗多之處。自他會坐以後，我每日先幫他洗浴，讓他坐在大澡盆裡玩玩具，自己再乘機洗「戰鬥澡」，還得一面像乩童般叨唸：「不要站起來，坐好喲，你玩大罐子、中罐子、小罐子，媽媽再一下下就好了！……」有一回，他不知怎地突然站起來，腳才跨出澡盆就滑倒了，我火速拉住他的膀子，人沒怎麼跌，可是下巴碰到浴缸邊，我看見他嘴裡流出血，嚇得快呆掉了，趕緊強行撐開他的嘴巴，原來牙齒咬破舌頭邊，小傷，沒事兒沒事兒。

他沒事兒，我的胃病又犯了。

神出鬼沒的「豆腐攤子」最能形容這時期的小孩，碰了就跌、撞了就倒，可他又常常不聲不響地站在門後，你一開門，正好撞倒他；或是尾隨在你背後，你一轉身，不偏不倚碰倒他。經過幾次教訓，我的動作變得和緩，開門前先刺探刺探，要轉身邁步也先看看有無小人跟監？

滿一歲三個月後，他開始學習拿湯匙吃飯。而隨著他的智能與體能的發展，我不得不用繩子將冰箱的門圍起來——那些取笑過我的新手媽咪，沒多久，也如法炮製。

一個會開冰箱的小孩帶來的諭令是：這個家進入動員戡亂時期。

31

做牛做馬

讓我記下一歲半左右小傢伙的伙食：

- 早餐粥：綠豆仁加薏仁粉先煮爛，再拌入綜合水果麥粉、牛奶。
- 午、晚餐粥：以高麗菜、毛豆仁、洋蔥、胡蘿蔔、雞肉（或牛肉）、香菇、蒜瓣、胚芽米、蕎麥、燕麥熬成。
- 配菜：蛋黃、鯛魚或瓜類、豆腐、蒸蛋（蛋黃加七十CC冷開水及少量奶粉，拌勻蒸熟）。
- 水果：以蘋果、柳丁、水梨、香蕉、木瓜居多。
- 零食：只供應米菓、優格（原味，小傢伙接受其酸味，吃習慣後，每日需吃半盒）、小魚乾、葡萄乾、果凍
- 牛奶：每日四至五次，約六百CC。

由於三餐定時定量，且無吃零食習慣，小傢伙的身體發育還算正常，尤其力氣頗大。老輩的說，小孩的奶頭若相隔較遠，表示力氣較足，這一點倒是在他身上印證了。

不過，再怎麼細心呵護，生病在所難免。從滿十一個月到一歲半，長達七個月期間，他每月在頭上長一粒膿瘡。換言之，每隔一段時間就得向家庭醫師報到，服用抗生素，數日後再請醫師為他擠膿、消毒瘡口。這種不大不小的症頭，把我們兩老快逼瘋了。理平頭、開冷氣、避免流汗、注重衛生、多吃涼性食物……都照做了，這傢伙的大頭照樣孵瘡。

「長什麼瘡！你是朱元璋轉世啊！現在是民主時代，不流行臭頭皇帝啦！」我罵著，幾乎失去耐心。孩子爸爸一想到小傢伙得吃抗生素，心裡痛苦極了。

醫生說，毛囊阻塞、細菌感染引起的，多注意清潔（天啊！我還不夠愛乾淨嗎）。老輩的說，跟體質有關，長大就好了；習中醫的朋友說，陽氣上升，表示這孩子生命力旺盛，不礙事。有人建議採食療，多吃綠豆、薏仁、蓮藕、冬瓜、苦瓜……。又有人說，青蛙燉蒜瓣。還有的直截了當指示：吃蛇湯啦，不騙妳，一吃就好了。

除了蛇湯，我都試了。但我相信是天氣轉涼他才不再孵瘡。果然，夏天一到，汗流浹背，臭頭皇帝又來了。

「去去去！搬到南極跟企鵝做鄰居！」我綠著臉說。

打電話向母親訴苦，她卻說：「像妳，妳小時候也長！」這真令我下不了台，所謂遺傳，就是做賊的不能喊抓賊。「好吧，」我對孩子爸爸說：「小傢伙頸部以上得我的遺傳，頸部以下若出問題，歸你。」

據說多吃青蛙有所幫助，婆婆每週一次、大清早坐公車到傳統大市場購兩隻養殖蛙，我燉蛙，每日盛小半碗由孩子爸爸餵他吃「嘓嘓湯」。

（青蛙是我喜愛的小動物之一，從不吃牠，喜筵上偶見蛙肉料理，亦不動箸。為了治療小傢伙的瘡症，不得不料理之。然，每次燉煮之前，清洗已去皮、無頭之蛙體，仍有不忍。常在心中為之禱祝、致歉。）

每個孩子或多或少帶了小賬簿來，在成長過程中，身體得付本金利息，當然也就急壞了父母。隔壁四歲的佑佑，在八個月大時痙攣發作，從此需每日服藥，隔一段時間得照腦波、抽血驗肝功能，藥必須吃到腦波正常為止。聽聞一位朋友的女兒是先天弱視加上鼻子過敏，另一位是一出生就因腸子異常開刀，後遺症是易引起沾黏，才三歲已發作兩次，住院插管、禁食，百般折騰。有的是踮腳尖走路，有的嚴重過敏，家中禁用地毯、棉被、窗簾、布沙發，視塵灰菌蟎為大敵。還有的帶了氣喘、心臟病。有的是過動、有學習障礙……。這些都是我周圍的案例，做父母的談起孩子的病症，莫不皺緊眉頭、眼眶含淚，憂慮之情溢於言表，可見一個孩子一本經，沒一本好唸。

都不給父母找麻煩的小孩是天使，若非來報恩就是做客，帶賬簿來的才會跟父母廝纏一輩子。我安慰自己。

家裡有個練習自己吃飯的小子，意味著必須實施「三布政策」——擦地抹布、擦桌抹布、拭臉毛巾。此三布餐餐不離手，一有狀況（如：舀一匙飯，效天女散花；或以手抓飯，再往頭、臉抹；或把飯吃進衣服內）立即抖布，或立或蹲或跪，擦拭乾淨。要不，家裡會有大隊螞蟻雄兵前來尋寶採礦，最惹人厭的蟑螂亦會在你面前快活地出沒。

小傢伙不喜歡穿圍兜，初始還願意讓人餵，一歲半以後極有主見，喜歡自己吃飯。那真是一場「飯粒戰爭」，脾氣每每被逼到火線邊緣，但又不能制止一個有學習欲的小孩，只好在匍匐擦地之時，將自己的情緒「卡通化」，竄改小時候看過的「小蜜蜂」卡通歌詞以自娛：「有一坨小飯粒（原詞：有一隻小蜜蜂），飛到東呀飛到西，嗡嗡嗡嗡，嗡嗡嗡嗡，有擦不會長螞蟻！」

這是你最喜歡玩的玩具之一。我用它教你圖形與顏色。一歲半左右，你學會拼它，並且能指出每個圖形的位置。後來，我給你玩十六個圖形的拼板，你也很快學會。我有點沮喪，看來，你遺傳到爸爸的數學，而非媽媽的文學。

遊戲是這時期小孩最重要的事，透過遊戲得以更快地學習。我買了各階段的玩具供他玩樂，但他對給小小孩玩的玩具不感興趣，反而對較複雜的幾何圖形拼板、數字拼板感到好奇。我喜歡具有益智效用的玩具，避免購買刀槍棍棒之類跟家裡的玻璃櫃過不去且只會助長暴力的東西。我也不贊成把學習大事全部交給玩具，那是不負責任的。孩子最需要的是引導、啟發、示範、解說，大人若願意做他的導遊，生活中處處都有比玩具好玩幾十倍的事物可供學習，不必花一堆錢買冷冰冰的玩具。譬如：認識蔬菜水果，只要撥出一些雅量，把冰箱內的蘋果、香蕉、

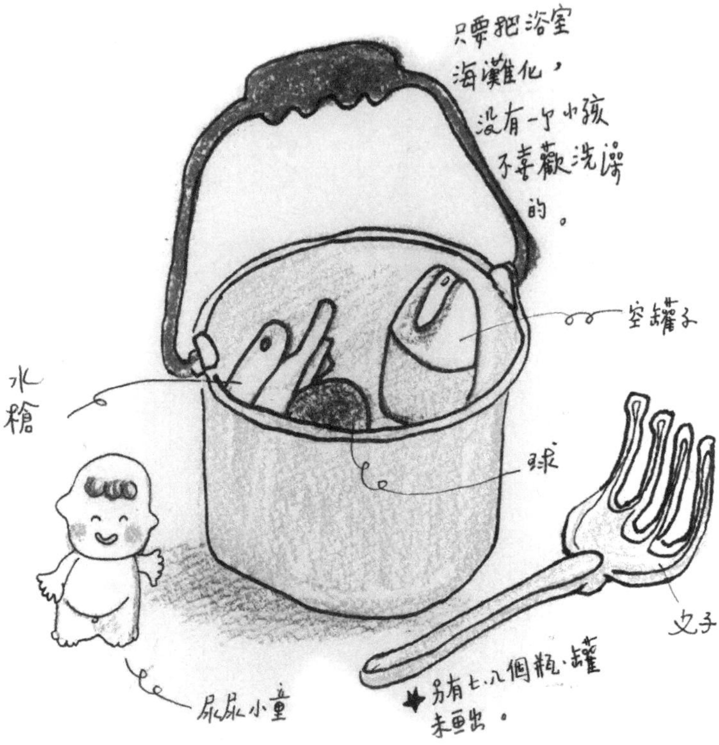

木瓜、番石榴……取出放在地上，供他戳、捏、咬、抓、摔，即可達到綜合學習的效果，比買圖片、塑膠水果，再教他「蘋果是紅的」、「香蕉是甜的」、「番石榴是硬的」真實。再說，若把「時間」因素加進來，蘋果不一定是紅的，香蕉不見得甜，番石榴有可能很軟。

媽媽親自帶與托予保姆最大的不同在於教導與唱遊，媽媽像礦脈，要時間有時間、要耐心有耐心、要愛有愛，一切都是免費的。媽媽會把握生活中的機會教育與隨機學習，源源不絕地供給一個以豐沛的熱情想要認識這個世界的小小孩。

我收集日用品的空罐、空瓶（如優酪乳、洗髮精、酵素、沐浴精……），洗淨後當作小傢伙的洗澡玩具。大澡盆浮著七、八個瓶瓶罐罐煞是奇觀，他也玩得甚樂。有一次，我問他：「你會不會把每個瓶子的蓋子找出來，旋好，我們明天洗澡時再玩。」讓我驚訝的是，他毫不遲疑地「組裝」完畢，一個也不差。沒多久，我利用這些瓶瓶罐罐教他「大小」概念，他也很快能辨認「哪一個瓶子最大」、「哪一個罐子最小」的問題。凡色彩、圖形、大小、長短、輕重、數、次序等基礎知識，都可以在生活中找到教材，不見得需要仰賴玩具。即使是小孩喜歡的「組合」遊戲也能自行研發；有一回，我把十幾雙大大小小、五顏六色的襪子全部拆散堆在床上，叫小傢伙幫忙「尋親」，我手套一只襪，演布袋戲：「我叫小豆豆襪襪，我的哥哥不見了，嗚嗚嗚，小朋友，請你幫我找一找好不好？」當他高高興興找到另一只交給我時，我將它套在另一手上，雙手作擁抱狀：「啊！弟—弟——啊！哥哥——我們終於團圓了！」接著，兩只小豆豆襪襪熱情地親吻小傢伙臉蛋，呵他癢癢。

詹姆斯・馬歇爾著《喬治與瑪莎》（James Marshall, *George and Martha*）與阿諾・羅北兒著《羅北兒故事集》是我頗喜愛的童書，我一向對迪士尼沒感情，因而給小傢伙選的故事書不免有點超齡。不過，我不擔心這個，讓他泡在閱讀的氛圍裡比他能否讀懂更重要。耳濡目染之下，他對《大象舅舅》情有獨鍾，常常打開專放故事書的櫃子，找出那本書，喃喃唸著「大—舅」（省稱），要我講故事——當然，只有三分鐘耐心。我也乘機簡介每本故事書的書名及內容，一陣子後，他認得大部分的書。我試他：「把《露西兒》拿給媽媽！」他取對了，《小房子》、《貓頭鷹在家》、《老鼠湯》……等也都拿對。

這真是有趣的事，小小孩到底用什麼法子記住這麼多東西？家有小野蠻人的都會驚訝於他們大字不識半個卻會操作電視、音響的本領，或許，觀察與模仿是學習的基礎，而關乎圖像、色彩、位置的記憶力與綜合運用能力，是他們辨別、讀取特定事物的關鍵吧！

一歲半小孩已會「貪婪」地索求繁複的「睡眠儀式」，你得搬出法寶讓那兩顆炯炯有神、滴溜溜轉動的眼珠子慢慢靜止，讓嘻嘻哈哈爬櫃子跳床、丟枕頭打滾的小頑童躺下來打呵欠。就算大人有鐵打的身體也會被這套排場磨得軟趴趴，幾度發覺自己「睡過去」兩、三分鐘，突地驚醒，繼續對正在搜抽屜內玩具、雜物的小傢伙做「心戰喊話」：「睡覺—了，幾百點了還不睡，我——哈（打呵欠聲）——會打屁屁的喲！」

唱兒歌似乎不管用了，我發明「睡睡鳥」——用舌頭抵上顎發出「滴嘟」聲，音似啄木鳥躲在空樹幹內啄弄。我摟著他躺下，對他說：「睡睡鳥來了，嗯，他要跟你講悄悄話！」便附耳發出滴嘟滴答聲，再變音小聲說：「嗨——我是睡睡鳥啦，你快快睡覺，等一下我到你夢裡找你玩好不好？」他有點被唬住了，笑得很得意。我問：「睡睡鳥跟你講什麼？不跟媽媽說啊？好吧好吧，那是你們的祕密！」

有時，他會要求看故事書。床頭一落大人、小人書，我隨意翻幾頁，他也取自己的書攤在床上要我陪他看，《小房子》與《三隻山羊嘎啦嘎啦》是他較喜愛的，尤其是維吉尼亞・李・巴頓（Virginia Lee Burton）的作品，敘述環境變遷的《小房子》，幾乎是每晚必看。他對第一頁——一對夫妻與三個小孩、一條狗、一隻貓、兩隻鳥在小房子周圍戲耍的情景很感興趣，常指著圖發出「這……就……搭子……」聲。維吉尼亞的繪圖手法傾向繁複、細微，層層繪製，形成旋轉感；小傢伙觀察入微，竟能看出第一頁圖中，穿大蓬裙、背對著站在樹下的媽媽懷抱一個小嬰兒，小臉蛋從她的肩頭處露出。當他指著小臉蛋說「寶寶」時，我還回說：「什麼寶寶？那是小朋友的媽咪！」後來框上眼鏡一看，果然有個小得不得了的寶寶。我自個兒找台階：「喲！幾日不見，她又

Pooh
你把「噗噗熊」說成「屁屁熊」，「小熊維尼」叫成「笑死維尼」。
卡通裏有一幕，小熊吃太多蜂蜜，結果卡在洞裏出不來。你堅持說，小熊是因為吃太多葡萄乾才卡住的。「吃蜂蜜啦！」我說。「吃葡萄乾。」你說。

生啦！」

為了哄睡，我的布袋戲生涯也如火如荼地展開。床頭有幾個填充布偶，小熊維尼、小青蛙、米老鼠及可裝零錢、鑰匙的咖啡小熊。它們分別有了個性與背景，流浪漢米老鼠，喜歡換池塘的小青蛙及擁有萬貫家財卻自認為是個囚犯的咖啡小熊。我的劇本既簡單又隨興，有時反映當日生活情況，透過布偶「模擬」小傢伙的經歷（如：到小公園騎車、到外婆家……），由於內容逼真，他顯出興趣，大約也在回味自己的經驗吧！有時則乘機教導、暗示生活上的事件或禮節。有一陣子，小傢伙極不喜歡用吹風機吹乾頭髮，為了這事兒，幾乎快把我的脾氣磨爆了。於是，布袋戲就出現小青蛙請教米老鼠，洗完燥後如何把那麼多毛毛弄乾的內容。「用吹風機呀！」米老鼠嗲聲哆氣地說：「獅子也用吹風機，猩猩也用，大家都用啊！」次日，洗完頭後，他又東躲西藏不願吹風，我便說：「你問問米老鼠，他是不是用吹風機吹頭髮？人家獅子也用，猩猩也用，就你不用，那麼你跟他們不是好朋友嘍！」他有點被說動，我乘機速戰速決：「快！媽媽用最快的速度吹，數十下就好了。一二三四……」

冬日時，演得有些乏了，便胡亂來一段擠被窩取暖的劇情：小布偶們吵著要跟小傢伙睡，有的要睡胳肢窩底下，有的要睡肚臍眼上，鬧哄哄地。最後，媽媽出面安排，各就各位，眼睛閉閉，來首歌兒，一起入夢。

（陷身在繁瑣、疲憊的養育工程裡，也許，就是為了撿取這一點一滴寶石般美麗的記憶吧！）

孩子對父母的貼心、愛意，常被認為天生自然，我倒覺得是交感互動。孩子體會到父母對他的保護、照顧與親愛，遂被激發出善意的回應。我相信在萬事萬物之間存有不變的規則：善，誘發更大的善；愛，開啟更強的愛。這律則在親子血緣中得到最大的彰顯，因毫無勉強、掙扎之痕跡，交流、呼應得如此自然，故近乎天生。

我素為背疾所苦，過度勞累或天氣變化無常時尤其痠痛。孩子爸爸得空時會為我敲、按一番，稍減痛楚。家中亦備有各種按摩工具，鐵製、木質皆有。平日，我自行敲按之後會將道具塞入兩櫃之間縫隙，以防小傢伙亂玩打傷。某日，我隨口說：「哎喲喂呀，背痛死了！」小傢伙聞言，立即放下手中玩具，跑到兩櫃之間彎身把按摩道具拉出，取來給我。我完全沒有預料他會這麼做，遂被感動得有點心花怒放。眼前這位還不會講話的小小孩才一歲半，他的眼神純潔無邪，小臉蛋笑得像朵小蓓蕾，他做這事如此自發、自然，既非接受命令亦無關功利，純粹只為了讓媽媽紓解痛苦、心情愉悅。我從來不曾叫他為我做這事，因而更顯出他心中的善念與愛意。這樣的回饋不止一次，近兩歲時，他學他爸爸口吻，字不正腔不圓地說：「盎摸蝦（按摩一下）！」隨即非常賣力地用手掌為我拍背，越拍越急，我不禁大讚：「多幸福啊！我居然擁有兩隻按摩牛郎！」人說小孩褒不得，果然，話才講完，小傢伙一得意，竟用力拍打我的腦門。「你嫌你媽還不夠笨呀，腦袋瓜也打！」我說。

撒嬌像吃飯、睡覺、遊戲一樣，是孩子成長的必需品。一歲半的小孩已明確且主動地對父母撒嬌，擁抱、牽手，或突然賴在父母身上摟脖子臉貼臉及親吻，每當他這麼做，我會發出類似大鬍子老公的聲音：「嘸——呼呼呼，這個小孩在跟媽媽撒嬌呢！」那聲音像害羞的大風吹害羞的小樹，因而他更加專注且認真地撒起嬌來，與我臉貼臉還要擺頭轉動，貼完左臉再貼右臉，彷彿跳探戈，滑稽極了。此時，我一點都不懷疑我們是跟紅毛猩猩有親戚關係的靈長類動物。

「橫眉冷對千夫指，俯首甘為孺子牛。」魯迅這話極有頂天立地的父母氣概，處世敢於向權威及庸俗挑戰，回了家則自動趴倒，笑呵呵地給黃毛小兒當坐騎。

沒有一個小孩不喜歡騎在大人頭上，也沒有一個愛孩子的大人不願承歡其膝下。做爸爸的尤其享有榮耀感，當小孩跨坐其肩頭，兩隻小手拉著他的耳朵，父子倆一起逛大街時，不難看出這頭「孺子牛」昂首挺胸、笑傲江湖之狀。這時候的男人，還真有一點保家衛國的樣子。

自從有一回我躺在床上，平舉雙腳讓他坐在腳踝處，手扶我膝頭，我雙腳再左右轉動、上下伸舉之後，從此他愛上「騎馬馬」。我與孩子爸爸也正式進入「做牛做馬」階段，只要一躺下，那個胖嘟嘟的小人便喜孜孜撲過來，「騎——馬馬，騎馬馬——」立即火速登基，要我們當旋轉馬。這遊戲玩一、兩次還可以，天天玩、時時玩，下半身頗有癱瘓之虞。若不依，這小子便扯開大嗓門哭鬧起來，你鐵了心不依，他會自力救濟，硬將你推倒，三兩下邊哭邊爬坐你腰肚，自己提屁股抑揚頓挫，把你的肚子頓得發痛，你趕緊求饒：「好好好！騎馬馬！」你敷衍他，只兩隻腳板扇了扇，他生氣了，哭得驚天動地，你還有別的路可走嗎？只好乖乖做牛做馬，還得配歌：「我是一隻小毛驢兒，我從來不給騎，有一天我心血來潮……」

一歲半左右的孩子彷彿一瞬間成熟，學習、認知之深度與廣度較諸以前進步許多。除了能指出較複雜的身體部位（眉毛、眼、頭髮、額頭、鼻子、鼻孔、人中、嘴、下巴、脖子、牙齒、舌頭、肩膀、奶奶、肚臍、膝蓋、腳趾頭、鳥鳥、手），也能從相簿中認出近三十個親人及朋友。

相簿是那陣子他最愛翻看的讀物，三大巨冊，攤在沙發上，看他那麼專心地閱讀，真難想像小小的心裡起了什麼漣漪？我雖非愛好攝影之輩，但一直保留為他記錄生活的習慣，每當有朋友來訪，亦合照幾張留念，供小傢伙指認、回味。沒想到這些照片也成為教材，藉此認人之外，我若問：「你躲在媽媽肚子裡的那張照片在哪裡？」或「到國小溜滑梯是哪張？」「坐碰碰車的在哪兒？」……他都能找出。照片裡面有故事，正因有故事的甜味，他才那麼沈迷吧！

這時期的小孩已有自己的意見。要自己吃飯不給餵，要穿這雙襪子不穿媽媽拿的那雙，堅持要戴帽子出門，一定要吃這樣不吃那樣……。「我」的概念形成了，再也不是隨大人使喚、擺佈的小嬰兒。平日若問：「姚遠在哪裡？」他會指自己的臉。雖還不太會講話，但有言說的欲望，常以單音複辭表達己意（「水水」、「豆豆」、「蛋蛋」……），他自己更發明「唧啾」音表示一切；想吃葡萄乾，拉大人的手到櫃子前，指著那罐葡萄乾，說：「唧啾！」想出門散步，自己戴好帽子，指著大門：「唧啾！」這階段的兒語，只有帶他的人聽得懂。因此，我戲稱他是「唧啾桑」，孩子爸爸乾脆叫他「唧啾」。每當父子倆唧啾來唧啾去，大概只有我才明白怎麼回事吧！

誰也逃不出遺傳的天羅地網，此事不假。孩子爸爸是學數學的，小傢伙自然對數字較敏感。他學會拼〇至九數字拼板，不久，會拼幾何圖形拼板。而且，非常令人不解地喜看氣象報告（我們猜想跟數字有關），只要電視上出現氣象預報，他會放下正在做的事，急猴猴地爬上沙發坐好，目不轉睛盯著看。後來，我又發覺他對股市收盤行情有反應，每當午間新聞主播說「接著，我們看國內股匯市行情」時，這傢伙又爬上沙發看得津津有味。我不禁搖頭，笑他：「包尿布的姚大戶，你的股票漲還是跌呀？」數字，真的那麼迷人嗎？

只要天氣不錯，我常以推車推他至山下小街閒逛，四處尋找與他一般年紀的小孩蹤影，讓他解解悶。他開始需要玩伴，而這是我們無法提供的。文具店門口放置一排投幣式遊樂車，他會自行投幣玩一會兒，若旁邊有小朋友，他的玩興即刻升高，可惜沒多久小朋友又被帶走了，他若有所失。有一回，我刻意推他到附近的小學校園看小朋友，正值下課時間，低年級的小哥哥、小姊姊們像野牛般滿場飛奔，尖叫、嘶喊聲不斷，霸占了溜滑梯、翹翹板及一排跳跳馬。有位年約七歲的小男生友善地邀小傢伙一起坐翹翹板，他甚樂。不一會兒，鐘聲響了，所有的小朋友跑入教室，消失無蹤。對小傢伙來說，這事發生得太快，使他無法理解為什麼小哥哥、小姊姊們都不見了？他發出「咦？」疑問聲，脖子伸得長長地，兩隻小手掩在背後，走來走去，走來走去，好像在找什麼。

早春陽光柔柔地灑在小傢伙的短襖上。那一刻，我在一歲半小孩身上看到了「寂寞」。

密語之十七

兒子：

寂寞，可能是你一輩子的課業。

早春陽光灑在你的小襖上的情景，深映我眼底。當晚，我向你父親描述你悵然若失的模樣，仍不免心疼。你在大床上睡得香甜，想必也在回味白日裡的短暫歡愉。

隨著成長，你愈來愈顯出對同伴的喜愛。每有小朋友來家，你會表現出熱情，即使對方比你年長、塊頭比你高壯，你也毫不猶豫地張開手臂加以擁抱。由於你的動作太大，常把對方推倒，小朋友誤以為你攻擊他，反而躲你。其實，看在眼裡的我，完全理解你只是想抱抱他、表達親熱而已。

你喜歡看娃娃車，因為你知道車裡有好多好多小朋友。有一回，我請娃娃車司機暫停一下，讓我抱你到車裡與小朋友們打招呼。家附近有兩兄弟，每天由媽媽以摩托車載到山下念幼稚園，你一聽到摩托車聲（你會認各摩托車的特殊聲響），會急忙站上窗邊椅子往外看，大聲叫：「小帥！卡卡（凱凱）！」

有諸多原因，使我們無法帶你與親戚家的表哥、表姊玩在一起。大伯一家旅居美國，自然排除在外。你姑姑家的兩位表姊都上大學了，怎麼玩呢？其他親戚家的小哥哥小姊姊都住得遠，亦無可奈何。

小家庭主義下，即使同一社區亦鮮少往來。現代的人際關係已臻結冰狀態，不可能恢復往日之唇邊頭尾感情。我雖知這不是好事，但長期在都市生活的薰染下，也很難積極地向陌生人表達熱情。原先，我期盼情同一家人的隔壁小哥哥成為你的同伴，然而也遇到難處。大你兩歲的他上全日班幼稚園，放學以後各有各的家居生活。逢到假期，也是各有安排，你與他只隔一牆，有時卻十天半月才匆匆見一面，幾乎沒能玩在一起，咫尺何異於天涯？

難道，真的只能在自家牆內才找得到一起長大的同伴？

你一歲以後，親朋好友不免試探或建議我們再生一個——除非情況特殊，否則這問題會丟給每一對新手父母。綜合其理由，不外是：獨生子太寂寞，若有手足相伴，一起成長，相互學習，不僅身心較健全，將來遇到事情，也有自家人照應。其二是風險分擔，若不幸失去老大，還有老二在身邊。第三是防老；只生一個，將來兩老之照護全擔在一人身上，著實過重，若有兄弟分擔，責任較輕省。

對我與你父視而言，這三點都不成立。

獨生子與有手足是兩種不同的家庭組合，換言之，各有各的優劣。我們不宜用擁有兄弟者的優勢來解決獨生子這邊的缺點而省略、簡化存在於手足之間的難題。反之亦然。為了讓孩子學會分享所以生給他弟妹，但是，有沒有想到兩個（或三個）孩子瓜分有限資源後讓第一個孩子無法得到更好的栽培？如此視之，是對還是錯呢？一與多，各有各的功課要做。老輩的愛說「打虎親兄弟」，意味只有自家兄弟才會同心協力、共渡難關。若手足情深，自是美事，但也不乏把親兄弟當老虎打的鬩牆案例。

所謂風險分擔亦屬無稽之談。在父母心裡，每個孩子皆不可替代，並不因尚有其他孩子而遺忘或稍減喪失此子之痛。當然，依循物種傳承的律則，繁衍後代自是多多益善。然時至今日，地球上存有六十億人已顯得擁擠，我們倒是不需在擁有一個孩子後還受繁衍律則掌控，拚老命將自己的基因灑在地球上。至於這辛苦養育的生命會存續多久，那是神的賬簿裡的事，不是做父母能問的。

老，會找上我們；病，也會在我們身上結網。獨生子在照護父母方面自然比多兄弟者付出較多心力，然而，只要想想當年父母把所有財富、資源全給了一人，如今獨力挑擔也是公平合理的。話又說回來，正因為只生一子，做父母的在經濟面能較寬裕地儲備未來的銀髮生活，事先規劃醫療、照護、家居等事項，而非把老年包袱丟給獨生子揹。

其實，不管我們這一代基於何種信念堅決不育或只有一子或多生兒女，等我們老時皆是殊途同歸：只剩自己或唯有老伴相依偎。我幾乎可以嗅聞下一世紀街道上的灰塵味道，看到正值青壯的你們這一代的生活。那是個沒有鄉愁、無國界、不被家庭觀念紋身的高度科技文明遊牧族。我們（可能是最後一代）花大量時間在家庭與家族關係中煮繭抽絲，以致成年之後需從頭學習跟自己相處，尋找自己、肯定自己的價值。你們正好相反，生長於小家庭中，從小即在密閉的空間中遁入更密閉的空間（網路）展翅遨遊，那是個孤單卻熱鬧的世界，你們習以為常。家庭，對你們而言，像給幼兒玩的三塊拼板（父母及獨生子）組成的拼圖，數目太少，故無須拼湊即知全圖是什麼。因而彼此的關係日漸淡化成壁紙一般，貼在那兒，等它慢慢舊了。有一天，父母走了，只剩一人。偶爾想溫一溫家庭感覺，上網至「家庭出租公司」預訂，他們會幫你安排時間，享受家庭晚餐。如同披薩店詢問你的口味，他們也請你選項：要不要爺爺、奶奶？要不要一條老狗？放什麼音樂？吃中餐、西餐還是壽司？若是你，說不定會要求水餃與炒麵，你記得奶奶好會包韭菜豬肉水餃，而媽媽炒麵喜歡放醋。

是的，看在我眼裡，那樣的生活有點傷感。即使以一大捧奇花異卉裝飾，還是露出「寂寞」的狐狸尾巴。然而，我無能為力。無時不刻，我在你小小的身軀上看到那個社會也憨憨地成長著，踮踮腳、伸伸手，邁向茁壯。我只能嘆口氣：那是你們的未來、你們的社會、你們的故事，我管不著。

因而，我不禁臆測，即使你擁有兄弟，進入青春期以後，恐怕也是兄弟不相見，動如參與商啊！

你父親堅決不再生的理由是：這世界不可挽回地趨向惡途，再製造一個小生命來受苦於心不忍。我雖然不像他那麼悲觀，但也同意：善的力量似乎與熱帶雨林一起消失，愛與美在聖嬰氣候裡焚燒、枯萎。我憎恨貪婪、邪惡，然每日打開報紙，即感受貪婪與邪惡伸出膿疱長舌舔著我臉。如是，我亦不忍再生一兒，讓這惡質社會將他研成齏粉。

所以，盡我們所能避免製造另一個生命，就這麼一家三口往下走，把你走壯，把我們走老。相信我，兒子！寂寞是一輩子的課業。有一天你會懂，縱使置身於熙攘大街，擁有他人不可高攀之榮耀，握盡世間種種發光發熱之權勢，當你從任何一扇窗望出去，依然可以看見晴空流雲中有一隻名喚寂寞的候鳥悠然向你飛來。

不要怕，兒子！寂寞是你自己向心靈敲門的聲音。

32 媽媽手掌股份有限公司

事情看起來滿美好的。

當妳牽著一個小頑童上街購物，大部分的店員小姐會以誇耀、澎湃的神情說：「哎呀！小弟弟，你好可愛喲！幾歲呢？」這小子已學會報數，豎一拇指一食指，大聲答：「懶—歲！」妳不好意思地補充：「剛滿兩歲，發音不標準！」店員不知怎地羨慕得口水快流出來：「這時候的小孩最最最好玩了，像小天使好可愛啊！來，阿姨送你一個氣球球，你喜不喜歡氣球球呀？」

氣球？妳的腦海浮出一串亂碼：我不就是超級大氣球嗎？成天被他鬥得氣鼓鼓的？還說可愛？可（咬牙，自齒縫發音）——愛個頭咧！天使？我這種人怎麼可能生出天使？妳自言自語的內容，像個粗魯的媽媽。

所以，讓我們承認吧！「媽媽手掌股份有限公司」早已剪綵、開幕了。這公司的主要業務是：媽媽用手掌打小孩的屁股。

怎麼可以「打」小孩呢？人道主義者、宗教家、心理學家、教育家一起怒視妳——即使只是心裡浮現的畫面，也夠妳慚愧好一會兒。不過，這種「愧疚」藥效持續不長，如每十二小時得吃一粒的咳嗽膠囊，妳的「愧疚」也進入量產階段。換言之，每日，妳都有強烈欲望豎起手掌——為了不打他，只好打牆壁、枕頭或蚊子。

依我觀察及體驗，能夠不以手掌相向的人大約是：一、修行已臻菩薩境，能以大慈大悲涵育「頑皮」眾生。二、非親自照顧小孩者，當小蠻牛作亂時，他不在現場，故不必收拾殘局，自然能持盈保泰、心寬體胖。三、有人協助，譬如：家裡請了管家。

如果不屬於以上三類，那麼，那位原本氣質高雅、舉止端莊、聲音宛似黃鶯出谷的女性，就這麼進入女人生命中最響亮的「破鑼」階段，鎮日龍眼（杏眼已失）圓瞪，扯開破鑼大嗓，朝四面八方練丹田。

若有機會糾集家有一歲半至三歲幼兒的媽媽們，請她們盡情傾吐「小人國歷險記」，那場面想必比連續劇精彩；咬牙切齒者有之，頓足捶胸者有之，聲淚俱下者有之。她們使用最多的辭彙是：皮得不得了、耍賴、固執、不講理、亂吵亂鬧、霸道、人來瘋、死磨爛纏……。她們越講越火熱，漸失媽媽的風度與修養，簡直像一群火雞母。

（如是，教育家、心理學家、宗教家……又怒視了：妳們竟然以粗暴的語言恣意攻訐天真、活潑的孩子，妳們應該接受再教育，學習怎樣做愛心媽媽！）

其實，沒有一個愛美的女人希望自己變成破鑼，沒有一個媽媽（若心智均屬正常）喜歡以手掌跟自己的孩子溝通。

事情之所以發生，通常都是在屢勸無效、缺乏時空條件、具危險性且已磨光耐心的情況下。那瞬間，一個媽媽被「擠壓」到近乎肝膽俱裂的臨界點，為了自救、阻止小孩受傷或轉移情境，她變成一隻咕咕大叫，會打小孩手心、屁股的火雞母。

讓我們別說得那麼深奧，不妨舉幾個較通俗的實例，欣賞欣賞小人國的綜藝節目內容。

・喜歡搖所有家具的「腳」。雙手抓著桌腳、椅腳、櫃子腳，立式檯燈腳、曬衣竿、電風扇腳……拚命搖，妳好言相勸不下五十遍，甚至表演一台腳受傷的電風扇的痛苦樣子給他看，希望他感同身受。五分鐘後，搖癮又犯了，抓著檯燈搖搖搖！妳扯開喉嚨大喊，他一溜煙跑入廚房，空空空！妳大步進廚房，差點暈倒，他正在搖瓦斯桶！

・喜歡磨時間。妳越急，他越磨。凡換尿布、洗澡、穿衣、洗屁股、吃飯或急著出門時，他就磨興大發。為了換尿布，得老鷹抓小雞十分鐘，為了叫他進澡盆，得拖拖拉拉二十分鐘，終於來到浴室門口，他指著澡盆說：「踏燙（太燙），媽媽加加！」意思是要加冷水。妳的龍眼瞪得圓滾滾地：「你碰都沒碰，怎麼知道燙？」他就是要妳加冷水，妳只好順從。他還在蘑菇，妳火大了，講的話不太好聽：「那是澡盆，不是油鍋，下去！」

・喜歡製造噪音。譬如：手持門把連續撞牆二、三十次。站在沙發上，持續撥動牆上掛畫，使之呈弧形擺動，框角在牆上刮出黑色半圓形。用力甩開冰箱門，使之撞擊流理台，發出瓶瓶罐罐顫抖的聲音。搬凳子墊腳，將音響旋至最大聲。

・喜歡揮撒東西。撒洗衣粉、牙籤、棉花棒、米，或是趁妳不注意，打開收納櫃，取出已開封的綠豆、紅豆、黃豆、燕麥、蕎麥仁、薏仁、蓮子……撒呀撒呀快樂地撒呀！妳看著「一畜旺盛、五穀豐登」的場面，也傻了！

・喜歡挖鼻孔。時不時伸出小食指，跑到妳面前，熱呼呼地要妳看：「媽媽，鼻涕蟲蟲！」說完，抹在妳身上。妳板著臉說：「你喜歡人家把鼻屎耳垢抹在你身上嗎？如果不喜歡，那你也不可

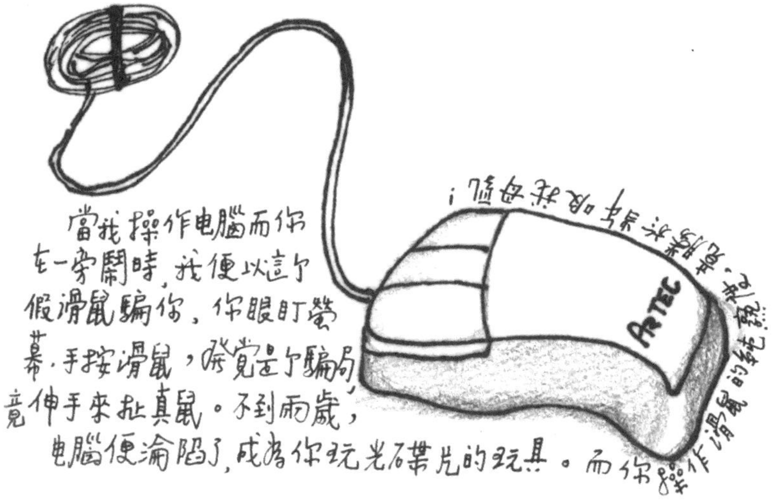

以把鼻屎耳垢抹在他人身上！」轉念一想，這話對兩歲小孩而言稍嫌深奧，立即簡化為：「不──可──以！」

• 喜歡抽面紙。咻咻咻！一盒面紙抽光了，雪白面紙如一大群鴿子棲息在地板上。

• 喜歡「支配」電腦。此項不必細表，從他學會操控滑鼠的一歲十一個月開始，妳休想再坐在電腦前。妳變成電腦僕人或技工，「媽媽，腦！」他要妳幫他開機。「媽媽，服！」他要妳放「艾洛伊舞台秀」那片光碟，玩穿衣服配對遊戲。「媽媽，修修！」他又亂按了，要妳把畫面叫回來。

• 喜歡將玩具、圖書全倒在地上。妳彎腰駝背收好一簍積木、一盒拼圖、一抽屜結構方塊、一箱齒輪組合玩具、一小盒跳棋方塊、一桶球……。他衝過來，哇哇叫，將所有玩具全倒在地上。妳氣得臉都綠了，指著他很不客氣地說：「好好好！再幫你收玩具，我就叫你爸爸！」晚上睡覺前，妳還不是乖乖地又收一遍。

• 霸道、獨裁。完全不肯等，要妳立刻為他做事。即使妳說了一百遍「等一下」，他還是用吵用鬧用尖叫要妳馬上辦。

・喜歡玩水。才一眨眼，他已溜進浴室打開水龍頭，擒蓮蓬頭如關公耍青龍偃月刀，什麼都濕了，包括毛巾、衛生紙及站在門口的妳。

・出了門就不想回家。帶他出門散步、購物或運動，一到回家時刻即當場耍賴，若不趕時間也就罷了，偏偏心裡急，這小子又屢勸不從，只好來硬的，如水族館工人扛一尾手舞足蹈、大吵大鬧的鰻魚。

・喜歡玩特技表演。從窗台、桌子往下跳，搬椅子墊腳要拿刀、抱熱水瓶，欲鑽入洗衣機、烘衣機內槽（別忘了，報載有兩個小孩就是這麼悶死的）。

・喜歡玩垃圾桶、電線插頭。這一項亦不必細數，反正就是掏呀翻呀抓啊！拉呀扯呀拖呀！

・不好好吃飯。面前一碗拌了菜的飯，他還不太會說話就老氣橫秋：「胡蘿蔔不要！」妳笑著說：「不吃胡蘿蔔，以後交不到女朋友喲！」他又有意見了：「冬瓜不要！」妳臉上的天氣不太好，說：「不吃冬瓜會變傻瓜，你要變傻瓜嗎？」他持匙翻查那碗飯，妳來火了：「你監察委員啊？抓弊案啊？」他開始反擊，將飯菜吃得到處都是，厲害時還飯翻、湯灑、碗破，往下一系列欲哭無淚的收拾功夫不必細表，單說幫他換衣時發現連小鳥鳥都黏了飯粒就知道災情有多嚴重。

其餘如上床吵、下床鬧，破壞家具、玩具，人來瘋，故意唱反調……早已稀鬆平常，不足掛齒。反正，媽媽新兵經過操練之後已服膺這條鐵律：天亮一睜眼，若小搗蛋沒表演特技，沒給個節目瞧瞧，二話不說，帶他上醫院，他一定病了。

再怎麼咬牙切齒、捶胸頓足、心力交瘁、聲淚俱下地數算小搗蛋的「特異功能」，做媽媽的只是抒發皮肉之累而已。她們絕不願自己的孩子生病（想想恐怖的日本腦炎、腸病毒、肺炎……）。

若病了，心中自責的深度與痛苦，又豈是萬箭鑽心能形容的。

小傢伙的皮法不輸於同齡小孩。一歲半左右，當他做危險動作或玩不該玩之物時，我在告誡之後會說：「做錯事，你自己打手！」他立即以右手打左手手背一下，等於是自我懲罰。這一招隨著成長漸失效用，他的打法簡直是敷衍了事，可見人的本性是律己以寬、待人以嚴，我的「手掌股份有限公司」不得不正式開幕。實而言之，效果不彰，因為大人乃小孩之鏡，妳打他，他也學著打妳，母子倆以暴易暴沒啥意思。我改用說的，好說歹說大聲說小聲說，說不通時則氣鼓鼓地又說：「我生氣了，現在開始不跟你講話！」這一招也沒用，他像個報馬仔大喊：「媽媽生氣了！媽媽生氣咧！」完全事不關己。隨後，我又研發「影武者」對策，利用他渴望同伴的心理，製造同儕壓力。舅舅及阿姨家的表哥及表妹，平日雖難得見面，卻常常掛在他嘴邊，彷彿已同在屋簷下，稍減寂寞。而《艾洛伊舞台秀》及《PB熊的慶生會》是他最喜歡玩的光碟，因此艾洛伊與PB熊也順理成章成為影武者。當他搗蛋或耍賴、胡鬧時，我只好端出一群模範生：「表哥會玩瓦斯爐嗎？不刷牙，表妹會笑！你去問艾洛伊，出門時穿爸爸的鞋鞋對嗎？人家PB熊都會自己收玩具，你兩歲了還不會收！表哥理頭髮都乖乖的，你也乖乖的好不好？……」這一招還算管用，尤其，他對十個月大的小表妹特別有好感，只要提「妹妹」名號，倒也能自我克制一下。後來，我又摸索出一招姑且名之「跳離法」，當兩人「僵」在一件事上——我要他回家，他偏不回家；要他洗澡，他偏不洗時，不妨暫時跳離是與否的選項，進入下一題選擇。「回家後，你要吃果凍還是養樂多？」我問。「阿納多要（養樂多，要）！」他說，忘記上一秒鐘還僵著不回家。既然選了養樂多，接著的對話自然是：「媽媽把養樂多放哪兒呀？」「冰箱！」他說，小手已牽著我的大手往家的方向走。不洗屁屁時，亦如法炮製：「你要帶A還是1去洗屁屁？」他從磁盤上選了字母A，既有了「洗伴」，自是一路上二樓盥洗室。這麼合作，當然得美言幾句：「你最乖了對不對？」他手上還拿著A，也自己讚美自己：「小哥哥洗屁屁棒棒！」我只好附和：「是啊！A會告訴B，B會告訴C，C會告訴D，說小哥哥最乖了！」

（洗個屁股也得動用「一傳十、十傳百」之醒世箴言，可見老母難為，不僅需文武雙全，還得口才、騙術一流！）

兩歲小孩絕對是有能力使父母的病歷表加長的小賊禿（指男孩，女孩較乖巧）。腸胃不適、手關節韌帶發炎、肌腱炎、血壓升高、胸口悶、失眠是較通俗的症頭，因太普遍了，所以別的媽媽們不會同情妳。事實上，當妳喳呼喳呼地細述自己的某一根指頭似乎不太對勁後，看到另一個媽媽沈默地撥下衣服露出貼滿辣椒膏、麝香虎骨膏的兩坨肩膀時，妳除了閉嘴大約也只能顫抖地問：「妳妳妳確確定……妳生生生的是……人？」當然是人，只不過具備老虎的精力罷了！

作亂之餘，兩歲的小腦子也懂得呼風喚雨。有時，小傢伙會故意逗我玩，跑到我面前叫：「姚媽媽！」我故作驚訝：「什麼？你叫我什麼？」他一溜煙跑開，笑得連放兩個響屁，又叫：「姚媽媽！嘻嘻嘻！」若問他：「那爸爸叫什麼？」「姚爸爸！」他說。「那你呢？」「姚寶寶！」開心得好像發現新大陸。他自己發明的這種逗樂法也用在名字上，當我問他：「媽媽叫什麼名字？」「簡—媜！」他說。「嗯！很好！」我說。接著，他立刻改口：「剪—刀！」說完，嘻嘻哈哈跑開，一面自己講：「蹄—膀！」他知道我要捏他大腿前會說：「小心你的蹄膀！」

當他想表達熱情時，那種親密是凡人無法抵擋的。他會突然賴在我身上，說：「掩映拿掉（眼鏡拿掉）！」「做什麼？」我故意問。他已摟緊我的脖子，說：「親！」隨即自動獻吻，張開嘴巴在我臉上塗抹。「哇！這是哪一國的親法？都是口水？」黛安．艾克曼《感官之旅》（Diane

Ackerman, *A Natural History of the Senses*）提及新幾內亞某部落中，人們互道再見的方式是把手伸入對方的腋窩，抽回之後再撫摩於自己身上，藉此沾染朋友的氣味。小小孩喜歡在親愛的人臉上塗口水，或許兩者皆是反璞歸真的表現吧！

夜深人靜，如果還有一絲力氣可供思維馳騁，應能領悟，人類文明的確是從反叛、探險起家的。七百多萬年前，老祖先們若不反叛四肢爬行律則改以直立行走，豈有今日的人類世界？小小孩所展現的驚人活力與大無畏冒險精神，或許正是一種密碼——唯有攜帶這密碼的基因能在地球上存續。他們極盡所能地破壞大人的生活秩序，並非只為了挑釁，而是老祖先古靈魂正在啟動他們的密碼，測試本能、灌注潛力，讓這小小的身軀將來有能力肩頭一頓，扛起半個世界。而一個媽媽必須具備氣吞山河的胸襟，站在一旁，見證小小孩成長。

如是，繫鈴與解鈴仍需媽媽，「手掌股份有限公司」還是早早關門大吉才好。天一亮，當倭寇（他不及一百公分高）轉動賊溜溜的眼睛，伸展靈活的手腳，半個鐘頭內，在妳叮嚀、請託、告訴不下三十次的情況下，仍然摔碎兩顆西瓜時，妳一定得用超強的意志力告訴自己：「暫停！冷靜！別生氣！」妳只要想像某家醫院手術室前，身上沾染血跡的醫生面無表情地向一個媽媽宣告她的孩子已急救無效的畫面，妳就會在一秒間轉換視角、擴張胸襟，重新看待這件事。妳會萬分慶幸，只是摔破兩顆西瓜而已。

剩下的事很簡單，除了喊小土匪過來申誡一番之外，就是取抹布收拾殘局。

西瓜是甜的，妳最好搜出成熟人都有的幽默感，說：「唔！這一大塊還挺好的，等爸爸下班回來，給他吃。」

33 赤豆刀

「假如一個嬰兒一出生就不讓他接觸語言的話，他會自己發展出語言嗎？」史迪芬・平克《語言本能》（Steven Arthur Pinker, *The Language Instinct*）探索人類在語言方面的進化，其中〈描繪天堂——生來就會說話的嬰兒〉詳盡剖析嬰幼兒的語言歷程。

「所有的嬰兒來到這個世界時都帶有語言能力。」這話聽來有點嚇人，但本書與《嬰兒的感官世界》同時提到心理學家彼得・艾瑪斯（Peter Eimas）及其同僚的實驗；他們研究一及四個月大的嬰兒，發現小寶寶們能區分ba、pa的語音差異。科學家們相信，嬰兒天生具備語言能力。

所以，如果不給嬰兒語言環境，他會自己發展出語言嗎？史迪芬・平克提到，西元前七世紀時，埃及法老想知道世界上最原始的語言是什麼，遂將兩個初生嬰兒送至牧羊人的草棚裡撫養，不讓他們接觸人類語言。兩年後，牧羊人聽到小孩說：bekos，法老王的語言學家們反覆推敲，認為是小亞細亞的一支印歐語系的語言，叫做腓尼基語。

這故事的趣味性成分較大（或許也具政治性）。依我想來，那孩子發出的聲音或許跟bekos沒

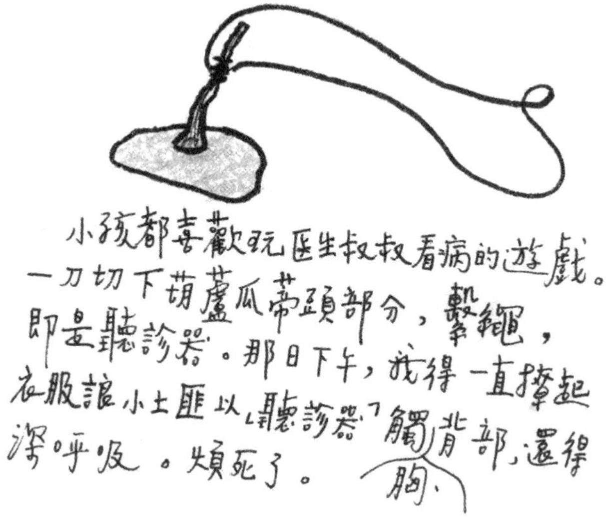
小孩都喜歡玩医生叔叔看病的遊戲。
一刀切下葫蘆瓜蒂頭部分，繫繩，
即是聽診器。那日下午，我得一直撩起
衣服讓小土匪以「聽診器」觸背部，還得
胸、
深呼吸。煩死了。

什麼關係，他只是在模仿一隻誤吞核桃、咳個老半天的小山羊而已。

有一點倒是真的，科學家們證實小嬰兒擁有將語言中經常使用的音素作分類的能力，換言之，他們除了會分辨父母的語言音素，也能分辨外國語言音素。這種高超的能力使他們很快辨別出誰是雞言、誰是鴨語、誰又在嘎嘎地講起鵝話來？可惜的是，嬰幼兒學會講話後即逐日喪失這種能力。難怪長大後學另一種語言會學得七竅生煙。或許是上帝認為你已學會一種人話，故收回祂的全能耳朵吧。

假若狹隘地解釋「母語」乃指媽媽教（講）的話，那麼，我肩負的責任不小，得教小傢伙國語與台語。

在台灣，原本天生自然的語言被噴上政治噴漆之後，大家講起話來分外彆扭。尤其到了選舉旺季，忽然之間，候選人都在比賽本土化深度與會不會講台語？彷彿，語言能力即是品質保證。若如此，選個語言天才當市長、民意代表不就得了，何必勞民傷財投什麼「神聖的一票」！

語言，在我看來，就像身上的器官，能用、好用、習慣用就行了，著實無須大肆張揚：「瞧，我有嘴巴（瞧，我會講台語呢）！」或是「哈，我有舌頭（哈，我會講英文哩）！」當然，更不應該拿來做政治操弄。

平日，我與孩子爸爸講國語，偶爾摻一、兩句台語；跟娘家打電話時，全部台語；回婆家時，則全部國語。公婆是江蘇人，孩子爸爸與兩老講家鄉話。我發覺自己的語言習慣已是國、台語雙聲帶，一段話裡常是摻國語拌台語，如同白米與黑糯米同煮，此鍋熟飯即是台灣味。我講的台語因灌入國語文法遂與阿嬤、媽媽的純宜蘭風味不同，我講的國語因台灣腔作祟故與大陸上講的普通話涇渭分明。我更發覺我這樣的例子不少，我們在溝通時暢行無阻，既不會無聊地去踢省籍石頭，更不會以此測驗血統純度，我們自由地切換國、台語頻道，偶爾嚼幾句英文，事實證明，我們的嘴沒腫。

小傢伙暴露在這樣的環境裡，自然也聽得懂三派人馬（國語、台語、江蘇話）所言為何。加上常播放的英文童謠，我相信他像所有的小娃兒一樣，能分辨語言上的雞鴨牛羊。一歲半以後，他以國語為主，但也能用台語叫阿祖、阿嬤，指稱身體各部位並聽懂我說的台語。後來，他基於趣味也要學講英文。他指著「皮皮熊幼幼小書」上的圖畫要我說名稱，那頁分別有樹、太陽、鳥、花四樣，我先用國語說，他搖頭道「不是」，我換講台語，他發脾氣，我改講英文：tree、sun、bird、flower，他笑了，喃喃唸了一遍。此後，常自個兒翻到那頁，指著圖示哼幾句英文自我取樂。

撇開語言種類不談，這時期的童言童語最是可愛。從初學階段只會說單字複音，如：奶奶、水水、爸爸、媽媽、飯飯……等跟稱謂、食物有關的話語開始，到有一天忽然說出一個短句，讓你從此不敢小覷眼前這位還在流口水、包尿布的小人。

小傢伙講的第一句完整的話是：「我也要去！」約是一歲九個月的某日早晨，他吵著要出門，我裝蒜，情急之下，這小子吐出四字箴言。隔沒多久，出現第二句：「我要吃！」那是晚餐時刻，他急著要爬上餐椅享受美食，故大聲喊出三字箴言。他已能自己進食不需餵，這小子用湯匙翻了翻飯菜，校閱之後又大聲宣佈：「我有豆吃！」

每個孩子的語言速度不同，隨他自己決定什麼時候開口，只要沒有生理或心理上的障礙，大人不必急。

聽在大人耳裡，學語小兒之可愛處在於發音不準及文法混亂。我們浸泡在合乎語音、文法的語言醬缸裡已失去可能性，小娃兒的發音與文法就像一株株新鮮蔬菜般令人驚奇、快樂，聽得若耳內生明珠。我遂想起鄉下阿姑家曾養一隻九官鳥，牠只會說一句台語：「我會講話喲！」乍聽，像一個患鼻竇炎的少年在講話。從此，附近鄰居若經過，竟反過來學牠，捏著鼻子說：「我會講話喲！」這種顛倒學習的現象令人迷惑，正如大人情不自禁地學小娃兒的發音與文法，是否意味著：我們渴望爬出醬缸再次馳騁於無秩序、自由的語言曠野？唯有如此，我們才能恢復與萬物（而非只能跟人）對話的能力。

我記下小傢伙的「毛語錄」——黃毛小兒學講話之實錄。這種「毛語錄」比那種「毛語錄」寶貝多了。

- 豆窩：即胳肢窩。這小子喜歡偷襲我的胳肢窩，若得逞即樂得哈哈大笑。
- 基薩：披薩。皮皮熊小書上有一頁是「晚餐時間」，藉此教幼兒認識湯匙、叉子、杯子、盤子。他對那些沒什麼興趣，唯獨對盤子上的食物很關心。我告訴他：「皮皮熊在吃披薩啦！」此後，他常常翻至那頁提醒我：「基薩！」

・NO奶：牛奶。每日仍維持喝奶五至六次。

・豆花（台語）：其實他指的不是豆花，而是「登輝」。或許是孩子爸爸與我常談論政治、批評時局、月旦人物，平時看的節目多屬新聞性，耳濡目染之下，這小子從一歲半起即認識檯面上的幾個政治人物。李登輝、宋楚瑜、陳水扁、蕭萬長、章孝嚴……每當他們在電視或報紙上出現，這小子即跑來報告：「豆花——阿點（阿扁）——」我拂一拂手：「好好好，取而代之！」兩歲以後，他常指著電視問：「他是誰？」台北市長選戰開打，天天都有三位候選人的新聞，我問他：「你要選誰呀？」乳臭未乾的小娃兒答道：「王建煊！」

・己弄：「我自己弄」之省稱。將近兩歲，他喜歡自己動手做些事，不愛大人幫。

・我K：我開。開門、開水龍頭……他都爭著做。

・那酸都好穿：那雙不好穿。門口兩雙鞋，我拿一雙要幫他穿，他不，要另一雙，理由是：那雙不好穿。

・阿納多拿：養樂多拿。不知是哪國文法，動詞擺最後。

・雨傘找呢，我的雨傘，啊，這雨傘了：這是他坐在電腦前玩《PB熊的慶生會》光碟，自言自語的一句話。滿兩歲以後，他非常喜歡跟電腦打交道。電腦放在地下室，他常要求「下去」。我們都不贊成小孩太早進入電腦世界，甚至刻意阻止他接觸。然而我必須說，現代小毛頭玩電腦像吃糖一樣，打從出娘胎就會，無須教，看大人操作幾次，兩歲小孩就會開機、關機、按取桌面圖示，小手抓著胖胖的滑鼠，宛如野貓咬老鼠般穩當。不得已，我們只准他一天至多玩一小時，每二十分鐘需休息一下，以免視力被電腦給毀了。

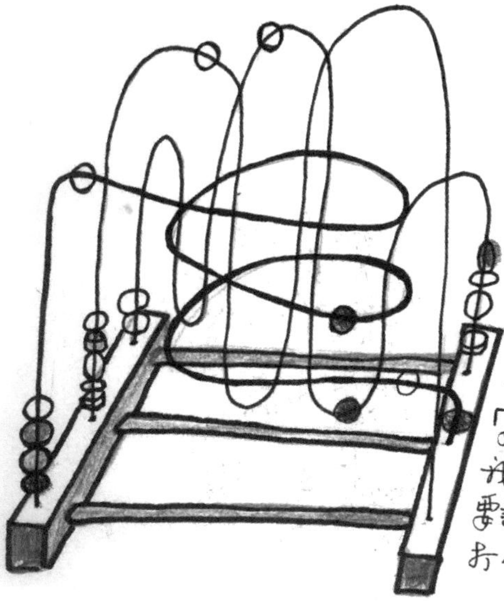
這玩意兒據說可
訓練双手並用、手眼協
調。嗯！只是沒說
訓練誰的？
你老是提它到我面前：
「媽媽！妳弄！妳弄！」
我還需要訓練手眼協調嗎？
要訓練的話也不需要這玩意兒，
打你屁股不就成了！

•放涕：放屁。小幼兒對身上器官發出的聲響特別感興趣，尤其是放屁，頗令他們感到新奇、快樂。每回「噗」一聲後，他會興匆匆告知：「我放涕涕咧！」起先我還眉飛色舞地讚賞一番，好似他生了個金蛋。日久也疲了，答以：「放屁這檔子事人人都會，不必自卑也無須誇耀啦！」

•赤豆刀：志氣高。兒歌裡有一首：「公雞啼小鳥叫，太陽出來了。太陽當空照，對我微微笑。他笑我年紀小，又笑我志氣高……」好一陣子，他大聲嚷嚷：「赤豆刀！赤豆刀！」我摸不著頭緒，後來恍然大悟，這小子喜歡這首歌，卻只會挑一句詞跟一跟。因發音不準造成的趣味不勝枚舉，最妙的是，他把李白的詩唸成：「舉頭望明月，」這句很準，下一句就歪了：「屁股思故鄉。」

•媽媽洗頭在，我洗頭也在。意思是：媽媽用來洗頭的洗髮精在那兒，我的洗髮精

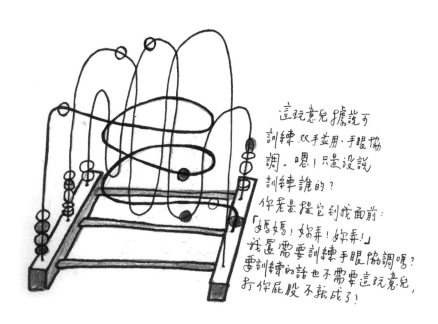

也在那兒。

・哈個老丁：還有一個柳丁。真像廣東話。

即使是發音荒腔走板、文法亂插一通，兩歲小孩駕馭語言的欲望與能力只能用鬥志旺盛來形容。每日醒來，你發覺他又多了幾句新辭，甚至神不知鬼不覺地偷了你的口頭禪，笑嘻嘻地又跑又跳，說：「我受不了！」

無論如何，所有的袋鼠父母都同意，小人們講「不要」講得又清晰又有力，「我不要！」他們大聲叫喊，不要回家、不要洗澡……不要做你要他做的每一件事。

有一天，小傢伙以挑釁的口吻對拿著毛巾要為他擦臉的爸爸說：「我需要擦臉嗎？」「你需要打屁股嗎？」我接腔：「免費服務，任何時間、任何地點，隨傳隨到。」

密語之十八

尋常午後，秋日微風拂動白紗窗帘，因聖嬰現象造成的酷熱逐漸遠離，氣溫暖中帶涼，適於午眠。

兒子，你在我身旁熟睡。每日此時是你最重要的午睡時間，也是我唯一可以做功課的時候。我非常珍惜這兩個鐘頭的筆耕，陪你小憩片刻後便悄悄起身，一步一履走回我的書寫國度。你父親為我購得小圓桌置於床邊，我可以坐在床上伏案寫字，同時看顧你的動靜——你初睡著時容易出汗，我得為你擦拭，有時需以棉帕鋪入衣服與背脊間，以免濕冷的衣服讓你不舒服甚至著涼。

這時刻如此靜美，你馳騁於你的夢土，我雕刻自己的心思。有一回，你被紙張的聲音弄醒，起身看到我坐在桌前寫字，桌上有燈、有茶杯，床上散著稿紙、筆及書籍，你竟興奮無比，彷彿媽媽藏有祕密花園不讓你知道，此次撞著豈能放過？你像小餓虎立即撲來，而我宛如做賊急忙收拾，試著向你解釋：「媽媽在寫功課啦！就像爸爸去上班的時候，媽媽也在上班——上你這個『兒童班』，你也上班——上『成長班』，等你睡覺時，媽媽就上『寫字班』，媽媽很喜歡寫功課！」

當時未滿兩歲的你當然不明白這一串話意，但你從此記住「寫功課」，明白這事與媽媽的關係。好幾次，上床午睡前，你極其慎重地把藏在牆角的檯燈抱出來欲放在圓桌上，對我說：「媽媽，功課！」想來真是不可思議，才短短一年多，你已經會向爸爸媽媽表達熱情與體貼。

兒子，請你相信，爸爸媽媽願意給你全部的愛，願意為打造較好的成長環境付出心力。可是，隨著成長，你讓我們發現自己的貧乏——不只無法給你我們童年時嘗過的快樂，更無力修改家門以外的大環境。我們像大部分父母，覺得自己平庸、無能，想做點什麼，卻又束手無策。我們能做的，可能僅是坐在電視前面同情別人，以及有一天，換別人同情我們。

這社會病得不輕。那些曾經讓我們的額頭發亮、血液沸騰的所謂理想、所謂正義、所謂真理，不知何時宛如流雲消逝。這城市剩下活生生的肉搏戰，大部分人毫不掩飾地暴露他們的欲望，狀甚得意，彷彿觀者需為那欲望之龐然、詭奇而頂禮膜拜。人與人之間失去最基礎的善意與關懷，好像所作所為皆為了導向最後的功利。講情論義的人少了，不只少，甚至連這辭彙也像無用的智齒，一一從人們口中拔除。

忽然之間，我們變成少數，只能在幾個懷抱同樣價值觀的舊友間相互取暖。外面的世界太浮、太俗、太躁，玩弄政治權術的奸佞之輩與貪贓枉法的無恥之徒占據媒體成天在眾人面前炫耀其嘴臉。無奈是，他們往往站在社會上較優勢位置，盡情地以權力與財富更換面目，如化妝舞會般，笑咪咪地變成一個好人，一個可供年輕人模仿、崇拜、追隨的導師。

兒子，即使我們給了你全部，那又如何？日日，發生在這社會的不公義、不講理之事刺傷做父母的心。我們的要求苛刻嗎？要求窮一輩子之心力購置的房子不會屋垮人亡，要求悉心呵護的孩子到離家十公尺的小空地騎車不至於被強暴、綁架。這樣的要求苛刻嗎？

兒子，我們還看不到這個社會將往良善美好之路前進的跡象，反而時時感受物欲橫流迎面撲來的力道。我們看不到披星戴月的苦行僧，但見政客財閥長袖善舞，聯手蠶食美麗鄉土。因而，你日漸成長帶來的快樂，無法消抵壓在我們胸口的沈重。你越是燦笑如日，我們的心情越在雲裡霧間。

時常，當我看你在客廳調皮搗蛋或在院子噴灑水管取樂時，現實的我不免像嘮叨媽媽叫你不要碰這、不可玩那，卻有另一個我超然而視，暗自喟嘆：「由他吧！快樂是這麼短暫，誰曉得未來呢？他會不會在下個月因腸病毒而猝死？會不會在五歲時遭綁架撕票？會不會於十歲時被卡車輾過？會不會在國三時被幫派小混混持刀砍死？會不會在當兵時無緣無故身亡，而軍方給的答案是吃不了苦遂上吊自殺？……」每一處事發現場，群眾麕集，凡哀哀欲絕者必是母親。

兒子，我希望有人告訴我這是杞人憂天，我祈求有人向我保證已發生的事不會再度降臨。然，我心知肚明，社會總是欠每個母親一份承諾。

我們想努力，卻無從做起。草尖上的風，如何扭轉狂風暴雨？

兒子，爸爸媽媽是帶你到這世上的人，能做的僅是把我們所追求、所信仰、所讚歎之事物鋪設在你面前，將你浸在我們的世界最美好的部分裡，日日沾染薰陶，讓那信仰長成你的力量，那美好深入你的靈魂，待你羽翼豐了，我們得放手，讓你躍入你的世界。那信仰與美好將伴隨你編織人生，經由你手，與他人交換、分享、儲藏。那信仰與美好裡有百千萬億年以來的父母心，有一個尚未降臨的理想社會的願景。

（啊！成為父母，即是劈下自己的半副身軀、半壁靈魂，捐獻給未來。）

如今，我們往水深的地方行去。兒子，但願以彼此為繩索、為長篙，即使陷身漩渦，亦能感受源源不絕的力量。

生命是生生不息的。身為一個母親，我期許自己能謙遜地思索這條律則，從中萃取智慧與勇氣以抵禦現實潑灑而來的驚怖與磨難。若能如此，我當會更堅強。

當能在置身急湍時，猶能擡頭仰望星光。

34 兩周歲

從三千七百七十公克重、五十四公分高、頭圍三十六．五公分的初生嬰兒長成十五公斤重、九十二公分高、頭圍五十三公分的幼兒只需兩年。

兩年時間尚不足讓小樹苗結出碩果、讓新岩潤出苔蘚，卻夠讓一個小嬰兒學會跑跳、駕馭語言，大聲說出自己的名字與年齡。

下筆的此刻，小傢伙正坐在電腦前玩最近才迷上的《城市奇俠》——專為小朋友設計、活用數學概念的遊戲光碟。他已不需我幫忙，會自己選擇跟隨青蛙去裝潢查克的公寓或者找到熊呆去玩影子配對、幫修車工人穿衣服的遊戲。我回頭看他坐在高腳竹椅上操作電腦的背影，不禁覺得癡迷。一切都是真的嗎？此時此刻是真的嗎？那個小小孩與我真的存在於這個被稱作「家」的地方嗎？

「嘿，姚大頭，」我放下筆，問他：「你喜歡爸爸還是媽媽？」所有的大人都會問這個無聊問題。

「媽媽！」他答。約莫三秒鐘——這時間夠我因他的答案而露出志得意滿的表情，之後，他改口：「喜歡爸爸！」接著自個兒咯咯地笑起來。

又一次調戲老媽成功，他一定這麼想。

一切都是真的，一個調皮搗蛋的小孩！

一歲半以後，他已能聽懂大人對他說的話、要他做的事，到了兩歲，則可以進行雙向溝通，不管用說的或其他耍賴技巧。正因如此，當大人希望他學習較高難度的人際互動時，那感覺就像使盡全力與一頭蠻牛拔河。如何讓兩歲小孩了解「尊重」的意思，如何讓他願意「等待三分鐘」而不吵不鬧？

兩歲以後，是另一階段的學習，對父母與孩子而言皆是繁重課業。以小傢伙為例，我親自帶他、教他，固然促使他在認知、學習方面較有進展，然缺點亦逐漸顯露；他在自我情緒克制方面的能力極差，獨立性不夠，常表現出以自我為中心的行止。這些，或許是獨生子的共同毛病吧！如果能於循循善誘之中，讓他學習尊重別人，學習禮儀，學習分享，既能保留孩子個性之特質又能奠下較開闊的人際基礎，確是學問。

然，退一步想：若每個孩子是一枝獨一無二的生命之箭，天大地大，自有他馳騁之路、命中之靶心吧！

兩歲的小傢伙，飲食起居已形成規律。胃口不錯，每餐能自己吃飯，唯他狼吞虎嚥，我們得一直叮嚀：「小小口，嚼一嚼，休息一下！」雖說已有十七顆牙齒，不過小孩沒耐心嚼爛，一碗飯四、五口即吞完。老輩的有個妙喻：「吃柚放蝦米，吃龍眼放木耳，吃拔拉（番石榴）放槍籽。」即指小孩咀嚼不足、消化不夠，吃什麼拉什麼，吃進去的柚子在腸胃繞行後拉出來的形狀像蝦米。為此，我仍舊為小傢伙特製私房菜，將多種蔬菜加絞肉煮爛，飯也煮爛（大人只好跟著吃軟飯），每餐半碗白飯配他的私房菜，若大人的菜餚有適合他吃的，再添幾味。如此調養，他長得還算結實。平日無吃零食習慣，偶爾以葡萄乾、海苔、小魚乾、果凍等神仙妙品誘拐他就範，冰箱內的原味優格、養樂多則有固定配額，每日二至四顆香吉士（冬季則以柳丁）榨汁現喝，加上仍然戒不掉的牛奶（每日要喝四至六次不等，為了減輕蛋白質負荷，採稀釋沖泡），這小子的塊頭確實比同齡的稍大。

兩歲的他會拼十二種六塊式拼圖，三十二塊幾何圖形拼圖，認識0到9數字，會從1數到10，認得A、B、C、E、F五個字母，會背誦四首絕句，喜歡玩積木搭房子、結構方塊組合車、齒輪組合車及電腦。認得大部分的蔬菜、水果，喜歡在洗澡時想像小熊買菜，問他小熊買了什麼菜，他會說：「養樂多、格格（優格）、葡萄乾、海苔、冬瓜、蛋、豆豆、運動飲料……」基於他喜歡食物的特質，我猜想適合他的職業可能是：葡式蛋塔店長或日本料理亭長。

他也學會自我鼓勵，若搭好積木，會高舉雙手，跑來向我說：「勝利！」穿了新衣，也會照鏡子說：「我好帥！」

最讓我感動的是，有一天他自廚房角落撿起一塑膠瓶（我常將空瓶洗淨給他玩），自動走向洗衣間，喃喃唸著：「回收！回收！」將瓶子放入資源回收袋。這是很小的事，但代表著一粒愛地球、珍惜資源的種籽已成功地在他身上著床。我曾向他解釋過，為什麼那袋子裡的鐵罐、玻璃罐不可以玩，並且自言自語講了一小段關於永續經營地球的看法。小小孩怎會懂這些？他懂的。他自有另一隻慧眼觀察大人行為且起而效尤。他這小小的動作讓我對未來起了些微的憧憬，或許，修復地球的力量就在女人與小孩身上！

小傢伙很愛聽〈天黑黑〉及〈只要我長大〉這兩首兒歌。尤其後者，可能因歌詞有「爸爸」、

「哥哥」等常使用之稱謂及媽媽老是掛在嘴邊的「長大」二字才擄獲童心吧！有一天，我聽見他竄改歌詞，那詞兒聽在媽媽的耳裡比任何一首情歌都動聽，他唱：「姚遠媽媽真偉大……」

小傢伙與爸爸的互動也進入善的循環。每天早上，他會揮手向爸爸道再見，說：「爸爸上班，乖！」下了班，則要爸爸帶他兜風逛逛。某晚，他跟爸爸玩躲貓貓，他先站在廚房冰箱前數到十，再跑到客廳抓人。堂堂七尺之軀在小客廳內著實無所逃遁，小傢伙因每次都抓到人頗有成就感，竟要求一直玩下去。

最大的進步是白天不需包尿布了，這真是大躍進！他已會說：「媽媽，要尿尿！」不過，尚不願蹲坐小馬桶解大號，我不急，反正總要會的。

兩歲生日那天，是個尋常的晴天，這世界看起來沒什麼不同。孩子爸爸休假半天，帶我們出去走走，回程在山下理髮店給小傢伙理平頭，照例，他哭得宛如刺客要取他首級。當晚，我親自烤了中看不中吃的小蛋糕，插上兩根蠟燭，為他慶生。尋常的一天。

而這一天在我們眼裡卻比黃金燦亮，輕盈的光到處流淌，以至於這世界看起來有一股奔放的活力，即使最不起眼的野樹叢草也結著希望的小果，我們的心情好似大草原上奔馳的花豹，綽約極了。

有一個小小孩滿兩歲了，他會唱的第一首歌是幾百萬個小孩都會唱的〈只要我長大〉。只—要—我—長—大！他以大嗓門吼唱著，被自己的歌聲弄得興奮無比，遂一遍又一遍地唱起來。

是的，我們像所有父母一樣希望自己的小孩平安、健康地成長。我們祈求神讓我們繼續擁有幸運與福氣，陪伴這個小小孩長大，見證他歷經鍾鍊而強壯而胸懷萬里而點燃理想，成為建造他們社

會不可或缺的一塊基石。

生命，要獻給更多的生命！這就是衍育的終極目的吧。

而我會老，也願意安安分分地老。在我們身上燃燒的火把要傳給他，在我們腦海翻騰的難題要交給他，在我們心口潤著的甜美滋味也要送給他。我們願意更努力些，成為他眼中可供懷念、學習的「上一代」。

我祈求當初傾聽我、賜我嬰兒的神護祐這個小小孩，賜他勇氣以迎戰邪惡與不義，賜他智慧讓生命發光，引領他走上真理與正義的道路。

祈求隱於星空的神把本應賜予我們的福糧轉贈給他及所有生長在這塊土地上的孩子，讓他們通過光陰洗禮，攜手打造美麗新世紀。

若如此，我們當可以微笑等待；因為，那豐饒壯麗社會的一片顏彩在我們的兒子身上，若我們盡心呵護他長大，就能見識那壯麗社會降臨。

降臨於遙遠的未來。

後誌

——關於《紅嬰仔》的幾則遐想

1.

讓我回想一九八九年左右那個燠熱且沈悶的下午吧。

那時單身的我仍在出版界與文壇活躍，受邀至由一群媽媽們組成的讀書會發表演講，依主持人指示，我應該「傳授寫作祕法」。由於這題目聽來像「傳授起士蛋糕烘焙祕法」或「傳授馭夫祕術」一般令當時的我毛骨悚然，以致方寸大亂，信口胡謅些連自己都不相信的道理。我除了記得那午後酷熱像上輩子仇人勒我頸子之外，還記得在台上台下紛然搖晃即將入夢之際，我忽發靈感，興奮地說：

「為什麼沒有人把懷胎九月、養育孩子的過程寫出來？難道還不夠刻骨銘心？這是妳們獨享的最肥沃經驗，為什麼不把它寫出來呢？」

她們，睜大眼睛，沒反應。

如今我理解，對好不容易從育兒、理家的傭人式生活中擠出一點時間參加讀書、寫作會的她們而言，聽到有個「吃米不知米價」的人叫她們回去寫懷胎育兒之類經驗，無疑也是毛骨悚然的。就像，叫費盡氣力從土石流災區搬出來的人再遷回那個山坡坍塌、河水氾濫之處一樣，他們不但不會感激，還會有點怒。

沒想到十年後，這書經由我手寫出。

2.

每一階段的人生都是一種「境」。境與境之間，界線或如高巖難以攀越，或如一跨步之溪。三年前，一陣微風之力即讓我的人生「時移境遷」，我欣然接受，並且依例以虔誠與專情構築這難得的奇境。

為妻為母，就生物學角度，本無特殊之處；但放在個人生命史視之，真是好一陣驚濤！

3.

所以，這書乃蓄意貼近育嬰實況而寫，並且試著保留阿嬤那一代的育兒智慧；總體而言，幾乎是一部「散文紀錄片」了。我相信，最能從中讀出滋味的是剛懷孕到身邊有個三歲左右小孩的新手媽媽，主要是女性（包含少數男性）。凡處在這近乎四年時間段落的人都會同意，這是人生中最奧

渴望同伴的獨生子，愛畫「雙人組」，想像自己有個雙胞胎兄弟。

妙、驚險、絢麗的一段體驗，聖美時如在天堂，驚懼時又似牢獄；從來沒發現自己這般脆弱，也從未見識自己如此堅強。

待過少林寺，還怕微風細雨嗎？近乎這氣魄。就女性成長史而言，歷經生育與母職除了改變骨盆位置、增加幾條永誌不滅的妊娠紋之外還得到什麼？這問題值得探討也適於自問。

我想，在母親崗位上經千錘百鍊而不潰倒的，這女人的膽識幾乎可以治一邦、奪一國。

4.

即使每年有一天叫「母親節」，百貨公司專櫃像神職人員奉勸大家要大大地感恩。然而在現代社會，做母親仍是艱辛且寂寞的。榮譽、援助與尊重，少之又少。她們與孩童只有在選舉期間才被油滑的政客想起，等把「神聖的一票」投出去，又被忘了。

從坐在巍峨之位者的眼中望去，這島上有婦女與孩童嗎？大概——沒有。

5.

文字是根鬚，緩緩深入生活土壤、記憶岩層。一旦占領，如小樹扎根於曠野沃地，隨時間而舒筋展骨，終於長成一團不可拔除、不可替代之濃蔭。

我必須寫下，因巨大的愛總是挾帶恐懼。我害怕失去，故必須書寫。若有朝一日，災厄敲門，

小男孩的作戰想像。

不管是我失去愛或所愛失去我，我們還有地方重聚。

是以，我全心全意以文字造屋，先時間一步。

6.

然而，我必須換個角度說，一個現代女性若把全部精神、氣力、才賦投入家庭，將家庭視作唯一的成就，是相當危險且遺憾的。

除了少數人天資異稟，能像《瑪莎的生活情趣》主持者瑪莎，以「家園」為主題另闢蹊徑，獨創一門「家庭經營學」自成一番事業之外。大部分蝸居在二、三十坪空間裡的女性會不知不覺隱入牢籠，停止成長。她們的形貌逐漸被時間腐蝕，而心智恰好相反，如被拔除電池的時鐘，不早不晚，停在她們進入家庭的那個時刻。

幾年後，她們跟不上孩子的成長。這也意味著，她們跟不上瞬息萬變的社會。

再幾年後，她們只能坐在家庭牢籠裡做一件事，那就是：抱怨這籠子吃光了她們的人生。

因此，母職實踐與個我生命實踐的天秤該怎麼平衡？值得正視與深思，更需以毅力求取兩者的雙重發展。

7.

我能留給兒子的最美好禮物，恐怕就是翔實記錄其嬰幼兒期成長的這本書了。

小男生心中的英雄：消防隊

生命，就是這麼一步一腳印，從脆弱的小嬰兒慢慢長成能跑能跳、喜歡發表意見的小頑童。有一天——三十年或四十年後——當他有興趣回顧生命源頭，這書即是船，載他悠遊。

我能給自己的最特殊禮物，恐怕就是藉由「全職媽媽」角色返回自己的嬰兒期。這是奇詭的，若我未親自照顧孩子就不可能清晰地看見嬰兒期的自己。如此說來，我全職投入育嬰工作，竟同時呵護了兩個生命的成長；一是兒子，一是早已遺失、如今藉由血緣羽翼飛回的嬰兒期自己。

我的母親為我保留部分記憶（她讓我發覺，其實每個母親都有為孩子紀錄、書寫的先天傾向，只可惜未文字化、影像化），即使相隔三十多年，當我幸運地拈到一根話頭，她即能滔滔描述當年我的樣子。然而，我尚未摸清她儲存記憶的習慣，亦無法辨認在她腦海裡錯綜複雜的甬道，哪幾條可以通過記憶迷宮找到嬰兒期的我。她似乎慣用感歎詞為鑰匙，「啊！」「噫！」之後，

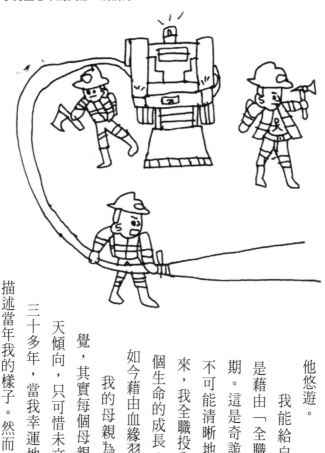

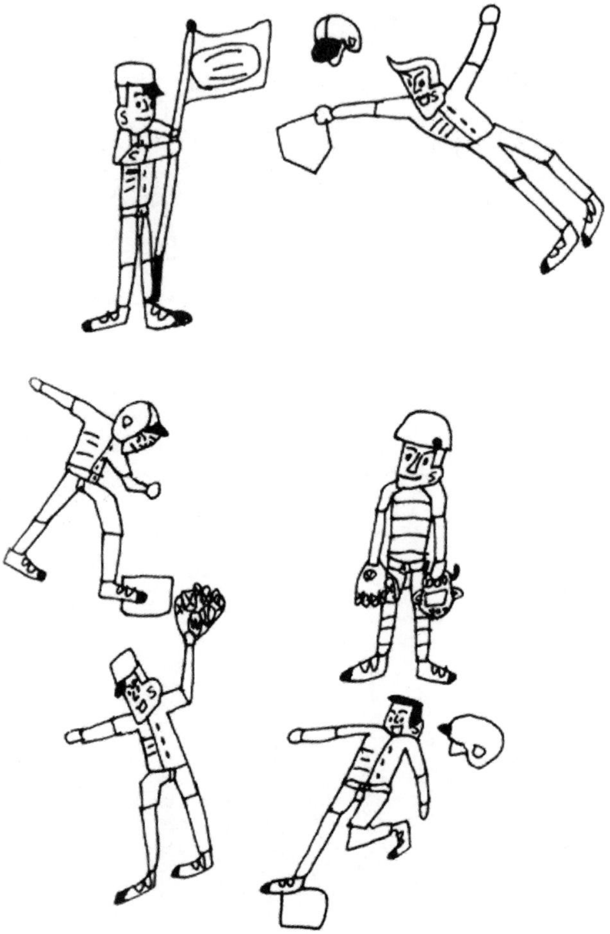

激烈的棒球賽

紛然倒出一碟、一碗、一罐記憶。雖然少，卻是極其珍貴的史料。

時常，我拿母親提供的材料與兒子比對，赫然看見自己。

這時，我不禁讚歎血緣是一條讓人意亂情迷的繩子。

8.

感謝一些人。

我的公公、婆婆與孩子爸爸，給予我全部的支持與寬容，能與他們成為一家人是我的福氣。隔壁許媽媽，讓我見識到一個母親的堅毅精神。小民女士，時常捎來鼓勵的話語，提振我的信心。老友林和教授、李惠綿教授、黃照美女士，在我近乎息交絕遊的育嬰生活中，不時灌注關懷，暖我肺腑。初安民、江一鯉催促了這本書的完成，一併致謝。

感謝我的老阿嬤與母親，即使日子苦得像飛砂走石，她們也未從「母親崗位」叛逃，一路以自己為餅為糧，哺育我們。

她們不識字，她們是單打獨鬥的寡婦，但她們教我：

在湯裡放鹽，愛裡放責任。

寫於一九九九年二月台北

小男生的科幻世界，「百獸戰隊」，家中成為百獸基地。

後來的事及「某年，姚家年度報告」

【寫在前面】

一本書寫完，對作者而言是結束，對書來說卻是開始。《紅嬰仔》出版後，周圍親朋好友常詢問：「接下來呢？」這勁頭隨著主角成長從大頭寶寶「姚頭丸」變成嗓門大、意見多的「姚小弟」而加劇，他是我們人際網絡的超級巨星，沒人關心做爸媽的好不好，只關心小傢伙近日又學會什麼招術、有什麼特異功能？

因此，我每到歲末會寫一篇〈姚家年度報告〉，整理一年重大事件，權充賀卡寄給親朋好友。本來是隨手之舉，怎知朋友們從中看到小傢伙的成長軌跡讀得津津有味，竟說每到年終就期待收到年度報告。有一年我太忙沒寫亦未告知，事後有朋友以為被我踢出朋友圈。真是冤枉啊！

今日重閱，有幾篇描繪小傢伙的幼兒園階段，頗有趣，《紅嬰仔》正文寫到兩周歲，不妨據此補綴幼兒園情節，當作是狗尾續貂。隨後亦附上某一年的年度報告，那些年正是小傢伙熱愛塗鴉期，俯拾皆是小圖，我剪貼配文，母子倆天馬行空一番，像發一場熱病。既然狗尾續了貂，就不妨讓這狗尾快活地搖晃一下吧。

1. 幼兒園

終於走到這一天了：姚頭丸上幼兒園！小班、半日。

這標誌著嬰兒期正式結束，那個已會行走跑跳的「小動物」將脫離繭居狀態，朝寬廣的世界踏出第一步。他人得知，驚呼一句：「這麼快，三歲了！」好像養育之事就像坐遊樂場摩天輪一般，尖叫幾聲，孩子就大了。只有媽媽心裡明白，時間的腳根本就是烏龜的腳！但這麼說也不見得公允，如果她的育兒現場猶如練功房，幾套拳打下來，精疲力竭之際猛然一算，也會覺得時間飛快而想陪孩子做的事一件也沒做，怎麼他要上學了！

上幼兒園絕對是大事，父母開始關切「教育體系」很快地變成專家；熟稔各門各派教育理論、打聽師資、觀摩場地、精算收費，一個比一個精。我們沒那麼認真，只選一個離家較近、口碑不錯的幼兒園，讓姚頭丸去練習練習。

早上，由爸爸開車送去，十一點半，由娃娃車載回。都說孩子上學必然會有分離焦慮情狀，哭喊悽慘如喪考妣，這是實情，但是論者忽略了做父母也有分離恐慌，捨不得把孩子送去學校或是延遲出門。我們家，兩者同時發生。

小傢伙每日換好衣服，臨出門必哭，雖非聲淚俱下，但也接近神情委屈。做爸爸的也一樣，出門的時間愈來愈遲、愈來愈晚。加上常常生病不上學，算下來，一個月只去十多天，一天只去一小時多，使得盼望能偷得數小時空檔以便埋首寫作的我落空。這好意思叫上學啊？後來，在學校老師特別關照下，小傢伙漸漸喜歡（或意識到不得不）上學，不哭了，出門前他會對我說：「我去學校洗洗手、吃點心、唱唱歌、尿個尿，然後我就坐娃娃車回家嘍！」

這小班念得像拿錢打水漂，由於他常生病，後來乾脆在家跟著我胡亂混日子。

說到生病，過敏、感冒且不表，單單肺炎、腸胃炎住院接續而來，夠把我搞得蓬頭垢面、心急如焚了。有一次，正逢強烈颱風來襲，狂風暴雨，據報導多處路段已路樹倒地、淹水，我們所居山莊下面的景美溪亦暴漲，大橋下泥流滾滾，恐有沖毀橋墩之憂。正當此際，小傢伙竟發高燒，整個人昏沈、奄奄一息，我判斷非去醫院急診不可。出門前進一步得知山莊路面崩塌成一個大洞，剛剛有人騎摩托車摔下去，此時只在上面搭個木板，勉強讓人通行。我們不得不叫救護車，救護人員要我們步行過大橋，車子只能停在橋那頭。我們火速出門，原本由孩子爸爸抱他，待走到那塌陷大洞，心都冰了，一塊窄木板之下彷彿深淵，要是失足怎麼辦？

風雨中天色昏暗，我不放心高度近視的孩子爸爸，立刻接手抱小傢伙，穩住身子慢慢走過木板，那幾步之遙每一步都必須全神貫注、母子合一。幸而平安通過，上了救護車，得知往醫院的路尚能通行，一顆心才稍微放鬆。

既然在家鬼混，也必須備教材；那陣子家裡的書籍、教具媲美半個幼兒園。他對拼圖頗有興趣，這好辦，各式各樣拼圖拼過一遍之後不新鮮了，乾脆把幾種拼圖打散混成幾百片的小丘，板子排開同時拼，夠他忙一陣子。這法子只有文思泉湧、正在趕稿的偷懶媽媽想得出。

到了四歲，該上中班。每日仍由爸爸開車送去，中午返回，在校兩小時而已。他最喜歡外籍老師的美語課與點心時間，常以幸福表情稱頌點心，還光榮地比指頭：「我今天喝了兩碗soup。」

原本我們擔心身為獨生子的他會怯於與人互動、無法融入群體，久之，變成羞怯、膽小、自我封閉的人（做父母的總是想太多），看來我們多慮了，短短兩個月，他不僅記住全班二十六個小朋友中十八個人的中英文名字，還記住娃娃車內不同班級的十一個小朋友的班級名稱、姓名、下車順序、住宅地名。這真讓我驚嘆，原來小孩的記憶力超過父母的想像。當我跟老師分享時，她說：「每當我帶他們去上廁所，若有別班的小朋友在，他會問人家哪一班叫什麼名字，這也是一種人際互動喔。」我驚嚇不已，趕緊提醒他：「去廁所就是要專心尿尿，不必問小朋友名字啦！」這一番「廁所人際互動」，不禁讓我想起小時候隨阿嬤坐火車上台北的難忘經驗，好奇（或好管閒事）的她一落座沒多久，就跟前後左右攀談開來，話匣一開，大約半個車廂乘客的來歷、旅行目的地都掌握了，待她去廁所，回座途中又把另一半的人也摸清楚了。看來，小傢伙頗得阿祖的真傳。

人道是父母會隨孩子成長，此話不假，小傢伙學美語學出興趣，常隨機考我們：「貢丸的英文怎麼講？」「水餃怎麼講？」「機車的排氣管怎麼講？」……。第一次被問到貢丸時，我學老外腔調敷衍：「公萬。」他搖頭：「不對不對。」這一陣美語熱逼得我們不得不查字典、寫備忘，熟記挖土機、堆土機、水泥預拌車、油罐車等艱深機具的英文。

我也開始教他簡單的唐詩及古典材料，讓他熟悉音韻聲情之美。有一次，教他誦讀《三字經》，我在講解之前忽然起了遊戲之心，叫他用「直覺」說一說辭意，他果然像百獸亂舞，說了以下的解釋：

人之初：就是小豬。

性本善：拿扇子。
性相近：拿信。
習相遠：太近了。
苟不教：狗狗不叫了。
性乃遷：走路要牽手。
大小戴：想想想，腦袋瓜子。
註禮記：破壞玩具，撕書。
光武興：脫光光，沒穿衣服。
玉不琢：鳥在飛。
不成器：都沒有啦。

這堂課上不下去了，母子倆捧腹大笑之後，除了吃點心沒更好的安排。

到了大班，由於原校旁邊施工，有空污、噪音之擾，我們把他轉到離爸爸上班較近的分校就讀。本想父子同進出，我可以在家痛快幹活——作家是在家上班的一種人，卻總是被當成不用上班在家閒著的。怎知，小傢伙還是只念半天，這種求學模式類似教育部官員到校「督察」。我們想盡辦法勸他念「全日班」，跟小朋友一起吃午餐、躺在「睡袋」裡午睡不是很好嗎？他不為所動，還是喜歡回家吃午飯、睡午覺。也許，他已經習慣午睡前後看到媽媽在床邊小桌寫字的樣子吧。

2.抓鬼的那天下午

終於走到這一天：姚小弟上小學了！

位於台北南區的一所公立田園小學，全校十二班，每年級兩班，每班不到二十人。很像冬山河畔我的小學，半壁青山、一片藍天，賞不盡的季節顏色。

開學第一天，臉上如春風拂面的是父母，表情木然的是小朋友——不想離開原來幼兒園的有之，看到這麼大的學校這麼多人猜測裡面一定有很多壞人以致心生畏懼的有之，有一個甚至沿路啜泣，小手被媽媽拉著走，好像逃犯被逮捕歸案。小傢伙沒哭，爺爺奶奶也來了，四個大人護送一個小孩正式踏進學校，真是天大的事。爺爺還備了一個紅包，慶賀愛孫展開學習之路。

他上學，我也必須陪學。小學一、二年級只上半天課，又無校車，中午需由家長接回。於是每天早上七點半，爸爸開車，姚小弟背小書包，我背大書包一起出門。他進學校，我去附近麥當勞寫作，待中午放學再接他一起回家。這兩年，我的書桌就在麥當勞，固定坐在一處位置，隨遇而安。

這所田園小校雖然環境符合「童年」需求，仍然不乏焦急的一年級家長擔心孩子缺乏競爭力而醞釀轉學，即使老師重視閱讀而減少紙筆功課量，仍有緊張父母害怕功課太少孩子的程度比不上他校、不夠重視英文有礙國際化而打算離開。要命的是，真的轉學了，他們又會抱怨新學校空氣太差對孩子的氣管不好、學生人數太多老師疏於照顧。台灣的教育現場，充斥著焦慮的父母，且是從幼兒園就開始了，形成校園上空的烏雲。

我們對小孩的學習規劃首重品德，次為閱讀，第三是建立自信、負責的自我，最後才是學校功課。見多了系出名校的資優生活到四、五十歲仍管不住私欲，不擇手段掠奪他人血汗成果還理直氣壯的例子，一櫃子獎狀、獎牌能證明什麼？學校、家庭在給予掌聲時是否察覺一個傲慢的人已然成形，漸漸學會伸出利爪獵食他人且食髓知味？自私與不公義仍是生性如天秤的我痛恨之事，我不想教出一匹頂著世俗成功光環的狼。

閱讀，就像培養一塊沃土，將來不管什麼種籽（學科）落地都能長得有模有樣。姚小弟的閱讀狀況尚可，學校課程對他而言輕而易舉。之前，我看到專家撰文指小一生國語課本出現邊、寶、聽、樹……等筆畫複雜字十分不妥，不免擔憂。沒想到他寫這些課本上只列做參考無須學寫的難字竟然毫無障礙。我看他坐在茶几邊寫多筆畫字，一副自得其樂貌，也湊來寫。

我說：「欸，你覺不覺得邊、寶、聲，看起來很像古時候某種動物的骨骸？」母子倆戲耍一番，甚樂。

閱讀絕對是孩子成長中第一優先之事，遠勝英文、電腦。由閱讀而引發討論、思考、疑問、再補充閱讀、修正、形成知識，乃是一條慢工細活的長路。即使是我，有時也難免被他一連串「為什麼」問到心浮氣躁答以「沒有那麼多為什麼啦」，但我仍然願意耐心透過閱讀指出一大片疑問給他看──學習，豈是考試卷上老師以紅筆寫一百分那麼簡單的事。所以，看波拉寇《平克和薛伊》，必須附帶講述美國南北戰爭背景。提到雙胞胎，順便查書了解同卵、異卵之別。既然要認識身體，《人體奧祕》、《大腦》、《人體神祕遊》、《感官大探索》……乾脆一併對照。SARS當道，我看他自個兒找出《細菌的真面目》翻閱。不在意他能吸收多少，重要是把學習的視野與胸襟撐大。薄薄一冊課本給的，只像市場買回的水果，我期望他能見識滿山果園，如此，才不會長成一個只知拚分數、名次一變化就要尋死尋活的青少年。

到目前為止，我們只安排過足球、直排輪、游泳、音樂、圍棋課，無助於學業成績，只希望安撫將來必定顯現的獨生子的孤獨感。可惜，他缺乏體育、音樂天分，卻對圍棋情有獨鍾。每每窩在沙發上翻看棋譜，一時興起邀媽媽對弈，但我早已是七歲小兒的手中敗將，才下數子，他頻頻提醒「叫吃」、「雙叫吃」，我自嘆如行政院長，哪裡有洞補哪裡。每晚睡前，父子對弈是正經事兒，多少處事道理、數學運算、心性修養盡在黑白之中。

然而，他畢竟是個天真無邪的小男孩，甚至連一個大白天的小噩夢都揮不去。某日午眠醒來，見媽媽不在房間竟哭著下樓，我被這膽小舉動惹惱了，板著臉要他說明白怎麼回事？

他說：「做了噩夢，有一個怪物……」

我問：「什麼怪物，是鬼嗎？」

「不是，比鬼更可怕！」

我失去耐心，說：「膽小的人永遠有一百個理由合理化自己的膽小，有多可怕？你畫出來我看看！」

他抽噎著，取出紙筆。我的心情變壞，出門到院子掃四月豔紅的九重葛落花，忍不住從窗口偷覷，他果然低頭在畫。我開始心軟，懊悔不該對他那麼凶，他以後要獨力面對的挫敗可多著呢，小小的消磨志氣大的可能會奪命，屆時做媽媽的想安慰也安慰不了，此時何必斥責呢？

進門，他已畫好，我拿起一看，說：「畫得不錯，滿可愛的嘛，還穿三層裙子。」

換他兇巴巴地說：「才不可愛呢，那是皮膚不是裙子，它很可怕哩！」

我說：「好好好，可怕可怕！我教你一個好方法，所有可怕的事情一旦說出來、寫出來、畫出來，就像把它拉出來一樣，它不再住在你的身體裡就不可怕了。你已經把它拉出來，這很好，現在，幫它取個名字。」

他想了一下，說：「叫牙痛鬼好了。」

我說：「你就寫，牙痛鬼，我不怕你，它就永遠嚇不了你。」

他真的寫了。

「還怕嗎？」我問。

「不了。」他說。

整件事結束於奧利奧餅乾及一杯咖啡上。

不久，我的牙齒出狀況，多次手術受了好多苦頭。我心想這真是報應呀，不應該叫它牙痛鬼。找出那張圖，換我在圖上寫：「我怕你好不好。」

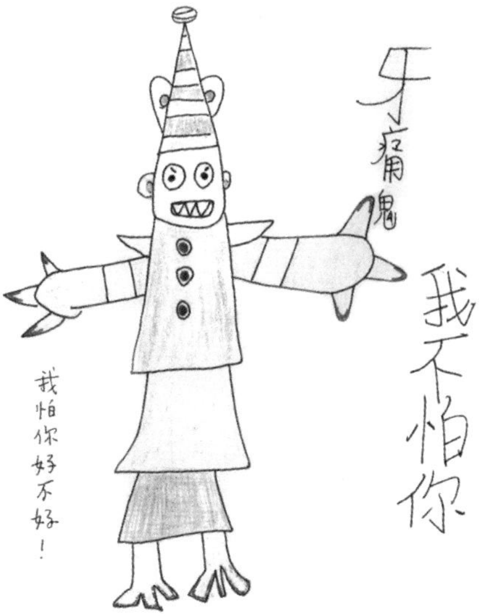

但願，孩子從此擁有抓出內心深處鬼魅的能力，但願，擋在他人生路上的那些噩夢、鬼魅，都能被我一口嚼碎，直到我嚼光一口牙為止。

注：小學三年級，因為搬家，小傢伙轉入一所注重基本功與學習紀律的私校。小五那年，隨爸爸出國，在美國一所崇尚思考與啟發的小學念了一學期。所以他的小學生涯念了三所完全不同教育理念的學校，而他都能適應，打下不錯的學習紀律與英文能力。在沒有補習的情況下，國中以後一路讀的都是公立學校。

{某年，姚家年度報告}

文：簡某人
圖：小姚

嗨，大家好，我們是情報二人組，向大家報告本年度姚家大小事。
他們一家去飆車，警察在後面追！
咳！對不起，拿錯檔案！姚家都是膽小如鼠，哪有可能幹這種事！當然啦，他們的生活真的很單調（打哈欠……）。

老姚，每天上班下班、上班下班、上班下班……出國開會、上班下班，最大娛樂是陪兒子打棒球、打籃球、游泳……，帶他看病。夏天時，好不容易一家三口去美國旅行，搭賞鯨遊艇小遊，沒想到一上船不久，簡某人與小姚先後吐了，老姚為了照顧他們沒空看海上跳出什麼動物，從頭到尾，這家人只看到甲板跟自己的腳趾頭。

打棒球

打籃球

簡嫃人的生活，更無聊：煮飯洗衣拖地園藝讀書寫作演講評審；由於今年在外「吹牛」次數較多，稿子只寫了幾篇，心裡急得很。手頭上的計劃，工程不小，雖有構想，老是在「自我推翻」，不知道為什麼要把自己搞得這麼累？真是欠揍！

小姚這小子仍舊上學放學、上學放學……，除了上圍棋課，沒補習。最愛畫小圖，如：球賽、消防隊、拿破崙遠征西伯利亞或是戰爭即景。

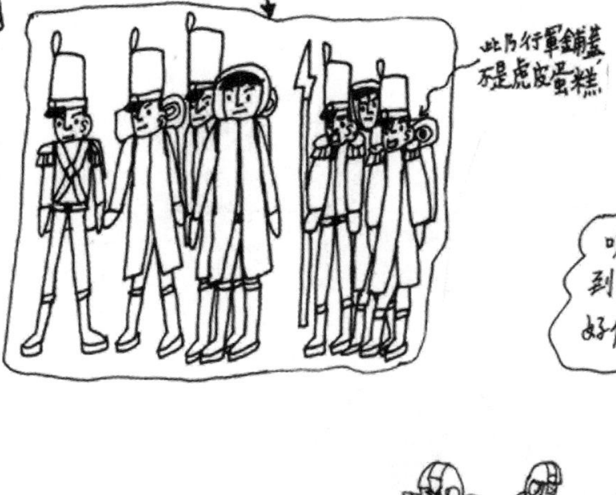
此乃行軍鋪蓋
不是虎皮蛋糕

嘻，我找不到戰場，
到底在北港還是南港，
好像是東港？

敵人在哪裏？
肉搏戰
槍戰
奇怪，還沒開槍，怎麼就倒了？
老兄，你未免太誇張了！
趕快裝死，趁機休息……

簡媜罵他：「你們男生好無聊，一天到晚打仗！」

小姚頗愛看書，也開始看 西遊記、水滸傳、三國演義（少年版），
問：「方天畫戟、丈八蛇矛、青龍偃月刀的不同在哪裡？」
做媽的回答：「沒什麼不同，都是武器啦！」

這個媽太混了！
卒
可不可以畫歡樂一點的!!
媽
來了！來了!!
小姚

五穀豐登合唱團，蘋果彈鋼琴，
胡蘿蔔吹喇叭，唱歌的是土司！

姚家三人組，祝大家
新年快樂，萬事如意。

宛如昨日
——二〇一〇年序

時光烘焙著我們，時而高溫煎烤時而急凍冷藏；一眨眼，十四個年頭在冷熱之間蒸發了，當年意外來報到的紅嬰兒，如今已長成翩翩少年。當一個媽實在不容易。

梅雨在窗外低吟的此刻，重讀十一年前書寫的這本「母愛賬簿」，竟興起忽而清醒忽而癡迷的醉意。清醒是，字裡行間保留的「育嬰現場」一經閱讀都又重現了，歷歷在目。癡迷是，我仍是這副身軀，照理說育嬰過程的劬勞應該牢牢記得才對，怎麼那些疲累感都不見了，煙散了，全部換算成對身旁這個翩翩少年的讚歎。可見不僅為母則強，做了媽，腦內多了一部時光匯率換算機，光陰似箭，那些箭被母親的手鎔鑄了，換算成孩子身上的青春。因而，十四年這數字給我的第一個反應不是我變老了，而是我的孩子長大了。

在我的寫作圖譜上，這本書也標誌了不可替代、不能重返的人生驛站；在這之前，我是個單騎，獨自策馬夜行，崖邊幽谷，任性遊憩。在這之後，是個駕四輪馬車往幸福村莊趕路的車夫，車上有一掛身家性命，不僅不可涉險且要練就幾拳以便跟半路衝出的盜匪扭打。一個嬰兒，改變的何止是一個女人的身材，更是那從未經驗的一種咬牙切齒觀看社會、恨鐵不成鋼的視角。名義上，我多了一個孩子，實質上，我也多了一個自己。正因為視野不同，《紅嬰仔》之後才有《天涯海角》的書寫企圖，那種激越的書寫情緒於今想來仍舊鮮明。

書裡只寫到小紅嬰兩歲便收筆了，在不同場合總有人問我：「他後來呢？」我總是故作天真說：「後來就三歲四歲五歲一直長嘛！」問的人想知道有沒有續集，寫的人斬釘截鐵地知道這種書只能寫一次。

三歲以後的他度過一段頗漫長的多災多病期，吃過的藥比糖果還多。這使得我們完全修改對他的學習期待，正常的三餐與持之以恆的運動早已凌駕學科成為他的日課，即使是進入國中階段，基測烽煙處處飄揚，他仍然過著不補習、放學後打球一小時、回家有一頓均衡晚餐、晚間十點以前上床的標準作息。不正常的教育體制需要老師、家長鼎力支持才能繼續不正常下去，我們選擇另一條自認為正常的小徑，走得很開心。所幸，課內課外的學習他都能自理，也能保持不錯的狀態。每天晚餐桌上，這傢伙有講不完的、天南地北的話題，跟父母很親，嘴裡常說：「媽媽，謝謝妳配合。」我對他說：「你真是一個很棒的兒子耶！」

有趣的是，擔任母職有助於提升我的「社會地位」——僅限於婚嫁喜慶場合。我多次受邀在婚禮上擔任介紹人及貴賓致辭，除了期許新人攜手共修婚姻學分，不免也要肩負社會使命、當內政部志工來一段「置入性行銷」，為急遽下滑的出生率增一塊煞車皮。姚頭丸出生那年，一年還有三十萬個紅嬰仔來報到，現在一年不到二十萬，台灣已成為全世界低出生率國家之一。不結婚只同居或是結婚不生子，已蔚為當代潮流。君不見，河堤邊草地上，抱著美容院整理過的小寵狗的年輕人多過推娃娃車的貓熊臉父母，而周邊友人家中子女年過三十五不婚不嫁沒動靜的大有人在，那些沒膽父母只敢在背後嘆氣、著急、嚴辭批評，卻不敢明著問。家庭概念正在瓦解，小家庭已經夠小了，現在乾脆把屋簷拆了，成就無限大的「個人樂活主義」。這本是多元社會個人選擇但當多數人做這種選擇，就形成社會問題了。無怪乎政府要發獎金鼓勵早生、多生，在我看來成效不大，不婚不生的年輕人固然有的考量經濟，但也有不少無關乎錢財；區區獎金不夠買一只LV包，重賞之下都不見得有勇夫，更何況只給一張糖果紙。說到此，我心中始終有個小疑慮，是不是當年《紅嬰仔》寫得太逼真了，嚇壞我的女性讀者，間接讓她們不敢獻身於生產大隊。若是如此，就罪過了。所以，只要有機會握著麥克風對新人祝福，我就渾然忘我，彷彿頭插紅花手擒紅絹帕、胖乎乎笑咪咪之古代媒婆附身，期許新人要「救國救民，踴躍用兵」，並誦唸「做人口號」：「一個嫌太少，兩個不夠好，三個不算多，四個笑呵呵，五個真美妙，六個很驕傲。」但這口號徒具娛樂效果，起不了鞭策作用。

令我意想不到的，我的讀者也以這本書做了分界。有個喜愛我的早年作品的女性讀友，看到我走入「結婚生子」這條在她眼中形同背叛現代女性獨立自主誓言的路，從此不看我的書。我得知此事，甚感無辜，卻也十分敬佩有人如此捍衛信仰。但我畢竟是個心胸狹隘的人，暗地祝福有一匹文武雙全、才貌過人的黑馬竄入她那銅牆鐵壁的地窖，讓她迷戀，讓她受苦，讓她拆牆自個兒爬出來，讓她嘗到從未有過的甜蜜且生了雙胞胎，接著買很多本《紅嬰仔》送人。

最溫和的回應是，有個讀者在美國結婚生子，初為人母的她沒幫手，必須獨立育嬰。她住的城市冬季漫長，窗外總是飄雪，窗內只有她與嬰啼。驚恐伴隨寂寞，漸漸腐蝕她的心。有一天，一個航空包裹來到她手上，拆開，是《紅嬰仔》。厚厚的中文字，首先安慰了她的眼睛，書名直截了當，立刻與床上那軟綿綿的嬰兒聯結起來，書裡每一段每一篇寫的都是她現在的處境，好像為她量身訂做一般。她快速讀一遍，心裡踏實了，立刻把這書升級為床頭書慢慢細看，跟尿片奶粉筆記本放一起，陪在身邊。

轉述這段故事的人，真誠地謝謝我寫出《紅嬰仔》時，我不禁笑了起來，遙想那本書書頁一定沾了溢奶味、屎尿味、藥水味、淚漬，見證生命總是朝向壯大，而且愈來愈重。我的文字竟然攙扶一個異國遊子走過既驚險又壯麗的人生路段，對作者而言，這是何等豐厚的精神酬報。

然而，每個字像嬰兒手指抓住我的心的回應，卻是一個叫霈澄的台大男生寫的。我在講台上與他們結下散文課緣分，他總是溫文儒雅地坐在離講桌很近的位置，固定地，成為那一年我一站上講台就看到的熟面孔，給我安全感。兩年後有一天，他發了一封e-mail給我。

敬愛的簡媜老師：

日安。我是散文黃埔一班的霈澄，自從一年多前上完最後一堂課，我的生活一日比一日忙碌，但也豐富，心裡有時候也會想：老師是否過得好，還有姚頭丸弟弟，師丈姚同學，希望他們也都好。

我本來也打算考完研究所寄這封信給老師的，不只學生的問候，而是來自兩個讀者的致意。一個是六年前身穿卡其制服的我，那是升高三的酷暑，也是我母親離開人世的涼夜。正值暑假，每天我在教室自習到十點，便會到操場上跑個五圈，讓星河在我的頭上流轉，讓月亮躲在雲裡，時而在我前方，時而在我腦後，時而在我身體疲憊、頭腦發脹、胸口苦悶、心房空間的正上方兀自照耀著。此刻我所能記憶的那個夏天，很少很少，只記得曾經在滿月之下雙手拳握，祈禱母親可以安息自在；想要流眼淚的時候，不只要躲在人後，也傻傻地避著月亮，因為我相信母親可以透過月亮看見我，而我不願意她見到我流淚。在她生病的時候，我曾擦過她的眼淚，所以我知道為摯愛的人拭淚要用世間上最輕柔的動作，也是最不捨的，我們彼此的約定就是要捨得啊！那麼若是一個母親見到孩子在流淚卻連拭淚都無法做到時，豈不是更不捨？

那一個暑假我另外記得的事情，便是每天晚上跑完步，回到宿舍盥洗後可以讓自己翻著您寫的《紅嬰仔》，好好品嘗，好好咀嚼，好好嘆息。只有在看這本書的時刻，我願意記得自己是個人子，我願意回到親與子的望遠鏡中看待我過去的人生，想像著十幾年前我的母親與父親，如何看待我的來到，如何細細照料我。看完您寫的險象環生的生產過程，我彷彿也見到自己安安穩穩躺在母親懷裡時她眼角帶淚的微笑；看到嬰兒的多病與父母的多憂，我也想起自己從小的過敏性鼻炎，好像母親的白髮與父親的皺紋是我一個噴嚏一個噴嚏吹打出來的。那些習俗，那些偏方，那些一個傳統台灣大家庭小嬰兒該享過的關懷與愛，我都受過；一個正常小頑童該給予他們的不合理、任性、麻煩、擔憂，我也不吝惜地給過。閱讀《紅嬰仔》後，我才認真回溯，明白我們的生命從我來到世間的那刻起，就已經緊緊交融，直到其中一方離開為止。這段回憶一直沈在我的心裡，即使在上您的課時，我坐在第一排，依然拙於和您說我讀您作品的這些感觸。

另一個要與您致敬的讀者，老師想必已經猜到，那就是現在的我。但您可能沒有猜到的是，生命暗途中，再次於我將熄盡的燈杯裡添加新油的善意，也是來自於《紅嬰仔》。是的，這六年來我其實未曾再看過它，那本書與又黑又涼、有月光有蟬噪的夏夜，一起被我繫在記憶裡操場旁那株欖仁樹上。隨著我上大學，閱讀了其他各式各樣古今中外的書籍，高中讀的書也沒有帶到大學的宿舍裡。只有一次，我請父親來台北開會時幫我從家裡書中帶一本您的著作給我，其實是因為研究所考試有一科作文，我希望能重溫老師您的書，但我並未與父親說要哪一本，隨他在十餘本書中挑選，就是如此巧合，當我看到他拿著《紅嬰仔》給我時，我的心緊了一下：高中那段歲月我自然沒有與父親說過，可他挑了《紅嬰仔》。那時的我，除了是考生，有清清楚楚的高牆等我去擊破之外，更大卻無形的黑影早已經將牆下的我給罩住，隱隱約約我知道，考驗我的，絕不是眼前可見的研究所考試。

那是我心裡一直忽略的聲音，是我辜負許久的聲音，到它已經無法忍受決定與我為敵的聲音。我變得不快樂了，甚至有時難以集中注意力，獨自一人時，常處於低潮。接著便是失眠與身體失調，有兩個禮拜我吃任何東西都是苦的，彷彿天人五衰的警告。我只知道「我」想要改變，正在找尋自己，我開始敏感地留意自己的心念，不放過身體與生命可能要告訴我的任何訊息，關於我的未來，關於我的情感。

那一晚，我無意間拿起父親幫我帶來的《紅嬰仔》，從第一頁開始翻閱，事隔六年的我，事隔六年的眼睛，事隔六年的心靈，書中一字一句給了我不同的意義。我站在這個青黃不接曖昧不已的叉路口，接下來該要登山，還是臨水？我聽到了那個聲音，被我忽視多年的聲音：「我想要一個家。」是的，如此簡單的一句話，不過是自己想與自己分享的一種渴求，我卻不曾這麼真切地聽見過。從十四歲一個人到台北來念書，經過家裡的變故後，練就自我生活的能力，培養思考、學習、自律及關心身旁的人事物，但我是多麼久沒有活在一個家裡。重讀《紅嬰仔》，我才明白自己對家庭有著很深很深的眷戀，八年前遺失的東西，如今我開始去找，雖然還有許多的問題等待我去解決，不過我慶幸自己往內心又走近一步了，彷彿找到了那個與自己玩捉迷藏的少年，走近他，擁抱他，和他說：至少有我陪你。

親愛的簡老師，兩個讀者都是我，兩次拯救我，或說解放我的皆是《紅嬰仔》，很感謝您為姚頭丸弟弟寫下這本紀念，兩次在我生命河流遇到坑洞，打轉滯留的關頭，為我衝破泥石，翻出新土。我知道自己又可以往前流去，一路上有您的書相伴，千里長途奔向海，我有更多的力量。由衷地感謝您……。

啊！蒼天作證，人子的思念無窮無盡，隱在月光裡的母親怎會不知？

《紅嬰仔》何等榮幸，兩次被不可思議的手挑中，在那些艱難時刻，成為一個離席母親對她兒子耳語的橋梁，以文字重新編織一條永恆不斷的臍帶，這一端是兒子，那一端是媽媽。

霈澄，以及所有失去母親懷抱的孩子：下回想念媽媽時不要躲避月亮，要擡起頭，讓媽媽看到你的臉你的淚，她才能吻你，吹拂你，祝福你，告訴你：

隱沒的只是肉身，從生下你的那一刻起，媽媽的心從未遠離。

寫於二〇一〇年六月

二〇一九年五月修訂

平安就好
——二〇一九年印刻版序

1.

彷彿被一陣野風吹起，於空中騰雲駕霧之後，降落在昔日那一處熟悉的原野上。一站穩，眼前的樹林、小徑幫我定了方位，記憶中近處花叢、遠處山巒的景致都湧上心頭。既眼熟得好似不曾遠離只是躲在叢花底下睡著了，又覺知這一匹記憶像古董店舊朝服穿不上身了。時光流暢得沒有縫隙，是人的記憶有坑洞，陷在記得的與不記得的之間，不禁意亂情迷。

2.

相隔二十年，重閱《紅嬰仔》，生出的就是這種前不著村後不著店的心情。彷彿在舊書店架上，抽出一本積塵的書，翻開，書頁上有折角、畫紅線、寫眉批，每一頁都留下被認真讀過的痕跡；看內容，不過是尋常人家有風波有麗日的人生故事而已，但因被誠摯地寫下，字句裡還涵藏著水分——汗水與淚水，也因被用心讀過，書頁間還能沙沙地響起嘆息。如今我翻讀它，竟也被吸引，好像它是我未曾選擇的那個人生，我站在自己的人生裡明明白白地看到那個人生的所有風景，而覺得奇妙、感到完整、興起讚嘆。

很難懂嗎？不難懂。

當年的「我」踏入婚育路段，在母職身分與「創作我」主體認同之間，曾有一番激烈的自我掙扎；兩種路徑看似相容卻又互斥，表面上是開闊了人生，骨子裡是牽絆了夢想。那是一場內在風暴，瀕臨決裂，讓我陷入苦境卻無法對人言說，當年的我寫著：

「妳要走了嗎？」我問。

在我面前，是另一個我，她赤腳，坐在一口舊皮箱上，眼睛望向遠方。

「也許……我們……可以談一談……！」我試著挽留。

「有什麼好談？」她說。聲音冷冷的，吐出的每一個字都像冰塊。

「因為，」我索性坐下來，與她面對面，「我做母親了，所以妳要走，是嗎？」

夏日雷雨總在午後落下，兵馬雜遝似地，振動每一堵磚牆與舊窗。聽這滂沱大雨讓我感到安靜，愈大的雨愈能營造私密空間感，只有自己躲著，純然、和諧，任何人也進不來。在小小的密雨暗室裡，恢復本來面目，自己與自己對話，陷入沈思。

思索一生能有多少追尋？一雙腳能丈量多少面積的江湖？討價還價之後，挽著胳膊的那人是否能走到白頭偕老？捏在手裡的幾兩夢，是否會被現實這條惡犬叼走？

一生多麼短，可又迢遙得讓人心亂。

我記得那些掙扎如何伴隨著嬰兒的啼哭、身心之疲累而將我困在挫敗裡，我也知道解鈴的人是我自己，遂不斷地深入內在世界逼視權力欲與事業雄心，進行自我詰問，把「深怕他人眼中的我變成自斷創作腳筋的持家者」這份恐懼，剔除雜質，轉變為「我自行決定我的人生要包括什麼項目」。內在風暴終於平息，書中保留了那段自我對話：

「留下來吧！」我說：「沒有妳，我不會快樂。同樣，一生中缺乏做母親的體驗或者生了孩子卻未盡母親責任，不管事業多風光，將來回想起來也會遺憾！魚與飛鳥雖不能共同築巢，但可以共賞天光雲影，永遠相戀的啊！」

那一天起，我以「母親」的眼光看世界，及自己的人生。

這就是今日我重閱此書，彷彿「看到那個人生的所有風景，而覺得奇妙、感到完整、興起讚嘆。」的背景。「創作我」看著「母職我」的經歷，終於實踐魚與飛鳥雖不能共同築巢，但可以共賞天光雲影、永遠相戀的願望。

感謝老天，讓我有機會走到欣賞人生風景的這一步。

3.

年年歲歲就這麼過了，當年多病災的小嬰兒已長成堂堂正正的男子漢，不禁一嘆。歲歲年年之中，三人之間有驚濤、有風暴，有甘美如躺臥在春日綠茵上、有喜悅如當了幸運之神的座上賓，有難以化解的愁苦，更有惶惑的憂懼。然而一個家若擁有自癒的能力便是幸福的；驚濤與風暴成為成長的基石，愁苦與憂懼教我們學習理性與智慧。這個家無話不說，那是因為孩子爸爸與我從未怠惰，我們是中流砥柱。

親情是天生的，但光靠這份本能無法因應複雜的成長路況；即使是用心良苦的父母，也不免有卡關時候——孩子小時，我們一心只求他健康長大，等他果然健康地進入教育體系必須學習、競爭，我們開始左手持資優模範名單右手揮舞「成龍成鳳」軍旗，驅策他戰鬥。一旦鑽入這條以智育定高低的渠道，親情大多變苦。

從小，小傢伙在學習上沒讓我操心，但這不代表他沒有一人份的成長困境；做父母的營造愛與溫暖環境，自以為院子裡沒一根刺人的荊棘，焉知正因為如此，可能阻礙闖蕩的鬥志、削弱獨當一面的能力。同理，當我以喜悅之筆記錄孩子成長、書寫親倫，焉知這份虛名可能讓他受累，平添成長路上的波折。所幸，波折平息，三人仍然一體。幾年前家中裝設無線網路需設一個基地名稱，我要他隨便想個名字，他捨姓氏不用，立刻說：「paradise」。

4.

孩子心中，天堂在此，一嘆之外還需一謝；謝親族摯友，謝萬緣聚合。

對《紅嬰仔》與他而言，去年是個轉捩點；他完成大學學業，而這本書也從原先的出版社收回等同畢業。今年開春，他入伍服役，我整頓此書，竟有同步行軍之感。而當此書以全新面目出版之時，也是表定他將踏上旅途去異國追尋鵬程之際。書的人生，孩兒的人生，父母的人生，牽絆在一起。

重修後的《紅嬰仔》與《老師的十二樣見面禮》同在一家出版社，竟是繞了一圈又遇合的緣法，深感奇妙。兩書都與孩子有關，一是嬰幼期一是小學階段，自有承接之趣。這兩個階段是孩子與父母如膠似漆的甜蜜時光，也是親職教導的關鍵期：舉凡生活常規學習、性情脾氣塑造、五育開發甚至閱讀習慣養成都在這兩個階段底定。最好的教育家是父母，我們幫孩子打實基礎、開了竅，他跳入學校這座學習大湖才會奮力泳渡。即使我回想沒受過教育的阿嬤與母親給我打下的教育基礎也吻合這個道理；她們以自身的勤奮堅毅、好學多識、勇於面對問題尋求解決之道，影響我走向那條為自己負責的學習之路。更重要的是，她們固然不擅長讚美孩子，卻時時刻刻讓我們感受到豐沛的愛。

是的，愛。沒有愛的孩子，最窮。

同時，我也貪心地希望重修後的《紅嬰仔》能為這高齡化與少子化社會吹來一波鼓動生養的小漣漪，緩解「老人在這裡，狗狗在懷裡，嬰兒在哪裡？」的國安壓力。我無意評論時下適婚適育年輕族群選擇「不婚不育」或「只婚不育」的權利，但怎能不憂心一個少了嬰兒哭笑聲、多了毛孩子吠叫聲的社會能有什麼未來？

養育，是回饋給社會的一樁殊勝功德。「人生我，我生人。」阿嬤的話在耳邊響起，此時想來，這六字竟有史詩般的力量。
回顧前塵往事，今生竟有福緣做了父母且擁有善美親情，唯有感恩。這一份莊嚴華美的愛，特別想與讀者朋友分享，尤其是與做了父母的朋友，咱們值得互相擁抱，同聲慨嘆：做父母不易、做父母不易啊！
展望未來，不管這書、這孩子還是變成老爸老媽的我們，此時只有一願：
平安就好。
平安就好。

二〇一九年五月二十九日
小傢伙光榮退伍之日

（全書完）

大部分小男生都會經歷的「戰爭熱」，每天畫一場小兵激戰圖。

INK PUBLISHING
印刻文學 603

紅嬰仔
一個女人和她的育嬰史

作　　者　簡　媜
繪　　圖　簡　媜　Jack
封面設計　簡　熙
總 編 輯　初安民
責任編輯　陳健瑜
美術編輯　黃昶憲
校　　對　石　憶　游函蓉　陳健瑜　簡　媜

發 行 人　張書銘
出　　版　INK 印刻文學生活雜誌出版股份有限公司
新北市中和區建一路249號8樓
電話:02-22281626
傳真:02-22281598
e-mail:ink.book@msa.hinet.net
網　　址　舒讀網http://www.sudu.cc

法律顧問　巨鼎博達法律事務所
施竣中律師
總 經 銷　成陽出版股份有限公司
電　　話　03-3589000(代表號)
傳　　真　03-3556521
郵政劃撥　19785090　印刻文學生活雜誌出版股份有限公司
印　　刷　海王印刷事業股份有限公司

港澳總經銷　泛華發行代理有限公司
地　　址　香港新界將軍澳工業邨駿昌街7號2樓
電　　話　852-27982220
傳　　真　852-27965471
網　　址　www.gccd.com.hk

出版日期　2019年 9 月　初版
ISBN　978-986-387-306-8

定　價　360 元

國家圖書館出版品預行編目資料

紅嬰仔：一個女人和她的育嬰史／簡媜著
--初版, --新北市中和區： INK印刻文學,
2019.9　面；　公分.(印刻文學；603)
ISBN　978-986-387-306-8　（平裝）

863.55　　108011924